**作者简介**

叶朗，北京大学博雅讲席教授，北京大学哲学社会科学资深教授。北京大学艺术学院名誉院长，北京大学美学与美育研究中心名誉主任，教育部艺术教育委员会主任委员，第九届、十届全国政协常委。

叶 朗 著

# 红了樱桃 绿了芭蕉
## ——情系燕园六十年

时代出版传媒股份有限公司
安徽教育出版社

## 图书在版编目（CIP）数据

红了樱桃绿了芭蕉:情系燕园六十年/叶朗著.
—合肥:安徽教育出版社,2020.11

ISBN 978-7-5336-9246-9

Ⅰ.①红… Ⅱ.①叶… Ⅲ.①回忆录—中国—当代
Ⅳ.①I251

中国版本图书馆 CIP 数据核字（2020）第 207833 号

红了樱桃绿了芭蕉
——情系燕园六十年
HONGLE YINGTAO LÜLE BAJIAO
——QINGXI YANYUAN LIUSHINIAN

出 版 人:费世平
责任编辑:钱　江
装帧设计:何宇清
责任印制:陈善军

出版发行:时代出版传媒股份有限公司　安徽教育出版社
地　　址:合肥市经开区繁华大道西路398号　邮编:230601
网　　址:http://www.ahep.com.cn
营销电话:(0551)63683012,63683013
排　　版:安徽时代华印出版服务有限责任公司
印　　刷:安徽新华印刷股份有限公司

开　本:720×1000　1/16
印　张:22.25
字　数:220千字
版　次:2020年11月第1版　2020年11月第1次印刷
定　价:78.00元

（如发现印装质量问题,影响阅读,请与本社营销部联系调换）

北京大学的未名湖和博雅塔

北京大学的西门大桥

北京大学哲学系、宗教学系

燕南园56号，北京大学美学与美育研究中心

北京大学美学与美育研究中心内景

# 飞鸟集(二首)

## 【印度】泰戈尔

从往昔的日子里漂浮到我生活里来的云层,再也不降下雨点或引起风暴了,却给我那夕阳返照的天空添上了色彩。

当我离去的时候,让我的思想来到你的身边,正如那夕阳的余晖,映在寂静星空的边缘。

# 一剪梅 · 舟过吴江

**【宋】蒋捷**

　　一片春愁待酒浇。江上舟摇，楼上帘招。秋娘渡与泰娘桥，风又飘飘，雨又萧萧。

　　何日归家洗客袍？银字笙调，心字香烧。流光容易把人抛，红了樱桃，绿了芭蕉。

# 自 序

我于1955年考入北京大学哲学系哲学专业，1960年毕业留校任教，至今我在北京大学学习和工作的时间已有六十多年了。

这本回忆录，就是写我在北京大学六十多年的人生经历，主要是写我的学术经历和学术追求。我的专业是哲学、美学、艺术学，这本回忆录，主要就是写北京大学人文学科的前辈学者给我留下的印象，以及我自己六十年来参与的哲学、美学、艺术学的教学、研究、学科建设、学术活动的情况。所以这是一本学术回忆录，当然也是一本人生回忆录，因为我的人生的主体就是学术经历和学术追求。

这六十年的经历，我用三个同心圆来概括（参看本书第四六节）。

第一个圆是我自己的美学研究和艺术学研究，就是立足于中国文化，尝试在美学和艺术学理论的核心区进行新的创造，构建具有中国色彩的理论体系。第二个圆是北大的人文教育，就是在北京大学参与学校的美育和艺术教育,参与推动学校进一步重视哲学、艺术学以及整个人文学科的建设。第三个圆是全社会的人文教育,就是参与推动全社会加强美育和艺术教育,参与推动全社会加强中国传统艺术的研究和人文学科的建设。**这三个圆,有一个共同的圆心,就是传承和弘扬蔡元培开创的北京大学的优良传统,这个传统重视美学和艺术学的学科建设,重视在高等学校和全社会开展美育、艺术教育和人文教育,引导大学生和社会民众不断提升自己的人生境界,去追求一种更有意义、更有价值、更有情趣的人生,追求人生的神圣价值。**我进入北大这六十年来,特别是改革开放这四十年来的所作所为,它的精神核心就集中在这一点。这六十年来,特别是改革开放这四十年来,我的人生意义也集中在这一点。

六十年过去,弹指一挥间。燕南园海棠依旧。未名湖塔影依旧。但是物是人非。汤用彤、冯友兰、朱光潜、宗白华、张岱年、季羡林这些大师都不在了。宋人有词:"流光容易把人抛,红了樱桃,绿了芭蕉。"生命的快速和短暂使人感叹不已。但是人生终究是美好的,我们又有幸生活在一个伟大的时代。如科尔曼在《论贝多芬》一文中所说,**让我们在经历了命运的磨难之后,抬起眼睛,朝着天空,歌颂生命,歌颂神灵,放下心灵的负担,体验那超越生命本体、超越此岸世界与彼岸世界的终极的欢乐,最终了悟我们生存于这个世界的意义。**

# 目 录

一、大学五年的回忆:全国哲学系教授大多数集中在北大 / 1

二、大学五年的回忆:大饭厅吃饭,十三陵水库劳动,观看艺术大师的演出 / 7

三、大学五年的回忆:写了一篇批评小说《旅顺口》的文章 / 13

四、大学五年的回忆:下乡九个月,参加人民公社化运动 / 17

五、大学五年的回忆:做学问是自己的生命所在,关注纯学术的研究,关注学科基本理论核心区域的思考和突破 / 20

六、大学毕业后当了二十年的助教:筒子楼的"简单一族" / 28

七、编选两本美学史的资料:当年不被重视的资料工作日后显出它的价值 / 32

八、"冷"、"潮"、"热"、"风"的鲤鱼洲:什么是牛虻,什么是血吸虫 / 36

九、邓以蛰印象:"朋友中最雅的人" / 47

一〇、朱光潜印象:春来怒抽条,气象何蓬勃 / 50

一一、宗白华印象:照亮美的光来自心灵 / 59

一二、冯友兰印象：用生命吐丝 / 67

一三、张岱年印象：平静，平淡，平和 / 77

一四、张世英印象：华枝春满，天心月圆 / 84

一五、师长们的片段印象：吴允曾，魏建功，林庚 / 90

一六、在北大为本科生讲课是一种享受 / 95

一七、《中国小说美学》：鼓吹金圣叹 / 100

一八、《中国美学史大纲》：构建中国色彩的美学体系的重要准备 / 107

一九、"中国美学与中国艺术"公共选修课：把美学研究的成果转化为大学生的素质教育 / 111

二〇、《中国历代美学文库》：中国传统美学的巨型思想库 / 115

二一、担任哲学系的系主任，创建宗教学系和艺术学系 / 124

二二、建立艺术学院经历了一个很长的过程 / 133

二三、出访见闻：在艺术经典原作面前直接感受它的诗意 / 138

二四、出访见闻：世界各地有不同的民风民俗 / 143

二五、出访见闻：在韩国看金大中的就职典礼 / 149

二六、关注文化产业：正在出现一个"大审美经济"的时代 / 153

二七、燕南园56号院：北京大学美学与美育研究中心 / 162

二八、北京大学举办第18届世界美学大会获得巨大成功 / 168

二九、对人文学科在大学中的地位和作用的思考 / 177

三〇、对大学文科院系调节和改善小气候的思考 / 187

三一、西南联大对创建世界一流大学的若干启示 / 193

三二、把美育正式列入教育方针的建议 / 198

三三、加大昆曲抢救和保护力度的建议 / 205

三四、青春版《牡丹亭》进北大：美得让人窒息 / 210

三五、从《现代美学体系》到《美在意象》：美学基本理论的核心区域具有中国色彩的一个尝试 / 215

三六、《中国文化读本》的追求：显示中国文化的内在精神，显示老百姓的心灵世界 / 226

三七、《文章选读》：提倡简洁、干净、明白、通畅、有思想、有学养、有情趣的文风 / 233

三八、"美学散步文化沙龙"：燕南园的灿烂星空 / 241

三九、利用网络平台，建设一种新型的人文艺术通识课 / 249

四〇、和季羡林先生的一次长谈：加强艺术教育的迫切性 / 254

四一、中华文明的开放性和包容性："和而不同"的哲学 / 259

四二、中国文化中的生态意识：万物之生意最可观 / 275

四三、《红楼梦》的形而上的意蕴："有情之天下"就在此岸 / 283

四四、美感的神圣性：1999年重阳节登泰山 / 295

四五、美感的神圣性：莫高窟158窟的卧佛，霍金的微笑，月牙泉的光芒 / 298

四六、六十年过去，弹指一挥间：我的三个同心圆 / 303

四七、自题墓志铭 / 316

## 附录

谈谈人文教养与人文学科 / 317

对创建世界一流大学的几点想法 / 332

关于把美育正式列入教育方针的建议 / 337

关于加大昆曲抢救和保护力度的几点建议 / 343

# 一、大学五年的回忆：全国哲学系教授大多数集中在北大

1955年9月，我考进北京大学哲学系哲学专业。我打了一个背包，提了一只皮箱（其实是木板箱），从家乡浙江衢州乘火车来到北京。当时内心的喜悦是难以形容的，因为可以看到天安门了。

我是以第一志愿考进北大哲学系的。我为什么考哲学系？因为我听说哲学是自然科学和社会科学的概括，而我在中学时对文科和理科都同样喜欢，所以报考了哲学系。据我了解，我们许多同班同学都是出于同样的原因报考了哲学系。

报到那一天，哲学系一位学长带我去办入学手续。我记得办手续的地方是外文楼。一路上，这位学长热情地向我介绍哲学系的情况。

他对我说，1952年全国高等院校实行院系调整，许多大学原来有哲学系，经过院系调整，只剩下北京大学还保留哲学系，所以其他大学哲学系的教师都调到北京大学哲学系了。也就是说，全国

哲学界的著名学者大部分都集中到北京大学哲学系来了。

他接着说:"我们系的这些老先生完全值得信任,他们大部分现在都可以上课了。"

他的这番话使我吃了一惊。

使我吃惊的有两点。第一点,全国哲学界的著名学者都集中在北京大学哲学系,这多么令人高兴!当时我还不知道详细情况,后来逐渐知道了。当时北京大学哲学系的教师中,有一些本来就是北大的教师:汤用彤、郑昕、贺麟、胡世华、容肇祖、汪子嵩、黄楠森、齐良骥、王太庆、晏成书、杨祖陶等;有些是从清华大学哲学系调进的:金岳霖、冯友兰、邓以蛰、张岱年、王宪钧、沈有鼎、任华、周礼全、朱伯崑等;有些是从南京大学哲学系调进的:宗白华、张颐、熊伟、何肇清、苗力田等;有些是从武汉大学哲学系调进的:黄子通、周辅成、江天骥、石峻、陈修斋、张世英等;有些是从中山大学哲学系调进的:朱谦之、李日华、马采、方书春等;有些是从辅仁大学哲学系调进的:李世繁、汪奠基等;有些是从燕京大学哲学系调进的:洪谦、张东荪、吴允曾等。这么多的著名学者汇聚在一起,这对学术的交流和学科的建设是多么好的一件事。

使我吃惊的第二点,是这位学长说,"这些老先生完全值得信任,他们大部分现在都可以上课了"。这完全出乎我的意料。这些老先生怎么还会有不值得信任的问题?怎么还有不能上课的问题?后来才知道,当时有一种观念是认为这些老先生的主要任务是改造思想,把他们聚集到北京大学哲学系,是为了便于对他们进行思想改造。汪子嵩对此有所论述。汪先生当时在系里是这项工作的具体执行者,所以他对当时的情况很清楚。他说:"1952年的'院系调整'是怎么回事呢?现在想起来还算清楚,就是将原来以仿照欧美教育思想为主的教育体系,'一边倒'地改变为学习苏联教育制度;就是只要这门学问不是马克思主义的,都给削掉了,不要了,原有的社会学、法学、政治学以及原属于自然科学的心理学等,都列入资产阶级学科,要进行改造,甚至停办。"[①]"原来许多大学都有哲学系的,全国有十几个哲学系,他们都不再开课,要思想改造,又害怕这些资产阶级教授自己改造不好,于是干脆都集中到北京大学哲学系进行改造。所以只留下一个北京大学哲学系,其他哲学系都取消了,将清华、南开、燕京、辅仁、南京大学、武汉大学、中山大学等全国各大学哲学系的教师都集中到北大,他们的任务不是对学生进行教学,而是学习马列主义,进行思想改造。这样,北京大学哲学系成为一个特殊的系,单教授就有二三十位,其中许多是解放前著名的哲学家,担任过各校的文学院院长和哲学系系主任。但无论多有成就的学者教授,都必须接受思想改造。这大约是世界教育史上空前的'新创造'。我就是在这个时候回到

---

① 汪子嵩口述,张建安采写:《往事旧友,欲说还休》,第73～74页,生活书店出版有限公司2015年版。

哲学系的,成为这项任务的实际执行者。"①1958年"五四"北大校庆时,陈伯达在北大的讲话中有一段话把这种指导思想讲得很清楚。他讲话的题目是"用马克思列宁主义的批判的革命的精神,继续改造北京大学,建设一个共产主义的新北京大学"②,他在讲话中说:"那些在解放前已经有系统地形成一套资产阶级哲学观点的一些教授,例如冯友兰先生、贺麟先生等人,不经过深刻的批判,或者他们没有进一步进行深刻的系统的自我批判,那就不可设想,他们能够获得无产阶级的意识。旧知识分子要最后抛弃资产阶级的意识,并不是一件容易的事,这需要经过一个长期的深刻的批判与自我批判的过程。而如果他们能够进行比较好的自我批判,首先就是由于整个社会政治、经济的伟大革命的跃进,同时也将是由于马克思主义思想界能够有效地进行批判,使他们深深地感到自己在思想界已经陷在完全孤立的地位。"他在讲话中又说:"北京大学的老教授,大体上有两个包袱。第一,受西方资产阶级没落时代的教育。西方资产阶级有过革命的时代,但老教授们出国留学的时候,资本主义已经处在垂死的阶段。他们在那里的大学读书,接受了资产阶级那一套极端腐朽的反动的思想,把那些什么实用主义啦,新黑格尔主义啦,新康德主义啦,马黑主义啦,马尔萨斯或新马尔

---

① 汪子嵩口述,张建安采写:《往事旧友,欲说还休》,第74~75页,生活书店出版有限公司2015年版。
② 这个讲话后来发表于《北京大学学报(人文科学)》1958年第3期。

萨斯学说啦,凯恩斯学说啦……等等,都装进自己的脑袋里面,回国以后,也就拿出这些东西在学生中抛卖。没有出国留学而当了教授的人,如果受过他们的教育,也照样在学生中贩卖这些货色。……第二,受中国封建思想的影响……有一批老教授,生活在现代,所向往的是古代……抱残守缺,厚古薄今,企图逃避社会主义的现实政治和现实社会生活,继续在学生中出售他们的古董。总之,老教授们这两个包袱,害了自己,也害了人家的子弟。出路就是要经过批评和自我批评,重新学习,丢掉这两个重包袱。"

1956年之后,中国人民大学、武汉大学、中山大学等大学恢复成立哲学系,北京大学哲学系的一部分教师也就分别调到这些大学任教。尽管这样,北京大学哲学系仍然聚集了人数最多的哲学教师,在我上大学的五年中,以及大学毕业后留校工作的几十年中,就有机会接触这些师长,接受他们的教诲。当时汤用彤先生是副校长,金岳霖先生是系主任(1955年调中国科学院哲学所任副所长),郑昕先生是系副主任,我见到他们的机会当然比较多。汪子嵩先生是系副主任,兼任系总支书记,又给我们上"辩证唯物主义与历史唯物主义"这门主课,所以和我们最熟,不仅对我们治学影响很大,而且对我们的人生道路影响也很大。吴允曾先生在大学一年级给我们上"形式逻辑",所以和我们也很熟。邓以蛰、朱光潜、宗白华三位美学家,由于我大学时代关注美学,毕业后又从事美学专业的教学和研究,所以和他们接触比较多。其他教授,如洪谦、贺麟、任华、熊伟、齐良骥、张岱年、王太庆、王宪钧、黄子通、周辅成、晏成书、朱伯崑、黄楠森、张世英等,也都有接触,有的给我们上过课(如任华、朱伯崑、齐良骥)。

还应该提到的一件事,是当时由于光远先生提议,在哲学系设立一门"自然科学基础"课(后改为"自然与自然发展史"),因为于光远先生认为哲学系学生应该了解自然科学的基础知识。这门课的讲课教师都由于光远先生和郑昕主任出面去请,都是自然科学领域最著名的学者,大部分是中国科学院的学部委员,如周培源、黄昆等。但他们讲的内容,大部分我听不懂。周培源先生讲相对论,大部分我听不懂。我只记得周先生说,按照相对论,宇宙是有开端的。我听了感到很奇怪,因为我们在哲学课上听到的说法是,宇宙是无始无终的。如果说宇宙有开端,那在宇宙开端之前是一种什么情况呢?

## 二、大学五年的回忆：大饭厅吃饭，十三陵水库劳动，观看艺术大师的演出

刚进北大，由于毕业班的同学尚未离校，我们这一年的新生就先住在小饭厅。小饭厅在大饭厅（现在大讲堂的位置）的南边。几个系的新生住在一起。后来我们被分配住到21楼（当时称21斋），4个人一个房间。

我们吃饭就在刚才说的大饭厅。全校学生吃饭都在大饭厅。分两批，理科生11点用饭，文科生12点用饭。当时是包伙制，一个月伙食费12.5元。8个人一桌，两盘菜，每人一个小碗，由一位同学把菜分给大家。主食放在中间过道，不限量。当时12.5元的伙食能吃得很好。我记得一个星期吃一次牛肉包子，吃一次蛋炒饭。吃蛋炒饭时有很好的汤（肉片黑木耳汤）。有时吃完饭走出餐厅，炊事班的师傅用推车推出两笸箩煮熟的玉米，大家都拿一个边走边吃。

我们只认得同桌的人，旁桌的人可能是外系的人，我们便不认

识。据说海淀街上有一个女的,就混进大饭厅吃了一年的饭,也没有被发现。

后来从包伙制改为食堂制,每人自己买饭菜票。菜品分为甲菜(1.5角)、乙菜(1角)、丙菜(0.5角)。后来又加了特菜(2角),特菜就好得不得了。一个月的伙食费也就12元到14元,女同学饭量小,还用不了这么多钱。到元旦的时候,食堂会做许多好菜,价格依然是1.5角一个。有一年我们宿舍5个人(当时5个人一个房间),每人买了2个菜,合在一起10个菜,大家吃了一顿极为丰盛的过年饭。

和吃饭有关的一件事值得一说。当时北大南侧门的斜对面有一家"长征食堂",是家大众餐厅,它的饭菜可以称得上是价廉物美。附近的退休职工,早上出来遛弯,然后就到"长征食堂"用早餐,一碗粥,两个油饼,一碟咸菜,对这些退休老人来说,这是一种享受。我们当学生的时候以及毕业后当助教,外出回来赶不上食堂开饭,也到"长征食堂"买点吃的。最叫人难忘的是,当时我们经常要步行进城参加大游行,游行回来,早过了吃饭时间,学校食堂已关门了。这时我们就跑到"长征食堂","长征食堂"也关门了,我们就对"长征食堂"的师傅说:"我们进城游行回来,学校食堂关门了,吃不上饭了。""长征食堂"的师傅说,你们为什么不早和我们说,我们会等你们。那现在我们就再给你们做一点。他们真的重新给我们做了一点吃的。这样的服务热情多么令人感动。

## 二、大学五年的回忆：大饭厅吃饭，十三陵水库劳动，观看艺术大师的演出

当时每个星期六晚上在大饭厅有舞会，是跳交谊舞。我去看过一次。同学们围在四周，中间是舞场。据说同学们参加舞会有一个规律：第一段是"一边站"，第二段是"试试看"，第三段是"死了算"，"死了算"的意思是跳入迷了，拔不出来了。我只经历了第一阶段，"一边站"，而且只站了十分钟，可能是像我这种从小地方来的学生，觉得自己不是跳交谊舞的料，以后就没有再来"站"，当然也没有进入第二阶段"试试看"。

每年到了除夕晚上，全校同学都集中到大饭厅，这时马寅初校长，江隆基、汤用彤副校长会走上主席台，和同学们一起等候钟声响起，迎接新年。我记得有一年除夕，马寅初校长在台上对同学们说："刚才我是在高教部吃饭，高教部请客，大家都很兴奋，因为'一论'、'再论'发表（指当时以《人民日报》编辑部名义发表的《关于无产阶级专政的历史经验》、《再论无产阶级专政的历史经验》两篇文章——引者），全世界都承认，现在真正的马克思主义理论家是在中国！"马校长脸红红的，大家估计是喝酒喝的。

大学五年，我们经常参加劳动。平时劳动去的地方是畅春园。畅春园本是康熙皇帝办公的地方，所以老百姓都说畅春园风水好。京剧舞台上演出的《杨香武三盗九龙杯》故事就发生在这里。据传说，杨香武在海淀镇上的仁和酒家喝了酒，就到畅春园偷盗康熙皇帝的九龙杯。仁和酒家在我们当学生的时候还有，他们自己制作一种"莲花白"酒，用十多种中药酿制而成的，我喝过，口感非常好。杨香武喝的就是莲花白，然后潜入畅春园。康熙皇帝正在喝酒，喝

了一口放下杯子,正要拿杯子喝第二口,杯子不见了,神不知鬼不觉,被杨香武偷走了。康熙皇帝是在畅春园去世,并传位给雍正皇帝的。后来畅春园荒废了,我们在那儿种菜,有时碰到地里有过去宫殿的地板,硬邦邦的,必须用铁锄把它刨开。听人说,这不是水泥,而是在石灰泥浆中羼了糯米,能够和水泥一样坚硬。

　　印象最深的是1958年4月16日至26日全校六千多人到十三陵水库劳动。一共劳动10天,每天连续劳动6小时。我们用铁锨把鹅卵石铲进独轮小铁车,然后把小铁车推上大坝。路上铺一条很窄的木板,所以很容易翻车。铁锨铲鹅卵石,那是硬碰硬,震得胳膊发麻。中午在工地吃一顿午饭,是玉米面做的大窝窝头,半斤一个,菜是红辣椒酱。由于劳动量大,所以同学们很多人都吃两个大窝窝头。劳动结束走回住地(我们住老乡家),感到全身酸痛。晚上睡觉出一身虚汗,早上醒来,身上衣服全湿透。吃完早饭往工地走,要走半个小时,还没有开始干活,已经感到精疲力竭,心里想,到工地还要硬碰硬干六个小时,怎么坚持得住呢?

　　当时新闻报道,毛泽东主席也参加了十三陵水库的劳动。剧作家田汉写了一个歌颂十三陵水库的话剧,演出时我们去看过。话剧从明成祖定都北京写起。剧中有一个情节我还记得,有一位大臣反对定都北京,受到明成祖的怒斥。

　　在大学期间,我和几位喜欢艺术的同学经常进城看戏。有一次是在天桥剧场看中国艺术团出国访问的归国汇报演出,参加演出的都是著名演员,有袁世海的《李逵下山》,张云溪、张春华的《三岔口》,戴爱莲的舞蹈。演出结束后坐电车到动物园,这时已到晚上十点半了,公共汽车没有了。当时从动物园到颐和园只有32路这一路车,我们事先也知道32路车到晚上十点半就没有车了,我们做好了从动物园走路回北大的打算。我们三个人就从动物园开始走。走了一段,说这么走下去不行,还是拦一辆过路车试试看,请他们带我们一下。拦了一部大轿车,它停下了,司机问我们去哪里,我们说去北大,司机说,不同路,但可以带你们走一小段。带了一小段,我们又下车走路。又拦了两次车,都没有拦住。我们说,下回碰到车,无论如何一定要拦住。这时又来了一辆车,我们一拦,停下了,这回可巧了,竟是一辆北大的校车,是接进城参加活动的留学生的。车上的人看了我们的校徽,让我们上车了。我坐在一位波兰留学生的旁边,他问我们进城干什么,我说,进城看戏去了,本来打算走回北大的,这回碰到你们,真是运气了。

　　后来毕业当了助教,我依然经常进城买票看演出。看得最多的是北京人民艺术剧院的演出,《雷雨》、《日出》、《家》我都看过。我看的《雷雨》,是于是之、吕恩演的。《家》是巴金的原著,曹禺改编为话剧,其中觉新和瑞珏洞房那一场戏,每一句对话都是诗。我一面看,一面觉得曹禺太了不起了,把《家》这部戏整个诗化了。还有《北京人》,不是北京人艺演的,是北京另一个剧院演的,主角演得非常好。最后一场,戏中的男主人公曾文清决心走出旧家庭走向新生,但又回来了,他被雨淋得就像落汤鸡似的,垂头丧气低着脑袋回来了。家里两位女眷正在说话,其中正对门的曾瑞贞看他回来了,脸色大变。愫方背对门,见她脸色大变,问:"谁?你看见什么了?"回答只三个字:"天塌了!"我看到这里,觉得全身受到震撼。又一次感受到,曹禺的语言太好了。

京剧我看得也比较多。马连良、叶盛兰、荀慧生的戏我都看过。叶盛兰演太平天国里的韦昌辉。有一场戏是太平军一个叛徒在韦昌辉面前承认自己叛变了。韦昌辉抓住他的胳膊,一面听他说自己叛变的心态,一面全身颤抖,真是演得神妙之极。

梅兰芳的戏我看过一次,是《宇宙锋》。是马寅初校长请梅兰芳到北大演出。北大没有礼堂,就借清华的礼堂演。我买了一张票,是比较便宜的票,在二楼左侧的一个座位,离舞台很近,看得很清楚,但是左边一角被挡住了,看不见。演出结束后,马校长上台去和梅兰芳握手。那是我唯一的一次看梅兰芳演出。但就这一次,深感梅兰芳的演出已经达到出神入化的地步。那时梅兰芳岁数已经很大了,他演赵高的女儿赵艳容。赵艳容装疯,把自己装成一个男的。梅兰芳是一个男的,他要演一个女的,又要演这位少女装疯把自己装成男的,这里有几个层面,梅兰芳都表演得非常清楚。看梅兰芳的这次演出,使我更加体会到,京剧的"戏"的意蕴,京剧的美,主要在于演员(尤其是名角、大师)的表演,所以说京剧就是"角儿"的艺术。但是对于京剧的美学特征,好像在理论上一直没有说清楚。

# 三、大学五年的回忆：写了一篇批评小说《旅顺口》的文章

大学一年级的时候，我暑假没有回家，借了一本小说，书名叫《旅顺口》，这是苏联小说，得到了苏联斯大林文艺奖一等奖。这本小说写什么呢？写历史上的日俄战争。日俄战争是在哪儿打的？在旅顺口打的。当时是俄国占领了旅顺口，日本的海军打旅顺口。

小说主要写俄国的军队里有两派：一派是爱国者，以一位中将为首，他爱国，组织抵抗；另一派是腐败分子，以一位大将为首，不爱国，也不好好组织军队抵抗。小说描写俄国士兵英勇抵抗日本人，在战壕里跟日本人搏斗，咬日本人。但是最后是俄国失败了。

我看了以后，觉得这本小说有问题。因为我读过列宁的书。列宁说，对于帝国主义之间的战争，我们马克思主义者的态度不是希望本国政府打胜，而是希望本国政府战败，要把帝国主义的战争转化成为国内战争。现在俄国和日本打仗，马克思主义者不能希望俄国打胜，而要希望俄国打败，打败以后国内的老百姓就会起来

革命了。这本小说希望本国政府打胜,显然是违反了列宁主义了。而且旅顺口不是俄国的土地,是中国的土地,你占着中国的土地,却说是保卫自己的国家,这从根本上说是不对的。这是第一。

第二,小说中出现的中国人的形象非常丑陋,而且都是做日本人的奸细。我就想到鲁迅当年在日本的时候看了一些日本电影,也是讲日俄战争,日本电影里的中国人都是给俄国人当奸细。日本的电影里是中国人给俄国人当奸细,俄国人的小说中是中国人给日本人当奸细,反正中国人都是给人家当奸细,这是对中国人极大的丑化。

于是我就写了一篇文章批评这本小说。主要是这两点:第一,它违反了列宁主义。你歌颂俄国士兵英勇,说我们要守卫旅顺口,说这是我们祖国的领土。这是不对的,旅顺口不是你的土地。第二,你丑化了中国人。我就写了这么一篇文章。这篇文章写好以后我寄给了《文艺报》。《文艺报》给我退回来了。《文艺报》说你批评他写俄国士兵英勇,俄国士兵就是英勇,它是现实主义。其实《文艺报》的观点是不正确的,俄国士兵即便是真的英勇你也不应该歌颂他。后来我又把这篇文章寄给了《人民日报》,《人民日报》也给我退回来了,这就不说了。但是当时我们班里的同学都知道我写了这么一篇文章。

等到1958年,学校开展"红专辩论"。我们提倡又红又专,但是现在有些人不走"红专道路",而是走"白专"道路。当时很多学生

### 三、大学五年的回忆：写了一篇批评小说《旅顺口》的文章

进北大以后都想要成名成家，这就是要走资产阶级道路，走"白专"道路。要批判这种倾向。

当时一些有名的教授都受到批判。北大化学系有位傅鹰教授特别有名，他是大权威，就被作为一个重点来批判。越有名越要批判，"文化大革命"时就到了顶峰了。当时还批判有些教授在课堂上讲一些没有用的东西。有个例子我到现在还记得。有位教授在课堂上讲要研究马尾巴的功能。马的尾巴有什么功能？这有多么可笑！脱离实际到了何种程度！什么马尾巴的功能，你研究这个东西有什么用？对我们生产有什么好处？但是后来听专家说研究马尾巴的功能还是有意义的。

当时有一个口号叫"拔白旗，插红旗"。傅鹰就是"白旗"，要把他拔掉。因为学生很敬仰傅鹰，他很有名，所以要把这面旗拔掉，不要让学生去学习他的样子。我记得康生还在人民大学贴了一张大字报，意思说"我们不要害怕资产阶级教授，不要迷信资产阶级教授，我就敢去人民大学讲课，我就要挑战那些资产阶级教授"。

当时学生里面也开展"红专辩论"。在我们班里我就成了一个批判的重点，罪状是追求成名成家，走资产阶级道路。其中有一个事实，就是写了这篇批评《旅顺口》的文章。这是一本苏联小说，而且是获得斯大林文艺奖一等奖的小说，当然也可以扣上政治帽子。

没有想到的是后来周恩来总理也批评这本小说。那是在20世纪60年代，中央组织大学文科教材的编写。周总理让周扬来负责，

周扬请王朝闻主编《美学概论》，而我和于民参加《中国美学史资料选编》的编写，这也是教材编写计划中的一本，所以王朝闻传达周扬的报告，我们也一起听。有一次王朝闻传达周扬的报告，周扬提到周总理的一段话。周总理说：有一本苏联小说，叫《旅顺口》的，你们看过吗？我根本看不下去，完全是民族主义、大国沙文主义，严重地损害我们中国人的自尊心。（我记得的大意。）这是周总理对《旅顺口》这本书的批评，我五六年那篇文章对《旅顺口》的批评不是完全符合周总理的想法吗？我当时听了以后心里很高兴，这等于是周总理给我"平反"了。当然也就自己心里暗暗高兴，不好公开说。最奇怪的是六十年过去了，搬家不知搬了多少次，这篇文章的稿子居然没有丢，前几年我还见到，但这两年不知放到哪儿去了，哪一天也许还能找到？

# 四、大学五年的回忆：下乡九个月，参加人民公社化运动

1958年，我大学三年级，全国农村开展人民公社化运动，我们北京大学哲学系全系师生下乡参加人民公社化运动，去的地方是北京市大兴县黄村人民公社。各年级分别去到不同的大队，我们年级去的是鹅房，后来到西黄村。鹅房种水稻，西黄村种菜，都是比较富裕的大队。我们一共去了九个月，所以人民公社化的整个过程我们都经历了。

我们是半天（上午）学习，半天（下午）劳动。劳动是割水稻，种小麦。割水稻我们都练出来了，割得非常快。当时提倡"深耕"（当时宣传农业"八字宪法"，其中有一个"深"字），种小麦要求深翻三尺，等于挖一条沟，我们都站在沟里，把沟底的土往上抛。鹅房的铁锹和别的地方不同，很窄，很长，很锋利，翻土的时候，几铁锹下去，就像切豆腐，一块土就切下来了。当时要求把生土、熟土分开，第一层熟土放一边，第二层生土放一边，实际上不可能分清，后来

这种深翻地长出的小麦都倒伏了。

我们在大队的食堂吃饭，社员也在食堂吃饭，社员自己都不做饭了，家里的铁锅都砸碎拿去"大炼钢铁"了。当时有个口号叫"放开肚皮吃饭，鼓足干劲生产"，粮食浪费很厉害。当时还有个口号"共产主义是天堂，人民公社是桥梁"，意思是有了人民公社，很快就进入共产主义社会了。公社社员过去出工要记工分，现在不记工分了，过去记的工分也抹掉了，公社实行"十二包"。什么是"十二包"，现在我已记不大清楚了，总之从生下来一直到死了安葬，公社全给包下来了，吃饭不要钱，看病也不要钱。实行"十二包"，社员全拥到公社卫生院看各种病，半天时间，卫生院的药品就全部用完了，所以大家私下议论，按当时的生产力水平，"十二包"只够包半天，可见离共产主义还很远。后来周扬来我们这里视察，给我们做报告，传达中共中央的一次会议的精神，强调社会主义和共产主义之间要画一条线，我们现在还是社会主义社会，各种制度还要符合社会主义社会的性质。周扬的报告告诉我们，现在还不到共产主义。

当时全国好多农村盛行"诗画满墙"，我们在鹅房、西黄村的街道两旁的墙上也写上歌颂"大跃进"和人民公社的大标语，画大白菜、大萝卜，大白菜下面有几个小朋友在捉迷藏。鹅房街上有一面很大的墙，这在乡下很少见，我们在上面写了一条特别大的标语："人有多大胆，地有多大产。"当时《人民日报》有一篇社论，就是用这句话做标题的。听说中央党校的校长杨献珍,曾指着《人民日报》社论的这个标题对人说:"这是典型的主观唯心主义,唯意志主义!"后来杨献珍因为讲"合二为一"受到批判(毛主席讲"一分为二")。

刚才说我们是半天学习,半天劳动。学习的内容是什么呢?就是围绕人民公社的有关问题,还有批判资产阶级法权的问题。因为张春桥(当时任上海市委副书记)发表了一篇批判资产阶级法权的文章,据说毛主席对这篇文章很重视,我们就找来报纸上有关文章,讨论这个问题,争来争去,争得面红耳赤。

在人民公社化运动的同时,全国又掀起一个新民歌运动,当时出版了一本《红旗歌谣》,由郭沫若、周扬主编,就是新民歌的选集。黄村人民公社的王立庄大队的新民歌运动很有名,哲学系就让我们年级派几个人到王立庄去调研,我也在其中。我们把调研的成果写了一篇文章,由我执笔,发表在北京大学的学报(1959年第一期)上,题目是《黄村人民公社王立庄新民歌调查报告》,署名"哲学系四年级王立庄文化革命调查队"。

# 五、大学五年的回忆：做学问是自己的生命所在，关注纯学术的研究，关注学科基本理论核心区域的思考和突破

我听到很多从北大毕业的学生说，北大这所大学能影响人的一辈子，只要在北大上了大学，身上就会打上北大的烙印，一辈子都抹不了。

我想，这种烙印，主要是指精神影响、精神追求，包括志趣、爱好，以至整个人生境界。

反观我自己，我想我也是如此。

在北大当学生，本科生五年，以及后来在北大工作几十年，我感到北大有一种人文传统，有一种精神氛围，在这种传统和氛围的影响下，不论是老一辈的学者，还是年轻的学子，都有一种强烈的学术的渴望，学术的热情，学术的追求。**这种学术的渴望，学术的热情，学术的追求，包含着一种人生观、价值观，就是把学术研究看作是自己精神的依托，生命的核心，把做学问看作是自己的生命所在。**这种氛围对我有很深的影响。

## 五、大学五年的回忆：做学问是自己的生命所在，关注纯学术的研究，关注学科基本理论核心区域的思考和突破

我讲两件事来说明这一点。这两件事有的是我在北大亲身经历的，有的是我在北大听别人讲的。

一件事是1958年，全国农村开展人民公社化运动，我们北大哲学系请了北京大兴县黄村人民公社的一位主任来做报告。报告内容是讲他们原来的高级社遇到了种种矛盾，不能解决，只有进到人民公社才能解决这些矛盾。这个报告是论证人民公社的必然性。这位公社主任用了丰富的材料，讲得十分生动。有一位北京市的领导同志也参加这个报告会，他在报告会最后讲话说，你们看，现在的哲学家并不是在书斋中做学问的学者，而是像这位人民公社的主任这样的农村干部，他们善于在实际生活中分析矛盾、解决矛盾，这才是哲学家。当时我们都觉得这位领导同志讲得很对。冯友兰先生也来听报告了，他也觉得这位领导同志讲得很对，不过他补充了一句。他说，现在的哲学家当然是这些公社干部，但是像哲学史、逻辑学这些学问还是要有人搞，我们这些人就可以搞这些学问。当然我们不能称为"哲学家"，我们可以称为"哲学工作者"。这话传出去，有人就说，你看，像冯友兰这样的资产阶级教授还是不愿意退出历史舞台。在我们今天看来，冯先生这个话正好说明，他是把做学问看作是他的生命所在，不做学问，他的生命存在就没有意义了。

再一件事也是在50年代，当时历史系有一位研究生（现在已是有名的学者），1957年被打成右派，右派不能毕业分配工作，所以他

就留在学校里干些打杂的事,系里有下乡劳动的任务一般都派他参加。但他在这种环境中依然做他的学术研究。在乡下他白天参加劳动,晚上就做研究。据历史系的人说,他的研究成果用很端庄的小楷写了一本又一本,都达到了可以马上送出去出版的水平。这个且不说,最特别的是每当他听说系里有关部门准备给他摘掉右派帽子的时候,他马上就在系里找个事端大吵大闹,大吵大闹是为了给人"表现不好"的印象。这样,有关部门就不好给他摘掉右派的帽子了。经历过当时那段历史的人都知道,戴右派帽子就会被人另眼看待,滋味极不好受。那么他为什么不愿意摘去右派的帽子?这不奇怪吗?原来一摘去右派的帽子,他就要毕业分配工作,他就要离开北京,而他研究的资料都在北京,当时没有现在这样的互联网,一离开北京就无法继续研究了。这就是说,为了做学术研究,他宁愿戴着右派的帽子。当然,随着历史情况的变化,他后来还是摘掉了右派的帽子,分配了工作,成了一位很有成就、很有名的学者。这是一个很典型的例子。这个例子说明,对于北大的一些学生,对于北大的一些学者,做学问,真正成了他的生命所在。

我讲这两件事,是想说明,在北大形成了一种人文传统,形成了一种精神氛围,在这种传统和氛围的影响下,北大的很多人,从大学者到年轻的学生,都把学术研究,把做学问,看作是自己的生命的核心,看作是自己的生命所在。

## 五、大学五年的回忆：做学问是自己的生命所在，关注纯学术的研究，关注学科基本理论核心区域的思考和突破

我进了北大，也深受这种传统和氛围的影响。五五年进北大时，中央号召"向科学进军"，我们心中都以将来成为一名学者作为自己的目标。接着又遇上美学大讨论，使我爱上了美学。不过很快就是五七年反右，五八年"红专辩论"，做学问、"成名成家"成为资产阶级世界观的表现，要受到批判。但是这种政治空气依旧改变不了北大的精神传统对我的影响。五八年我们北大哲学系全系师生下乡参加人民公社化运动，一共去了九个月，在此期间，我心里还老是关注学术方面的动态，听到一点学术的消息（不论是哪儿来的）就兴奋。放假时我留在乡下，有很多同学回学校度假，我就托他们买学术方面（美学方面）的书。毕业后留校工作，我也是利用一切机会读书、做研究。由于五八年因为追求"成名成家"受过批评，所以我当年在系里只能做一些打杂的工作，例如编一些资料等等。在很多人心目中我这样的人并不适合做教学和研究，但我自己的追求依旧是做学问，要研究中国美学和中国艺术，一有时间就读书，写文章。当时我写了不少文章（例如论叶燮的文章），虽然多数都不能发表。在当时的空气下，这是"越轨"的行为。我记得有一天晚上，我在房里看书（我当时是住集体宿舍），外面有人推门进来，是我们系里的一位老师。他一进来看我在房里看书，脸色马上就变了，我当时的感觉是，我在干什么坏事，被他发现了。干什么坏事呢？就是坚持走"白专道路"。这就是当时的空气，现在的年轻同学是很难想象的。

今天想来，"白专道路"也好，"成名成家"也好，这些指责于我而言，其实反映的是一种学术的渴望，学术的热情，学术的追求。正是有了这种学术的渴望，学术的热情，学术的追求，所以在改革开放即大家说的"学术的春天"到来的时候，我很快写出《中国小说美学》、《中国美学史大纲》、《美在意象》等学术著作，并为推进北大的人文艺术的学科建设（哲学系、宗教学系、艺术学系、艺术学院）和推进整个社会的美育、艺术教育，投入了大量的精力，做了许多工作。我想，这就是北京大学的人文传统和精神氛围在我身上打下的烙印，把学术研究看作是自己的精神的依托，生命的核心，把做学问看作是自己的生命所在。

北京大学人文学科的老一辈学者的学术研究，往往是一种纯学术、纯理论的研究，而不是一种应用性、技术性的研究，不是为了直接解决某一个现实问题的实用研究。这种纯学术的研究，有可能在学科基本理论的核心区域孕育产生新的概念、新的思想，乃至创建新的理论体系和新的学派。20世纪90年代，我曾听到北大一位学者对记者的谈话，他把自己的研究和汤用彤先生的研究进行对比。他说，汤用彤先生的研究是纯学术的研究，如魏晋玄学、隋唐佛学的研究，而没有针对当前现实问题进行研究，没有对当前现实问题发表看法，而他自己则更关心现实问题，要对当前现实问题发表看法，言下之意他的研究高于汤用彤先生的研究。我当时就感到这位学者的谈话带有某种片面性。针对现实问题进行研究，

**五、大学五年的回忆：做学问是自己的生命所在，关注纯学术的研究，关注学科基本理论核心区域的思考和突破**

针对现实问题发表看法，当然很重要，但是人文学科以及社会科学学科的纯学术研究、纯理论研究同样很重要。**时代问题从来是理论思考的推动力和催化剂，但是历史上很多大学者往往把时代的要求融入学理的思考，把时代的关注和学理的兴趣统一在一起，致力于基础理论、基本概念的思考和突破，从学理上回应时代的呼唤。**一所世界一流大学，应该能够在人文学科和社会科学学科领域孕育和产生新的概念、新的思想、新的学派。这种新的概念、新的思想、新的学派，往往能对一个社会、一个国家、一个民族乃至整个人类的文化和命运产生当时不可察觉的但是是巨大的、深远的影响。这类似于自然科学的基础理论研究。对于一个学者来说，对于一所世界一流大学来说，这种学术的贡献和理论的贡献同样应该提倡。1989年我曾写过一篇短文《我们要保持纯理论的兴趣》，我在文章中说，人往往要从物质实践活动中跳出来，对于人生、人性、生命、存在、历史、宇宙等进行纯理论的、形而上的思考。这种思考并不是出于实用的兴趣（不以实用为目的），而是出于一种纯理论的兴趣。因为这种思考和研究并不能使粮食和钢铁增产，也不能使企业增加利润，但是人类仍然不能没有这样的思考和研究。所以亚里士多德在《形而上学》一开头就说："人类求知是出自本性。"**这就是强调，人的理论的兴趣是出自人的自由本性，而不仅仅是为了现世生活的需要。**当代阐释学大师伽达默尔也说："人类最高的幸福就在于'纯理论'"。又说："出于最深刻的理由，可以说,人是一种'理论的生物'。"①文章说,有的人反对和排斥这种纯理论的思考和研究,他们认为这种纯理论的思考和研究脱离实际。20世纪五六十年代,一些从事这种纯学术研究的学者往往被扣上"脱离实际"的帽子。其实这种指责是不正确的。"理论联系实际"的原则当然是正确的。但是,不仅人类眼前的、实用的、功利的活动是实际,整个人生、人性、生命、存在、历史、宇宙也是实际。换句话说,不仅有形而下的实际,而且有形而上的实际。那些反对和排斥纯理论思考的人,他们不承认或看不到这种形而上的实际。而他们之所以不承认或看不到这种形而上的实际,**从根本上说,是因为他们只承认人是社会的动物、政治的动物、制造工具的动物,等等,而看不到人同时还是有灵魂的动物,是有精神需求和精神生活的动物,是一种追求超越个体生命有限存在的动物,或者用伽达默尔的话说,是一种理论的动物**。文章说,对于一个民族来说,能不能保持这种纯理论的兴趣,以及能在多大程度上发展这种纯理论的兴趣,乃是这个民族的精神文明水平的重要标志。一个民族如果丧失了这种纯理论的兴趣,就会导致这个民族的文化、精神素质的急剧下降,那是十分危险的。我们中华民族是一个有着古老文明的民族,我们中华民族是一个有着伟大生命力和创造力的民族,

---

① 伽达默尔:《赞美理论——伽达默尔选集》,夏镇平译,第26页,生活·读书·新知三联书店上海分店1988年版。

五、大学五年的回忆：做学问是自己的生命所在，关注纯学术的研究，
　　关注学科基本理论核心区域的思考和突破

这样一个民族，理应保持并发展纯理论的兴趣。①

　　在北京大学的人文传统和精神氛围影响下所形成的学术热情和学术追求，就包含了这种纯学术的兴趣和纯学术的追求，包含了对于人生、人性、生命、存在、历史、宇宙等进行纯理论的、形而上的思考，包含了人文学科、社会科学学科的基本理论核心区域的思考和突破。我们在老一辈学者，如冯友兰、熊十力、费孝通、张世英等人身上看到这种追求，我们在许多年轻学者身上，同样也看到这种追求。

---

① 叶朗：《欲罢不能》，第174页，黑龙江人民出版社2004年版。

# 六、大学毕业后当了二十年的助教：
## 筒子楼的"简单一族"

我于1960年6月大学毕业，留校任助教。我留校任助教的过程很曲折，这里不去细说。

大学毕业后我们还是住集体宿舍，两个人一个房间，先后住过20楼、19楼、24楼。住集体宿舍的时候，吃饭在教师食堂。教师食堂有两个菜做得非常好，一个是"熘肝尖"，一个是"烧茄子"。只要有这两个菜，大家一定买。当然大家也感到教师食堂有一些不足。例如，当时流传教师食堂有三个"名副其实"，第一个"名副其实"是"稀饭"真"稀"，第二个"名副其实"是"咸菜"真"咸"，第三个"名副其实"最有趣，是什么呢？是"豆沙包"既有"豆"，又有"沙"。

集体宿舍住了十三年，1973年我才分配到一间家属宿舍，就是现在说的"筒子楼"。先在19楼，后调配到20楼。这对现在的青年教师来说是很难想象的。我那间房子十平方米多一点，一进门就是一张大床，占了房间的三分之二。床的旁边放一张两个抽屉的小书桌。一进门左边放了一个小书架,右边放个五屉柜。

现在有人提倡一种"简单一族"或"极简主义者"(只拥有必要的最小限度的东西来生活的人)的生活,我想,当时筒子楼的生活早就是"极简主义者"的生活了。

我儿子上幼儿园,当时是全托,星期六下午我从幼儿园把他接回家。一进门,我就对他说:"脱鞋上床!"因为地下就一窄条,没有活动的空间。然后我让他坐在床上小桌子旁边,给他一张纸、一支笔,让他坐在那里画画,我去食堂打饭。所以我常说,我儿子是在床上长大的。

有一个星期天,我儿子在大床上睡觉,在睡梦中突然充满喜悦地喊道:"噢,我们家有电视机啰!"我听了一愣。我才知道我这个上幼儿园的儿子多么想家里有一台电视机,连做梦也在想。可是我这个做父亲的不能实现我儿子的这个梦想,心里辛酸。

在这间小房间里,晚上要等我儿子和他母亲睡了以后,我才能在小桌子旁边做我的研究,写我的书。我的《中国小说美学》,就是在这种环境中写成的。

筒子楼每家只有一间房间,没有厨房,大家就在房门外放一个煤气罐、一张小桌子。一到午饭时分或晚饭时分,家家都在门口做饭,各家做菜的香味大家都能闻到,真可以说是"香飘万家"。而且大家一边做饭,一边交流学校内外的新闻,所以当时虽然没有现在的手机、网络,但是学校内外的新闻大家很快就会知道,信息非常灵通。而且住在同一层楼的邻居虽然都不是一个系的,但关系十分亲密。我记得我们家从20楼搬到一公寓(中关园)的那一天,我们这层楼的邻居全都下楼来送行,那种情景十分令人感动。

我们毕业后的工资是每个月56元。我当助教一直当了二十年,56元的工资也一直拿了将近二十年,一直到七九年、八〇年,全国第一次普调工资,我的工资才由56元调到62元。我每月拿到56元,除了生活消费之外,还喜欢花钱买书。特别是东安市场有旧书店,里面的旧书很便宜,我领了工资就会去东安市场买一大捆书回来。可是有时到月底吃饭的钱不够了,只能找出一些书拿到海淀收旧书的店里去卖。说是卖旧书,其实都是新书,但是收旧书的店老板都当作旧书,一般打四折收购,我心疼,也没有办法。有一次,我看了一本人民文学出版社出的"文学小丛书"中的《羊脂球》,是莫泊桑的短篇小说集,一读之下,感到莫泊桑的小说写得太好了,就想找他的更多的小说来读。到了海淀新华书店,看见有上下两册的《莫泊桑中短篇小说集》,十分惊喜,赶紧买回家读。但是读了一篇,感觉和读那本《羊脂球》完全不一样。我心里奇怪莫泊桑这篇小说怎么写得这么糟。再读一篇,又是同样的感觉。这时我就想到可能是翻译的问题。我就找了一篇两个译本都有的小说对照读,果然是翻译的问题。这本《莫泊桑中短篇小说集》的翻译太糟糕了。我就请教一位翻译界的老师,他说:"(这个人的翻译)'信'字不好说,'达'、'雅'二字他都根本没有梦见。"这件事使我明

## 六、大学毕业后当了二十年的助教：筒子楼的"简单一族"

白一个道理：一位大作家遇到一位好的翻译家，如罗曼·罗兰遇到傅雷，是莫大的幸运；一位大作家如果遇到一位坏的翻译家，如莫泊桑遇到这位翻译家，那就是倒了大霉。翻译对文学作品的跨文化传播太重要了。

1978 年，有一次我和汤一介先生在一起聊天。我们计算了一下，从 50 年代一直到 70 年代，我们一共有多少时间读书。五五年到五六年，"向科学进军"，鼓励大家读书。五七年反右、五八年"红专辩论"、搞运动，接着下乡参加人民公社化运动，下乡回来是反右倾运动。到了 1961 年，中央提出"调整、巩固、充实、提高"的方针，颁布《教育部直属高等学校暂行工作条例（草案）》（简称"高校 60 条"），中央组织编文科教材，这时又可以静下来读书。到了六四年开始大批判，批《早春二月》、《海瑞罢官》，接着是"文化大革命"十年。所以算起来，这三十年真正读书的时间加在一起大概只有五年。我们议论说，如果我们读书的时间增加一倍，我们的学问就不是现在这个样子了，我们就可以做出更多的学术成果了。

# 七、编选两本美学史的资料：当年不被重视的资料工作日后显出它的价值

20世纪80年代初，这个时候改革开放刚开始，当时出了两本美学资料书，一本是《西方美学家论美和美感》（商务印书馆），一本是《中国美学史资料选编（上下册）》（中华书局），这两本书署名都是北京大学哲学系美学教研室。2015年11月8日，在北京大学美学与美育研究中心组织编写的《中国美学通史》和《中国艺术批评通史》的出版座谈会上，有好几位朋友提到80年代出的这两本书。他们都说，当时他们在大学里教美学课，但是美学书很少，这两本书一本是西方的，一本是中国的，这两本书对他们帮助太大了。他们不知道，这两本书虽然是80年代初出版的，但是在60年代初就编出来了。

先说第一本书，就是《西方美学家论美和美感》。20世纪60年代初，中央要组织编一套大学文科的教材，周总理把这项工作交给周扬来负责，周扬就把全国一些著名的学者集中到北京，编写一系列文科教材，其中就包括《美学概论》。周扬请王朝闻当这本书的

## 七、编选两本美学史的资料：当年不被重视的资料工作日后显出它的价值

主编。王朝闻就把50年代美学讨论中比较活跃的一些学者都请来，其中有叶秀山，也有李泽厚。北大的杨辛也参加了。当时杨辛是美学教研室的主任，他给我下达了一个任务，让我编一本《西方美学家论美和美感》，作为他们《美学概论》编书的参考。他们编《美学概论》，需要这个材料，让我来做这个事。

我怎么做呢？当时中文资料很少，我把当时已经翻译过来的西方的哲学家、美学家、文学家的著作都找来，把书中讲到美和美感的段落都挑出来。当时我们教研室有一位老师本来是搞马列的，1957年被划成右派，就分到我们美学教研室做些资料工作。我挑选出来以后，就请他一段一段抄下来。我把当时能找到的西方的这些美学家、文学家的著作一本本都拿来翻阅，挑选。这是一个来源。

第二个来源，是朱光潜先生的译稿。朱光潜先生要写一本（也是在教材规划里面的）《西方美学史》，他自己一个人写。为了写这本《西方美学史》，他自己翻译了一批西方美学家的资料，如柏拉图、亚里士多德、康德、黑格尔等等。他把他选译的这些西方美学史的资料也给我，我从里面选了一些论美和美感的段落。当时这些美学家的著作，很多没有翻译成中文，但是朱先生翻译出来了，他的翻译也是一段一段的，不是全篇的。所以我这个资料的来源是两部分，一个是当时翻译成中文的西方哲学家、美学家、文学家、艺术家的一本一本的著作，一个是朱先生翻译的稿子。这两部分，加在一起编成了一本。当时就印出来了，铅印的。铅印出来以后，

这本书就发给王朝闻《美学概论》教材编写组的人，一人一本。他们拿到之后，看到我，都对我说，你这个材料太有用了，帮助太大了。

第二本就是《中国美学史资料选编》。这本书也被列入当时的教材编写目录，是请宗白华先生主编，实际上宗先生没有具体参与，就由我和于民老师两个人来做这件事。当时我们也给很多有名的学者写信，比如郭沫若，征求他们的意见。他们很多人都回了信，当然回信都比较简略。当时我和于民采取一个非常笨的、手工的方法。我们两人到图书馆借书，从古到今，从先秦到五四，把所有有名的哲学家、思想家、文学家他们的书都借来，几十本几十本借来，我们两人从头到尾翻阅，看书中有什么讲美学的内容，把它们挑选出来，也是请教研室那位老师把它抄下来。这等于是一个普查。挑选出来后，我们加以编辑、整理，加上小标题。最后把它油印了两大本，就搁在那儿了。这个工作对我个人来讲当然很有收益，等于我把中国美学的资料普查了一下，当然这种做法是很表面的，因为我没有深入研究，只是翻了一遍。

20世纪70年代末实行改革开放，需要出版各种学术著作，中华书局和商务印书馆这两家出版社要出这两本书。当时《中国美学史资料选编》这本资料请美学教研室的老师讨论了几次。《西方美学家论美和美感》是请教研室的一位老师做了一些增补，主要是为每个作者加一个小传，再增加几个人。中华书局负责《中国美学史资料选编》的编辑孙通海是位老编辑，他跟我和于民老师又把这

## 七、编选两本美学史的资料:当年不被重视的资料工作日后显出它的价值

本资料重新过了一遍,进行整理、修改。后来这两本书就出版了,用的名义就是北京大学哲学系美学教研室,都没有署我们的名。

这两本书出了以后,前面提到的那位当时参与资料编选抄写工作的老师很恼火,他对我说,怎么回事?这两本书是我们做的,怎么现在变成整个教研室做的了?当时我劝他这件事就算了。这是过去的事了,不要去追究了。今后大家还要共事,为这种事闹得不愉快,也不值得。事情那时交给我们来做,这在当时的环境条件下也很自然,因为当时只有不适合做其他工作的人才分配来做资料工作,如黄楠森老师就是五七年被认为有问题,所以被安排到资料室做列宁《哲学笔记》的注释工作,后来他成了研究《哲学笔记》的大专家。那时很多人是不屑于做资料工作的。现在只要大家用这两本书时感到真有帮助,就是对我们付出的辛勤劳动的肯定,就是对我们最大的安慰。

这两本书出版以后影响确实很大,因为当时美学书很少,大家感到这两本书很有用,特别是《西方美学家论美和美感》非常有用。至于《中国美学史资料选编》,当时我就感到缺点比较明显。因为我们当时并没有对中国美学史进行系统的研究,所以选的资料并不很准确,而且是一段一段语录式,不一定能代表这个人的美学思想。这就埋伏下后来组织编集《中国历代美学文库》的念头。

# 八、"冷"、"潮"、"热"、"风"的鲤鱼洲：什么是牛虻，什么是血吸虫

1969年10月，我们北大的大部分教师都到江西南昌郊区鄱阳湖畔的鲤鱼洲"五七"干校去劳动。清华大学的教师也去了，清华在我们旁边，因为当时北大、清华的"军宣队"（解放军毛泽东思想宣传队，简称"军宣队"）都是同一个部队派来的。

鲤鱼洲在鄱阳湖畔。鄱阳湖是一个湖，从边上做了一条堤坝，把这块地露出来种水稻，就叫鲤鱼洲。所以我们是在湖底，鄱阳湖堤坝一旦决口，那我们就会全被淹在里头，成为"鱼鳖"。逢到下大雨的时候，我们都要去加固堤坝，不加固，如果水一下漫过来就不得了，很危险。

我们去鲤鱼洲的时候，有一位我过去中学的同学给我写信，他说听说你们要到鲤鱼洲去，一听这个名字，就是好地方，多么有诗意。他不知道，这名字是很好的，其实这是江西最不好的一个地方。后来我们到井冈山去参观，发现井冈山泉水那么好，树木、竹

## 八、"冷"、"潮"、"热"、"风"的鲤鱼洲：什么是牛虻，什么是血吸虫

子那么好，想不到江西有这么好的地方。可是我们那鲤鱼洲，拦湖做坝，因为是湖底，没有一棵树，没有一块石头。而且它那个土很怪，下了雨以后，一层稀泥，很滑，下面却很硬。走一百米，一般都要摔跤，不摔跤是不可能的，所以大家开玩笑说，在鲤鱼洲能走路，天下的路都能走了。

还有鲤鱼洲的水。我们从井里打上来的水，矿物质非常多。打上来的时候水是清的，放在脸盆里，到了第二天早上，上面一层红锈。我们的毛巾，用了一个礼拜以后就变红了。而且因为水的金属含量很高，所以小便很急，感到这个小便很重，好像尿出来的是水银似的。这是水。打一口井是这样，再打一口井还是这样。

下面说鲤鱼洲的自然条件。不知道谁概括了四个字，叫"冷"、"潮"、"热"、"风"。

"冷"是什么意思？冬天非常冷。

"潮"是什么意思？春天三个月，每天下雨，非常潮湿。我们出去劳动，衣服淋湿了，回来以后，我们也不去洗它，因为第二天还得去劳动，所以就挂在我们草棚外面的竹竿上，让它晾一晾，第二天湿乎乎的再穿上去劳动。春天三个月没有晴天，偶尔出个晴天，我们连队就放假，大家把被子拿出来晾一晾。但是你想，天天下雨，晾一天有什么用呢？也不能解决问题，这是"潮"。（那时候我们是连队编制，我们哲学系和历史系编在一个连，叫八连。中文系是七连。）

"热",是夏天热得不得了,百叶箱里温度计的温度是43度。屋里非常热,到了晚上,屋里待不了。屋里日光灯的四周飞着各种虫子,有很大的虫子,也有很小的虫子,转着飞。我们在灯下面放了一个脸盆,脸盆里放了水,这些虫子就掉在脸盆里头,满脸盆的虫子,有的虫子掉进脸盆的水里还在游动。

晚上也不能不干事,我们就在室外借窗里的灯光看一看报纸。但是这面墙白天吸足了热量,晚上它就散发出来,靠在墙边也热得不得了。

我们睡的是茅草棚。茅草棚里睡觉也很热,我们就把床搬到外面去。但是要挂蚊帐,因为蚊子太多,而且你的胳膊不能靠着这个蚊帐,因为蚊子会隔了蚊帐来咬你。有时候你的蚊帐里面会进来一两个蚊子,你要把它打死,把蚊子打死,你就出一身大汗。

"风"是什么?这不是一般的风,是龙卷风。那个地方有龙卷风,你说怪不怪?我们不是老听说美国有龙卷风吗?鲤鱼洲也有龙卷风。有一次来了龙卷风,就把我们隔壁的清华农场的一些房子,而且是石头盖的房子都刮塌了,我们还去支援他们,帮他们清理现场。

这是"冷"、"潮"、"热"、"风"。除了"冷"、"潮"、"热"、"风",还有"四害"。"四害"是我概括的。哪四害呢?

第一就是蚊子,蚊子多得不得了。有一种东西,当时叫避蚊油,说是擦上避蚊油,蚊子不来叮你,其实没有用,因为时间一长避

八、"冷"、"潮"、"热"、"风"的鲤鱼洲：什么是牛虻，什么是血吸虫

蚊油就会被蹭掉了。要穿长裤，不能穿短裤，天气很热，但是要穿长裤。这也不能解决问题，因为蚊子会隔着裤子来咬你，就像隔了蚊帐来咬你一样。你上厕所必须在白天，不能在晚上上厕所，因为蚊子会咬死你。这是蚊子，这是一害。

第二个是牛虻。牛虻过去我们在书里读到，有本书很有名叫《牛虻》，这本书我们都读过。虽然读过《牛虻》这本书，但我并没有见过牛虻。到了鲤鱼洲才知道什么是牛虻，它在早晨和晚上，太阳刚上山的时候和太阳刚下山的时候出来，我们这个时候正在田里劳动，因为中午劳动不行，中午太热了，有两次我感到都要晕倒了，太热了。所以后来大家建议中午不要劳动，早上晚上凉快，可这时牛虻出来了。牛虻叮你跟蚊子不一样，蚊子一赶就走了，牛虻是赶不走的，你必须要打它，它叮到你脸上，"啪"一打，它掉下来了。我们在田里劳动，两手都是泥，然后噼里啪啦自己打自己的脸，打得满脸都是泥。这是牛虻，很厉害。

第三个是老鼠，是田鼠，就是野地里的。老鼠多得不得了，在我们茅草棚里头乱窜。有一次我早上醒来一转身，发现有一个老鼠在我身体下，被我压死了，一个小老鼠。我们哲学系熊伟教授说，鲤鱼洲的老鼠有几万只之多，我以为熊先生说少了，鲤鱼洲的老鼠可能有十几万。

我们食堂的馒头，都是头天晚上就蒸好了，早上就把它热一热。可是晚上有老鼠跑进去了，早上蒸完，把笼屉一打开，里面就

有大老鼠被蒸死了。

我们到田里劳动,中午就不回来了,食堂把饭送到田头,有馒头,还有两桶白菜汤。我们就一面吃馒头,一面喝汤。等一桶汤都喝完了以后,发现桶底有两个老鼠。这时候喝进去的汤你要吐也吐不出来了,都喝进去了。这是老鼠。

第四个是什么?最可怕的不是"三害",而是第四个东西,就是血吸虫。鄱阳湖是血吸虫的疫区,鄱阳湖畔的很多农民患血吸虫病,都是大肚子。我们去那里劳动,我们田里的水是从鄱阳湖来的,水里头肯定有血吸虫啊。当时有一种药叫"二丁子"(音),是一种液体。我不知道"二丁子"三个字怎么写,说是抹了"二丁子"以后,血吸虫就钻不进来。当时我们就不相信,因为我就是抹了"二丁子",我到泥里这么一蹭,这个"二丁子"就被蹭掉了,两下子就没有了。所以实际上我们多数人都得了血吸虫病。

怎么来证明呢?血吸虫病有一个急性发作期,急性发作的时候是发高烧,那时候我们连队里一大批人突然都发高烧,我也发高烧。当时就按疟疾来治的,打一种氯霉素,一般人没有打过,痛得不得了。后来过一段时间又好了。其实那是血吸虫病的急性发作。

血吸虫进入你的体内以后,在体内是不能繁殖的。它怎么损害你的身体呢?它排卵,它的卵进入你的肝脏,你的肝脏受了破坏以后,就长了大肚子,就是有了腹水。有一部分卵就排出来了,排

## 八、"冷"、"潮"、"热"、"风"的鲤鱼洲：什么是牛虻，什么是血吸虫

出来长成毛蚴，钻到钉螺里头，然后再从钉螺里头出来变成成虫，再钻到人体里面去。所以消灭血吸虫，最重要的办法就是消灭钉螺，就是把这个链条打断。

血吸虫在你的体内大概能活八年，到了八年它就死了，在这八年中间，每年它要排卵，破坏你的肝脏。我们进行了血吸虫检查，检查的结果，有一部分人检查出来了，大多数人检查的结果是没有，而"军宣队"、"工宣队"（工人毛泽东思想宣传队，简称"工宣队"）里查出来的比例倒是很高。我们当时就怀疑，这个检查可能有问题，如果大家都查出来，这么多人都有血吸虫，影响不好。但是"军宣队"、"工宣队"的同志反而很多人都查出来了，实际上他们下去劳动的时间相对比较少，他们有，我们倒没有，这是不合情理的。

治血吸虫病是用一种"锑剂"（音），这两个字我不知道怎么写，反正是一种毒性很大的药，它能把血吸虫毒死，你自己的身体也受到损害了。我们很多人没有查出来所以没有治。没有治，血吸虫就在我们肚子里被带到了北京。回到北京以后，每到它的排卵期，我们就会突然感到肚子痛。我跟施德福老师住一个房间，我说："哎呀，我肚子痛。"施德福说："我也肚子痛。"我们俩在同一个时间不约而同肚子痛，那个时候就是血吸虫的排卵期。有一次，我在食堂排队买饭，突然肚子疼得不得了，赶快到校医院，校医院的医生也没办法，他就给你开一点颠茄，就是止疼。血吸虫就在我们肚子

里破坏我们八年。

　　后来我看谢静宜(北大、清华"军宣队"的负责人之一)的回忆录,她说,把北大、清华的教师安排到鲤鱼洲劳动,这是当时江西共产主义劳动大学的两位负责人建议的。他们对北大、清华"军宣队"的领导同志说,你们可以到鲤鱼洲,那个地方种稻谷不上肥料就能大丰收,"是最理想的一块土地"。当时北大、清华"军宣队"的领导同志问江西共产主义劳动大学这两位领导人,有没有血吸虫,他们肯定地答复:"没有。"他们的口气是保证没有。他们显然是说谎,因为鲤鱼洲田里的水是从鄱阳湖来的,鄱阳湖有血吸虫,那么鲤鱼洲怎么可能没有血吸虫呢?而且鄱阳湖那个时候是疫区,周围的人有很多是大肚子,这是很明显的。据谢静宜说,后来北大、清华"军宣队"有人想去找江西共产主义劳动大学那两个人,好像找不着了,总之这个事就不了了之了。①

　　鲤鱼洲血吸虫的情况就是这样,当时很多老先生都去了鲤鱼洲,比如我们哲学系的冯定、张岱年、王宪钧、周先庚,历史系的邓广铭、商鸿逵、宿白等都到了鲤鱼洲。

　　那时在鲤鱼洲劳动是相当艰苦的,大年三十晚上我们还劳动,在那里挖排灌站,两脚踩在泥里头。当时的口号是"过一个革命化的春节"。

---

① 谢静宜:《毛泽东身边工作琐忆》,第204～205页,中央文献出版社2016年版。

八、"冷"、"潮"、"热"、"风"的鲤鱼洲：什么是牛虻，什么是血吸虫

那个时候劳动强度很大，比如说扛麻袋，这个麻袋，五十斤一袋，我们过去没有扛过，如果从仓库里背上麻袋出来，外面有卡车，放到卡车上，路很近，还可以坚持。记得有一种麻袋里面装的是稻种，八十斤一袋，扛起来就很重了。特别是有一次，要把堤坝下的麻袋扛上堤坝，刚下过雨，地很滑，我们扛八十斤稻种的麻袋，根本坚持不住，走几步就摔跤了，麻袋也摔掉了。我那次没有一次扛到底的，走两步就摔倒了。

生活条件当然也是很艰苦的，我们住一个大草棚，是通铺。下雨天大草棚是能挡雨的，但是下雪天挡不了，雪通过草棚能进来。我们就把大家包行李的塑料布都拿出来，连在一起，挡在棚顶下面，这样雪就被挡住了。

在鲤鱼洲劳动，有一个插曲，值得一说，就是在插秧的时候和聂元梓的一段对话。

聂元梓这个人，现在的大学生大概很少有人知道她了，但在"文化大革命"中，她是"响当当"的革命造反派领袖人物。1966年5月25日，北京大学哲学系以她为首的七位干部、教师，在大饭厅东墙上贴出一张大字报，题目是《宋硕、陆平、彭佩云在文化革命中究竟干些什么？》。这张大字报在北大校内引起轩然大波，有反对的，有赞成的。1966年6月1日，中央人民广播电台播放了这张大字报，当天《人民日报》也发表了这张大字报。由此，聂元梓成了"文化大革命"的"英雄"。后来，北大成立"文化革命委员会"（简称"校

文革"），聂元梓是"校文革"的主任。再接下去，北大的"红卫兵"分裂成两派，两派发生"武斗"，"工宣队"、"军宣队"进校，重新成立"革命委员会"，取代"校文革"。在全校群众大会上，"军宣队"的谢静宜在讲话中批评聂元梓和北大"校文革"，谢静宜说，什么"红色校文革"，是"派文革"、"逼供信文革"、"武斗文革"！当时参加大会的人一听谢静宜说这话的口气，就知道这话有来头，决不是谢静宜自己的话。①

所以聂元梓在"工宣队"、"军宣队"进驻后，她就属于受批判的人物，不再风光了。大多数教职工到鲤鱼洲劳动，她也跟着来了。

这一天插秧，正好聂元梓在我旁边。我说："老聂（我们当时称她为'老聂'），我向你学习！"她说："我也向你学习！"当时插秧要比谁插得快，"我向你学习"就是我们来比赛一下的意思。

这里补说一句，聂元梓插秧的速度非常快。这一点大家都很惊讶。在大家心目中，聂元梓已经是一位老太太，插秧怎么能这么快？唯一的解释是她参加革命时间比较早，在革命队伍中受过劳动的锻炼。

回过来说这一次插秧。插了一段，聂元梓对我说："叶朗，你知道吗？你插每一棵秧都比我快，但总体上你插秧不如我快，我要赶上你我就可以赶上你，你要赶上我我就不会让你赶上我。你知道

---

① 参见谢静宜：《毛泽东身边工作琐忆》，第184～185页，中央文献出版社2016年版。

八、"冷"、"潮"、"热"、"风"的鲤鱼洲：什么是牛虻，什么是血吸虫

这是什么原因吗？"

我一听，我插每一棵秧比她快，可是总体上却不如她快，她要追上我就可以追上我，我要追上她她却可以不让我追上她，这不是太奇怪了吗？

我说："我拿起每一捆秧时，要直起身子，把秧苗整理一下，这可能耽误时间了。"

她说："不，这个不算。我拿起秧苗也直起腰来整理一下，这也是一种休息。"

我问："那是什么原因呢？"

她说："你想要知道原因吗？"

我说："当然想知道了。"

她说："那我告诉你。"

这时，聂元梓就不慌不忙地说出一番道理来。

她说："这个插秧，当你碰到条件不好的时候，你不要着急，要沉住气。"

什么叫条件不好呢？比如一捆秧，起秧的人整理得很齐，插起来就很方便；整理得不齐，插秧时就要重新整理一下，这就要花时间。还有，插秧的田块，有的整得很好，干湿适中，插秧很省劲；有的整得不好，一个硬块，插不进去，或者一个水坑，插下去就漂秧了。这都是条件不好。

聂元梓和我说的是插秧的心态。她说："当你碰到条件不好的

时候，你不要着急，要沉住气，你别看人家上去了，你落后头了，这不要紧的，这点差距一会儿很快就会赶上的。但是当你碰到条件好的时候，这个时候你不要舍不得费力气，这是关键的时刻，你要咬紧牙，猛使劲，这样一下子你就上去了。"

我当时一听，大为吃惊。我马上理会到，这个聂元梓跟我讲的不是插秧，而是她的人生哲学。我想聂元梓自己就是按这种人生哲学行事的。"文化大革命"开始的时候，可能就是她说的"条件好"的时候，她是"全国第一张马列主义大字报"的作者，那时全国各地造反派的领袖都来找她，拜访她。据说那时她晚上睡眠很少。又据说她的目标是盯住中央政治局委员的位置。她要猛使劲，使自己上去。到她和我一起插秧的这个时候，她的情况已经不太妙了，当时"工宣队"、"军宣队"已经在组织批评她了。但是她这番话的意思是告诉我，她并不着急，她沉得住气，你别看我现在不行了，将来形势一变，我猛一使劲，照样可以飞快地上去。

我想，聂元梓这个人，文化水平确实不太高，当时流传许多关于她的笑话（真假难辨），例如在做报告时把"静静的顿河"说成"顿顿的静河"，但是这个人的政治经验很丰富，人生经历也很丰富，见识也多。她关于插秧的这番话，就表示了她的一种人生见识，不过最终没有为她带来成功，因为她的所作所为，在根本上违背了时代潮流。时代潮流终究是不可违抗的。

## 九、邓以蛰印象："朋友中最雅的人"

邓以蛰先生(1892—1973,字叔存,安徽怀宁人)也有国外留学的经历。他1907年至1911年在日本留学,在那里结识了陈独秀。1917年他又去美国,在哥伦比亚大学学习哲学和美学,共五年。回国后他当过北大哲学系的系主任。1933年至1934年,他出访欧洲,参观意大利等国的博物馆,并游学巴黎大学。他是艺术鉴赏家、收藏家和美学理论家。但是50年代后,他得了肺病,身体不好,所以长期没有讲课,也没有写什么文章。他的文章基本上都是50年代前写的。当时他住在未名湖边朗润园里,单独一栋房子。我们经常到他家里去看他。邓先生为人非常好,忠厚,仁慈。他是邓石如的五世孙。邓石如是清代大书法家,他的书法被康有为誉为神品。

邓以蛰先生本人的书法也非常好,他的隶书、篆书都非常好。我们到他家里去,他经常把他收藏的一些东西拿出来给我们看。

我印象最深刻的是,他有一个祝允明(祝枝山)写的杜甫的《秋兴八首》,是横轴。我们看的时候就好像听一个人在弹钢琴,美妙万分。当然他收藏有大量邓石如的书法作品,后来他把他收藏的邓石如的作品全部捐给故宫博物院。当时北大没有艺术博物馆,如果有艺术博物馆的话,这些书法作品放在北大艺术博物馆里,可以作为大学生艺术教育的极好教材。现在捐给故宫博物院,故宫博物院的东西太多了,他们并不在乎。

当时我们去的时候,常听邓先生说:"前两天,康生(有时说陈伯达)到我这儿借走我收藏的一幅书法作品,去挂几个月。"他们当时还是还回来的。

邓以蛰先生还为我们国家贡献了一个伟大的儿子,是谁呢?就是两弹元勋邓稼先。邓以蛰先生后来在"文化大革命"中因病去世,我们去参加他的追悼会,我看到了邓稼先,也看到了许德珩。许德珩是邓稼先夫人许鹿希的父亲,是全国人大的副委员长。杨振宁写过一篇回忆邓稼先的文章,写得很好,读了那篇文章,只觉得眼前一片光华灿烂。杨振宁文章中引用了在邓稼先去世后,他给许鹿希的信中的几段话:

"希望你在此沉痛的日子里多从长远的历史角度去看稼先和你的一生,只有真正永恒的才是有价值的。"

"邓稼先的一生是有方向、有意识地前进的。没有彷徨,没有矛盾。"

"是的,如果稼先再次选择他的人生的话,他仍会走他已走过的道路。这是他的性格与品质。能这样估价自己一生的人不多,我们应为稼先庆幸。"

这些话说得非常好。有邓稼先这样的儿子,值得邓以蛰先生引为骄傲。

关于邓以蛰先生,还有一件事值得说一下。金岳霖先生说:**"叔存是我们朋友中最雅的。雅作为一个性质,有点像颜色一样,是很容易直接感受到的。"**[①]

---

① 金岳霖:《金岳霖文集》,第四卷,第739页,甘肃人民出版社1995年版。

# 一〇、朱光潜印象：春来怒抽条，气象何蓬勃

1978年，朱先生翻译的《歌德谈话录》出版。1979年，朱先生翻译的黑格尔《美学》第二卷、第三卷和莱辛《拉奥孔》又相继出版。对于我们这些搞美学的人来说，这些书的出版，真是有如盛大的节日，我们的高兴是无法形容的。

"文革"动乱的初期，我没有机会见到朱先生。我担心他的身体经不住那种野蛮的折磨。我也惦记着他的译稿。我知道朱先生已把黑格尔《美学》第二、第三卷翻译了大部分，但译稿在"文革"初期被人抄走了。我碰到西语系的朋友就打听朱先生的译稿找回来没有，回答都说还没有找到。朱先生翻译这部巨著花了大量的时间和精力，如果真的找不回来，其损失是无法弥补的。1975年，有一天晚饭后，我在学校图书馆前的广场上遇见正在散步的朱先生。我们都为这次偶然的见面感到高兴。我问他身体怎么样，他说很好。我又问起黑格尔《美学》的译稿，他说已经找到了。我听了真

一〇、朱光潜印象：春来怒抽条，气象何蓬勃

是喜出望外。但我没有想到，粉碎"四人帮"不到三年，朱先生就连续翻译、整理出版了黑格尔《美学》两大卷，还有《歌德谈话录》和莱辛的《拉奥孔》，加起来有一百二十万字。朱先生的生命力和创造力是多么惊人！我忽然想起童年时代看到的丰子恺先生的一幅画。画面上是一棵极大的树，被拦腰砍断，但从树的四周抽出很多的枝条，枝条上萌发出嫩芽。树旁站有一位小女孩，正把这棵大树指给她的弟弟看。画的右上方题了一首诗，我至今记得很清楚：

　　大树被斩伐，生机并不息。
　　春来怒抽条，气象何蓬勃！

我想,对于朱先生的生命力和创造力,对于朱先生的人生态度,对于朱先生的献身精神,这幅画(连同画上的诗)不正是极好的写照吗?

1980年8月,朱先生出版了《谈美书简》。同年10月,朱先生又出版了《美学拾穗集》(八十岁以后的论文集)。我读了这两本书后,写了一篇感想,题为《美学研究和学风问题》,发表在北大出版社的《大学生》丛刊上。我在文章中谈到朱先生多年来以极其严肃认真的态度钻研马克思主义的经典著作,接着说:

现在我们的报刊几乎每天都在发表各种研究和论述马克思主义的文章,但是像朱先生这样对马克思主义经典著作进行严肃、刻苦钻研的,恐怕还是凤毛麟角。50年代国内展开美学问题讨论的时候,朱先生曾表示决心要学马列主义,有人就说:"朱某某不配学马列主义!"说这句话的先生当然并无恶意,不过是受了流行的极左观念的影响。但是这句话激发了朱先生的自尊心,他暗地里答复说:我就学给你看看!二十多年来,朱先生确实这样做了。这是很了不起的。一个人,如果没有这种追求真理的精神,如果没有这种追求真理的勇气,还搞什么学问呢?说到底,这也就是朱先生说的人生态度问题:"是敷敷衍衍、蝇营狗苟地混过一生呢?还是下定决心,做一点有益于人类文化的工作呢?"这两种人生态度是根本不同的。

我认为,在树立严肃的、科学的学风方面,也就是在正确对待马克思主义这个问题上，朱先生这两本书的意义，远远超出了美学学科的范围，它将在我们整个理论界、学术界，以及在广大青年中，发生深远的影响。

朱先生《美学拾穗集》的书名取自法国大画家米勒的名画《拾穗者》。我在文章中说：

夕阳微霭中弯腰拾穗的形象，确实很能体现朱先生的人生态度，为了对祖国的文化建设做出尽可能多的贡献，他从不停止自己的辛勤的劳作。多年来，朱先生就是抱着这种"拾穗者"的心情，写了一篇又一篇的美学论文，同时又精心翻译了好几部西方古典美学的名著。其中特别是黑格尔三大卷《美学》的翻译，别人很难胜任。这是朱先生对我国美学学科建设的不可磨灭的贡献。

1981年10月18日，朱先生读了我这篇文章，当即给我写了一封信。信中说，"近两年来见到的评介我的论著的文章有十多篇，您的这篇算是抓住要害，最中肯最得体的一篇。所以我读到特别钦佩和高兴，特写几句话向您表示感谢"。

朱先生很高兴，我想是因为从我这篇文章中，他看到他的人生态度和人生追求得到了人们的理解，这使他感到欣慰。

1984年春节，我去看望朱先生，给他带去了北大出版社新出的我写的《中国小说美学》。我在写《中国小说美学》时，曾对朱先生谈过自己的想法。我说，学术界很多人向来认为明清小说评点毫无价值，其实这是一种偏见，明清小说评点中有很多很有价值的美

朱光潜先生雕像（作者陈玉）

学思想。朱先生赞同我的想法。他说："把注意力集中到小说评点，很对。你这本书可以定名为《中国小说美学》，也可以定名为《小说评点研究》。"现在这本书出版了，朱先生很高兴。他问了这本书出版后学术界的反应，接着我们随便聊起天来。我谈到最近报刊上出现了一些谈中西美学不同特点的文章，其中有的文章一开口就说中国美学的根本特点是什么，西方美学的根本特点是什么，一二三四一大套，片面性很大。这种文章的作者给人一个印象，就是他既可以不下功夫系统地研究中国美学，又可以不下功夫系统地研究西方美学，但是他却可以搞中西美学的比较研究，而且可以很快做出一个又一个的结论，似乎这是一条"捷径"。朱先生听了我的话,沉思了一会,说:"我同意你的意见。我认为,我们现在搞中西美学的比较研究还不具备条件。"我接着谈到,现在有些美学文章,写得十分晦涩,读了半天也不知道他说的是什么意思,简直是深奥莫测。朱先生笑了,他摆摆手说:"很简单,就是他自己根本没有搞清楚。自己搞清楚的,怎么会说不清楚!"接着我又问起朱先生翻译维柯《新科学》的情况。朱先生告诉我,这部书翻成中文约四十万字。已译完,正在做扫尾工作。朱先生还说,这部书在他翻译的书中是最难译的一部,朱师母曾对他说:"这部书把你的精力耗尽了!"

从朱先生家里出来,我想起了青年画家张宏图的一幅题为《永恒》的油画。

那幅画的画面形象十分简洁。一位古代工匠完成了霍去病墓前的巨型石虎的雕刻,精疲力竭,扑倒在这件伟大艺术品的面前。石刻巨兽是这样的雄伟,鲜活,光辉四溢,充满生命活力,而它的创造者却是这样的瘦小,黝黑,生命力显然快要消耗尽了。这个简单的然而是惊心动魄的对比,启示着很深的人生哲理。人的生命是有限的、短暂的、易逝的。你看画上那位工匠,他的艺术品完成了,他的生命力也耗尽了。但是他用他的生命所创造的艺术品却是永恒的,他在他创造的艺术品中也就得到了永恒。时间经过了两千多年,我们在这件石刻巨虎面前仍然惊叹它的美,因为我们在它身上看到了我们祖先的不朽的生命力和创造力。美、艺术,不就是人类的生命力和创造力的结晶吗？我们每个人的生命都是短暂的，但是中华民族的文化却是永恒的长河。我们理应像我们伟大勤劳的祖先一样，用献身精神来从事我们的创造，用我们的全部生命来创造我们中华民族的新的文化，在中华民族灿烂文化的长河中来求得我们生命的永恒。

朱先生就是这样做的。对于朱先生的生命力和创造力，对于朱先生的人生态度，对于朱先生的献身精神，这幅画正是极好的写照。

在这之后，朱先生因病重几次住院。我很想去看望他，但又怕打扰他。后来，我听说朱先生用了一种什么新的药，病情有所好转。正好我写的《中国美学史大纲》已由上海人民出版社出版，我要把这本书送给他。我知道他的病情已不允许他再读书，但是我想他看到这本书出版，一定会很高兴的，这才下了决心，到朱先生家里去看他。那是1986年3月2日，星期天。我进到客厅，朱先生迈着缓慢的步子从里屋出来，听说我把新出的书给他送来，果然十分高兴。他在藤椅上坐下，双手抚摸着这本书的封面，又翻动着书页。他问我这本书是哪个出版社出版的。我怕时间长了会影响他的身体，交谈了几句，就起身告辞。临别时我对朱先生说："朱先生多保重身体，过些时候您身体恢复了我再来看您！"朱先生笑容满面，握住我的手，又不住地说："谢谢！谢谢！"

想不到这竟是最后一面。离我去看望他不过两天，朱先生的病情突然恶化，抢救无效，朱先生在3月6日清晨辞世。

一〇、朱光潜印象：春来怒抽条，气象何蓬勃

我又想到那幅油画：《永恒》。人的精神确实可以永恒。朱先生劳作一生，一直到八十八岁的高龄，仍然每天握笔，没有片刻的停顿。现在他离开我们走了，但是那"**春来怒抽条**"的大树的形象，那**夕阳微霭中弯着腰的拾穗者的形象**，那耗尽生命扑倒在他自己创造的伟大艺术品面前的工匠的形象，在我心中永远不会磨灭。在我今后的生命途程中，它们将伴随着我，照亮我的内心，激励我去追求更高的人生价值和人生境界。

附　朱光潜先生致作者信

> 叶朗同志：
>
> 您在《美学》上写的大文我已读过。近两年来见到的评介我的论著的文章有十多篇，您的这篇算是私怀要宽敞中写得最得体的一篇。所以我读到特别欣慰和高兴。对写几句话向您表示感谢，益跂
>
> 敬礼！
>
> 朱光潜
> 1981-10-18日
> 时八十有五初度

红了樱桃绿了芭蕉
　　——情系燕园六十年

叶朗同志：

　　您在《大学生》里写的大文我已读过，近两年来见到的评介我的论著的文章有十多篇，您的这篇算是抓住要害，最中肯最得体的一篇。所以我读到特别钦佩和高兴，特写几句话向您表示感谢，并致敬礼！

朱光潜

1981 年 10 月 18 日

时八十有五初度

# 一一、宗白华印象:照亮美的光来自心灵

我和宗白华先生接触比较多。

我们当时经常到宗先生家里去看他。宗先生家里书桌上放着一尊唐代的佛像,神态安详,满脸放光,在微笑中透露出智慧和祥和。这是他从南京带来的。宗先生原来住南京,日本鬼子打来的时候,他就把这尊佛像埋在院子里头,日本投降以后,他又把佛像挖出来。我们都知道宗先生与学术界和文艺界的一些名人有交往。例如郭沫若的诗《女神》,当时寄给上海《时事新报》的副刊《学灯》,《学灯》原来是郭绍虞在编。郭沫若把诗寄去,郭绍虞没有发表。后来郭绍虞出国到欧洲去了,宗先生替代了郭绍虞当编辑。宗先生一去,就全给发表出来了。所以宗白华先生是郭沫若的伯乐,郭沫若的诗歌出名,跟宗白华大有关系。当时郭沫若和田汉在日本,宗白华和他们有通信,这个通信收集起来,就叫《三叶集》。所以宗白华先生和郭沫若、田汉的关系很密切。宗先生和徐悲鸿

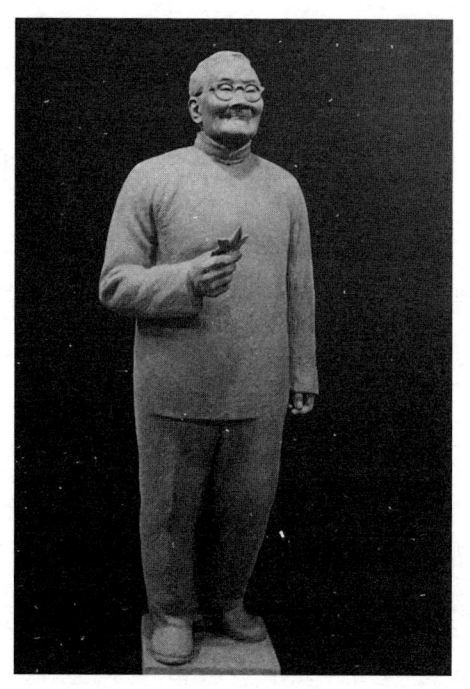

宗白华先生雕像（作者陈玉）

的关系也很密切。20 世纪 50 年代，郭沫若和田汉都有很高的地位，宗先生依然保持一介书生的模样，穿一身棉衣，戴一顶有护耳的棉帽，背一个小书包，挤公共汽车进城看戏剧演出和美术展览。宗先生常说的一句话是："研究美学的人必须爱美，爱艺术。"

60 年代初，系里请宗先生开一门"中国美学史专题"的选修课，让我当这门课的助教。第一个学期他在哲学系讲，第二个学期他在中文系讲。系里听取学生的建议，希望宗先生能够发一个讲课的提纲。我把这个意见转告宗先生，说系里面希望你发一个提纲。宗先生说："那你给我弄一个吧。"我就根据第一个学期我听宗先生课的笔记,以及宗先生印发给学生的一些资料(主要是园林的),另外我又去找了一些资料,加以整理、剪裁,写了一个讲课提纲,把它变得比较有系统了,文字也很简洁。写好之后,送给宗先生看。宗先生看了后,说:"很好。"我记得他一字未改,就叫我印出来发给学生。然后宗先生还在课堂上表扬我说:"叶朗同志帮我写了一个提纲,写得很好,现在发给大家。"

等到80年代改革开放,上海有一个刊物叫《文艺论丛》向宗先生要稿子,宗先生就把这篇文章给了他们,题目就是《中国美学史中重要问题的初步探索》,在刊物上发表了。后来这篇文章又收进了宗先生的论文集《美学散步》。这是宗先生最早的一个论文集,是上海人民出版社出的。这篇文章成了宗先生论文集里最长的一篇文章。后来北大出版社又出了一本《艺境》,人民出版社也出了一本《美学与意境》。这三本书收的论文基本上差不多。北大出版社的《艺境》里面收了宗先生早年的《流云小诗》。

当时我除了做教研室分配给我的工作,自己还做一些中国美学史的研究,写了一些文章。其中一篇《叶燮的美学思想》,写得很长,写好以后,我就给宗先生看。宗先生看了以后,觉得写得很好,他主动地给我写了封推荐信,让我投给《新建设》。《新建设》是当时国内最重要的一家人文社科的刊物。我就把这篇文章连同宗先生的推荐信寄去了。但是《新建设》没有给我发表,可能是他们认为文章写得不好,或者作者是无名小卒,宗先生的推荐信没有起作用。80年代初,我把这篇文章寄给徐中玉先生,徐中玉先生也很欣赏这篇文章,把它在他主编的《文艺理论研究》上发表了。

宗白华先生晚年病重的时候,有一次我送他到医院去,他已经迷迷糊糊了。送到医院,我们扶他坐在候诊室的长条椅子上,等着挂号。他一会儿醒过来了,醒过来第一句话就是:"啊,狼狈啊!"他觉得自己很狼狈。我宽解他说:"宗先生,年纪大了,病了是难免的,不要这么在意。"我扶着他去做各种检查。检查完了之后,想要住院,当时就剩下一间高干病房,高干病房必须一级教授才能住,宗先生当时是三级教授,不能住进去,资格不够。宗先生当然完全够一级教授,但当年他从南京大学调到北大时,只评了三级教授。这显然是歧视,但当时他也没有去争,有人说他是魏晋风度,什么都不在乎。不争也就罢了,但是到了这时候就住不进医院了。这个事情传出去以后,很多人都叹息。

宗白华先生对中国美学和中国艺术的阐释精深微妙,至今仍给我们许多深刻的启示。这些启示,有一些是属于美学基本理论的理论核心区的启示,因而对我们构建具有中国色彩的美学基本理论和美学理论体系是极为重要的启示。

照我的理解,启示主要有三点(当然宗先生的启示不限于这三点)。

第一,美不能离开心灵的创造。

宗先生说:**"一切美的光是来自心灵的源泉:没有心灵的映射,**

是无所谓美的"①。

宗先生阐释王羲之的诗"群籁虽参差,适我无非新",说这两句诗"写出晋人以新鲜活泼自由自在的心灵领悟这世界,使触着的一切呈露新的灵魂、新的生命","这丰厚的心灵'触着每秒光阴都成了黄金'"。②

宗先生说:"魏晋时代人的精神是最哲学的,因为是最解放的、最自由的","这种精神上的真自由、真解放,才能把我们的胸襟像一朵花似地展开,接受宇宙和人生的全景,了解它的意义,体会它的深沉的境地"。③

因为中国艺术是心灵的映射,心灵的创造,所以宗先生又强调中国艺术作品乃是呈现一个心灵的境界。

宗先生引方士庶的话:"因心造境,以手运心","山苍树秀,水活石润,于天地之外,别构一种灵奇",又引恽南田的话:一草一树,一丘一壑,皆"灵想之所独辟,总非人间所有",然后总括说:"艺术家以心灵映射万象,代山川而立言,他所表现的是主观的生命情调与客观的自然景象交融互渗,成就一个鸢飞鱼跃,活泼玲珑,渊然而深的灵境"。④ "这一种永恒的灵的空间,是中国画的造境"。⑤

---

① 宗白华:《宗白华全集》,第二卷,第358页,安徽教育出版社2008年版。
② 同上书,第275页。
③ 同上书,第274页。
④ 同上书,第358页。
⑤ 同上书,第145页。

宗先生又引瑞士思想家阿米尔的话："**一片自然风景是一个心灵的境界。**"这就是说，不仅艺术作品呈现一个心灵的境界，自然风景的美也呈现一个心灵的境界。

宗先生说的"灵境"、"心灵的境界"，就是心灵照亮的意象世界，这就是中国美学、中国艺术眼光中的美！

第二，中国艺术所呈现的境界不同于西方艺术的物我对立的境界，是物我同一的境界。

宗先生一方面强调中国艺术是心灵的创造，一方面又强调在中国艺术作品中，心灵和自然的完全合一。他说，"中国宋元山水画是最写实的作品，而同时是最空灵的精神表现，心灵与自然完全合一"。**中国艺术"是世界最心灵化的艺术（德国艺术学者 O. Fischer 的批评），而同时是自然的本身"。**①

宗先生指出，中国山水花鸟画的美学就是"于静观寂照中，求返于自己深心的心灵节奏，以体合宇宙内部的生命节奏"②。心灵本身是宇宙的创化。

对于中国艺术的这种物我同一的境界，金岳霖先生曾经举过一个很好的例子。金岳霖先生是哲学家、逻辑学家，但他对于中国艺术有很深的感悟和理解。他说，他喜欢中国的山水画，中国山水

---

① 宗白华：《宗白华全集》，第二卷，第 46 页，安徽教育出版社 2008 年版。
② 同上书，第 109 页。

画的背景或根源就是"天地与我并生,万物与我为一"。金先生举例说:"'松下问童子,言师采药去,只在此山中,云深不知处。'这位童子对于他所在的山何等放心,何等亲切呀!"①虽然只是一个小例子,但可以看出金先生对于中国文化,对于中国艺术的感悟、理解多么深刻!**宗先生常喜欢说"宇宙意识"、"生命情调",从金先生的这个例子,我们可以比较亲切地感悟到中国人美感中包含的"宇宙意识"、"生命情调"是一种什么意蕴了。**

第三,中国生命哲学启示人们体味人生之情趣,因而成就一种审美的人生。

宗先生认为西方的形而上体系是唯理的体系,中国的形而上体系是生命的体系。**生命的体系突出"象",重在了解世界的意趣(意味)。**中国的生命的体系和艺术不能分裂。中国哲学的"道"就是宇宙的生命本体,它与人生不能分离,与整个人生的情趣不能分离。这种生命哲学的形而上学就会影响和启示人们去追求一种审美的人生。宗先生以魏晋人的人生态度来说明。宗先生说,魏晋时代"是中国历史上最有生气,活泼爱美,美的成就极高的一个时代"。宗先生把魏晋人的人生态度归纳为两点:**"一是把玩'现在',在刹那的现量的生活里求极量的丰富和充实,不为着将来或过去而放弃现在的价值的体味和创造";"二则美的价值是寄于过程的

---

① 金岳霖:《金岳霖文集》,第四卷,第770页,甘肃人民出版社1995年版。

本身，不在于外在的目的，所谓'无所为而为'的态度"。①

  宗先生说的"把玩现在"，就是王夫之说的"现量"。美感是"现量"，"现量"的一个意义是"现在"。美感是"现在"，就是当下的直接的感兴。"现在"是瞬间，但这种瞬间总是超出自身，有一种意义的丰满。这种瞬间就是永恒。正因为这样，人生才有了丰富的意义和价值。只有"现在"才能照亮本真。

  宗先生说的"美的价值是寄于过程的本身"，就是中国美学说的"审美心胸"。"审美心胸"就是有一个空明的心境，排除实用的功利的欲求。这也就是庄子说的"游"的精神境界，有了这种精神境界，才能发现生活中本来的美。

  我们可以看到，宗白华先生对于中国美学和中国艺术的阐释，对于我们理解美和美感，对于我们理解审美和人生，从而对于我们在 21 世纪构建具有中国色彩、体现中华美学精神的美学基本理论和美学理论体系，的确有极大的启发，分外值得我们重视，值得我们珍惜。

---

① 宗白华：《宗白华全集》，第二卷，第 279 页，安徽教育出版社 2008 年版。

# 一二、冯友兰印象：用生命吐丝

当年在西南联大，有人说，中国哲学界有四位学者有可能建立自己的哲学体系，这四位学者是：冯友兰、金岳霖、贺麟、熊十力。在这四位学者中，由于历史的原因，金岳霖、贺麟虽然都有自己的成就，但最终似乎都未能建立自己的哲学体系，真正建立自己哲学体系的，只有冯友兰先生和熊十力先生。这里只谈冯友兰先生。

冯友兰先生在抗日战争期间写了六部书：《新理学》(1939年)、《新事论》(1940年)、《新世训》(1940年)、《新原人》(1943年)、《新原道》(1945年)、《新知言》(1946年)。冯先生自己称之为"贞元六书"，又称为"贞元之际所著书"。"贞元"出自《周易》乾卦卦辞"元亨利贞"。"元"代表发生，"亨"代表成长，"利"代表成熟，"贞"代表消亡。这四个字表示一切事物的发展是从"元"到"贞"，再从"贞"重新开始。冯先生把当时的情形称为"贞下起元"，当时是抗日战争最困难的时候，但是最大的困难即将渡过，冬尽春来，新的发展即将到来。这表明冯先生对中华民族的复兴抱有充分的信念。这也是他创作"贞元六书"的精神动力。冯先生自己说,"贞元六书""是对于中华民族的传统精神生活的反思"①。

汪子嵩认为,冯先生在"贞元六书"中"创造了一个哲学体系,这个体系也可以说是西方的新实在论和中国宋明理学的融合"。"他创立的'新理学'体系,把中西哲学融合起来,而且这个体系后来发展得比较完善,包括了很多方面的内容。在这方面,我认为冯先生是中国近现代史上的第一位哲学家"。②

汪子嵩还认为,冯先生的《新世训》一书,"讲的许多问题都有自己特有的角度,有很高的思想水平。现在(看它——引者补)所讨论的很多问题,譬如中西文化之间的关系、中国哲学史怎么发展、人与人之间的关系怎么处理等等,都很有意义"③。

张世英也认为冯友兰先生"是20世纪我国真正有自己独创的思想体系的哲学史家和哲学家"④。

冯先生自己对于建立哲学体系也有一种自觉。他在《新原人》自序(1942年)中说:"为天地立心,为生民立命,为往圣继绝学,为

---

① 冯友兰:《三松堂全集》,第一卷,第209页,河南人民出版社2000年版。
② 汪子嵩口述,张建安采写:《往事旧友,欲说还休》,第31页,生活书店出版有限公司2015年版。
③ 同上书,第32页。
④ 张世英:《归途——我的哲学生涯》,第43页,人民出版社2008年版。

万世开太平,此哲学家所应自期许者也。"1982年他在美国哥伦比亚大学接受"名誉文学博士学位"的仪式上,有一个答词,其中说:

"在四十年代,我开始不满足于做一个哲学史家,而要做一个哲学家。哲学史家讲的是别人就某些哲学问题所想的;哲学家讲的则是他自己就某些哲学问题所想的。在我的《中国哲学史》里,我说过,近代中国哲学正在创造之中。到四十年代,我就努力使自己成为近代中国哲学的创作者之一。"①

冯先生的晚年一直在写《中国哲学史新编》,依然是属于创造新的哲学体系的努力。他说:

"我感到,我的《中国哲学史新编》有一项新的任务。它应当不仅是过去的历史的叙述,而且是未来的哲学的营养"②。

"我所能做的事就是把中国古典哲学中的有永久价值的东西,阐发出来,以作为中国哲学发展的养料,看它是否可以作为中国哲学发展的一个来源。我认为中国古典哲学中有些部分,对于人类精神境界的提高,对于人生中的普遍问题的解决,是有所贡献的。这就有永久的价值。"③

有一次,我在校内新华书店门口碰见冯先生,我问他在忙什么,他说还在写《中国哲学史新编》。我问:"你准备写到哪儿?"他

---

① 冯友兰:《三松堂全集》,第一卷,第308页,河南人民出版社2000年版。
② 同上书,第311页。
③ 同上书,第313页。

笑了笑："我是准备写到现在。"我当时听了不免大吃一惊。写到现在？现在怎么写？后来我看汪子嵩先生在回忆录里也说到这一点。他说：

"现在一般人写中国哲学史，最多只写到1949年，之后就不写了，因为那不好写了，也不敢写，许多结论不好下，也不敢下。可冯先生写了，而且按自己的想法去写。"①

这是指冯先生《中国哲学史新编》的第七卷，"现代哲学"。当时冯先生的夫人去世了，他写了一副挽联："同荣辱，共安危，出入相扶持，碧落黄泉君先去；斩名关，破利索，俯仰无愧怍，海阔天空我自飞"。汪先生说："上联是写他们夫妻几十年内荣辱共享的恩爱之情；下联是写他摆脱了功名利禄束缚之后的自由。把名利思想的约束抛开了，把原来的种种顾虑担忧统统抛在一边，我就是我，我要说什么就说什么，恢复了自我，不必再说那些违心的话，可以堂堂正正地做一个人。'俯仰无愧怍'，没什么好愧怍的，又何必再受这样那样的束缚和限制呢？海阔天空，我自翱翔。他写这副挽联，是把他自己的心情和志向都写出来了。"②

汪子嵩说，冯先生在书中推崇张载的"仇必和而解"，"确实具有哲人的睿智和远见"。③ 他认为，"冯先生在晚年确实达到了'海

---

① 汪子嵩口述，张建安采写：《往事旧友，欲说还休》，第180页，生活书店出版有限公司2015年版。
② 同上书，第180～181页。
③ 同上书，第181～182页。

阔天空我自飞'的天地境界"。①

冯友兰先生1988年写了一副对联,一直挂在书房:

阐旧邦以辅新命

极高明而道中庸

冯先生说:"上联说的是我的哲学史工作的意义,下联说的是我的自我修养和目标,这两句话,是我的自勉之辞。"

上联出自《诗经·大雅》:"周虽旧邦,其命维新。"冯先生说,现在的中国是旧邦而有新命,新命就是现代化。"阐"是写出他对中国文化和中国哲学的体会,以便使新时代中的中国能够保持文化上的同一性和个性,而又同时促进实现新命。"极高明而道中庸"出自《中庸》,这是冯先生平生最推崇的一句话。"极高明"是最高的精神境界,即冯先生说的"天地境界",而这种境界并不离开人伦日用。冯先生认为这是中国哲学的传统。

陈来认为,这副对联体现了冯先生的"终极关怀",是冯先生的"终极性的文化信念","是冯先生学术生命的根本动力"。②

冯先生一向推崇程明道的《秋日》诗:"闲来无事不从容,睡觉

---

① 汪子嵩口述,张建安采写:《往事旧友,欲说还休》,第179页,生活书店出版有限公司2015年版。

② 陈来:《燕园问学记》,第16～17页,北京大学出版社2008年版。

东窗日已红。万物静观皆自得,四时佳兴与人同。道通天地有形外,思入风云变态中。富贵不淫贫贱乐,男儿到此是豪雄。"陈来认为从精神境界来说,冯先生对程明道诗中说的"从容"、"自得"有真受用,他宽裕温平、和易怡悦、从容自得,非常接近于明道的"道学气象"。① 中国古人认为,一个人的学问和气象不可分离。所以,陈白沙说:"学者需理会气象。"气象是一个人的精神境界的体现。

冯先生的哲学研究,是对人类文明的贡献。对这一点冯先生也有一种自觉,冯先生说:

"人类的文明好似一笼真火,往古来今对于人类文明有所贡献的人,都是用自己的心血脑汁作为燃料,才把这笼真火一代一代地传下去。……他为什么要拼命?就是情不自禁,欲罢不能。"②

他又说:

"照我的经验,做一点带有创作性的东西,最容易觉得累。无论是写一篇文章或者写一幅字,都要集中全部精神才能做得出来。这些东西,可能无关宏旨,但都需要用全副的生命去做,至于传世之作那就更不用说了。李商隐有两句诗:'春蚕到死丝方尽,蜡炬成灰泪始干。'蚕是用它的生命来吐丝的,蜡是用它的生命来发

---

① 陈来:《燕园问学记》,第 9 页,北京大学出版社 2008 年版。
② 冯友兰:《三松堂全集》,第十三卷,第 431~432 页,河南人民出版社 2000 年版。

光的。"①

这两段话,冯先生在不同的场合曾多次说过。我也曾在许多场合引用过冯先生的这两段话。我认为,这就是北京大学的人文传统和人文精神。

冯先生在他的很多著作和文章中,都谈到了他对北京大学的看法。就我读到的,印象深的有以下几点:

一、北京大学的校史应该从汉朝的太学算起。"西方的有名的大学都有几百年的历史,而北京大学只有几十年的历史,这和中国的文明古国似乎很不相称"②。

二、大学校长最重要的是选择名师。"一个大学应该是各种学术权威集中的地方,只要是世界上已有的学问,不管它什么科,一个大学里面都应该有些权威学者,能够解答这种学科的问题。"冯先生认为,"张百熙、蔡元培深深懂得办教育的这个基本原则(张百熙曾任京师大学堂的管学大臣,即校长——引者注),他们接受了校长职务以后,第一件事情,就是为学生选择名师。他们也知道,当时的学术界中,谁是有代表性的人物。先把这些人物请来,他们会把别的人物都召集来"③。冯先生说,蔡元培到北大担任校长,没有开会发表演说,也没有发表什么公告,宣传他的办学宗旨和方

---

① 冯友兰:《三松堂全集》,第一卷,第312~313页,河南人民出版社2000年版。
② 同上书,第265页。
③ 同上书,第272页。

针,"只发了一个布告,发表陈独秀为文科学长,就这几个字,学生们全明白了,什么话也用不着说了"①。

三、什么是"为学术而学术"? 这是针对"为做官而学术"提出来的。蔡元培当北大校长以后,学生们逐渐懂得了,学术并不是做官向上爬的梯子。"为什么研究学术呢? 一不是为做官,二不是为发财,为的是求真理,这就叫'为学术而学术'。学生们逐渐知道,古今中外在学术界有所贡献的人们,都是这样的人们。"②

四、蔡元培实行"兼容并包",着眼于教授在学术上的贡献,在当时是为新事物开辟道路。"兼容并包",固然是为辜鸿铭、刘师培这样的人保留地盘(辜鸿铭留着辫子,主张帝制,但他英文好,北大请他教英文;刘师培参加发起"筹安会",为袁世凯称帝创造舆论,但他讲中国文学讲得好,北大请他讲中古文学史,学生都很佩服),但更多的是为陈独秀、李大钊等人开辟道路。辜鸿铭、刘师培等人的言论行动,同学们都作为笑谈,除了他们的业务之外,没有什么影响可言,而为新事物开辟道路,可是越来越宽阔,积极的影响越来越大。

说到冯先生,还有两点值得说。一点是冯先生一直到晚年,哲学思维依然十分敏锐,在写《中国哲学史新编》时,仍然不断涌出新

---

① 冯友兰:《三松堂全集》,第一卷,第270页,河南人民出版社2000年版。
② 同上书,第274页。

意。例如,写魏晋玄学,他提出王弼是贵无论,裴頠是崇有论,郭象是无无论。贵无论是"肯定",崇有论是"否定",无无论是对贵无、崇有的扬弃,是"否定之否定",与黑格尔的"正"、"反"、"合"正好相通。又如宋明道学,他提出道学可以分为两期。从前期看,二程讲理是肯定,张载讲气是否定,朱熹是否定之否定。到了道学的后期,朱熹是肯定,王阳明是朱熹的否定,而王船山是否定之否定。再如近代,过去一些人称许太平天国,但是冯先生认为,洪秀全要学习并搬到中国的是以小农平均主义为基础的西方中世纪的神权政治,如果这一理想真的实现,中国就要倒退。所以曾国藩打败太平天国是阻止了中国的一次倒退。冯先生年过九旬,思想依然这么活跃,使人惊讶。[①]

据陈来说,冯先生在 1990 年冬病重时仍未停止思考。他吃力地说:"我躺在医院里,又有许多新的想法,但现在还没气力说出来。"[②]这真是"春蚕到死丝方尽",用全部生命来思考和做学问,欲罢不能。

再一点就是冯先生的文章写得极好。**冯先生善于把道理一层一层地深入分析,精彻圆通,毫无遗蕴,同时又展现出一种宁静、安详、从容、舒展的气象。**在当代学者中,我还没有发现有人能和他相比。我在《文章选读》中选了冯先生的《为无为》(《新世训》中的

---

① 陈来:《燕园问学记》,第 7~8 页,北京大学出版社 2008 年版。
② 同上书,第 19 页。

一章)、《论命运》、《怀念熊十力先生》等三篇文章。当年朱自清先生曾向大学生和高中生推荐冯先生的书,朱先生对当时的大学生说,单是为了学习写文章,也要好好读冯先生的书。我在《文章选读》中还选了冯先生的《国立西南联合大学纪念碑碑文》。在今人所写的纪念碑碑文中,冯先生这篇碑文最有历史感,金声玉振,大气磅礴,是写得最精彩的一篇。诚如冯先生自己三十年后所说,"以今观之,此文有见识,有感情,有气势,有词藻,有音节,寓六朝之俪句于唐宋之古文","承百代之流,而会乎当今之变,有蕴于中,故情文相生,不能自已。今日重读,感慨系之矣"。[①]

当然,任何人都会有自己的不足。冯先生在20世纪70年代写过批判孔子的文章,为此受到许多人的非议。但是,在国内经历过那段历史的人都明白,那时有一种特殊的社会环境条件,"其中情势皆需身置此特殊时代特殊环境始可了解"[②]。毛泽东在《纪念孙中山先生》(1956年)一文中最后说,像很多正面历史人物大都有他们的缺点一样,孙中山也有他的缺点方面,"这是要从历史条件加以说明,使人理解,不可以苛求于前人的"。我想,这个话,似乎也可以用在冯友兰先生的身上。

---

① 冯友兰:《三松堂全集》,第十四卷,第332页,河南人民出版社2000年版。
② 陈来:《燕园问学记》,第23页,北京大学出版社2008年版。

# 一三、张岱年印象：平静，平淡，平和

我与张岱年先生接触比较多是从"文化大革命"当中开始的。

"文化大革命"的主要打击对象是两种人，一种是"党内走资派"，当时也称"黑帮分子"；再一种是"资产阶级反动学术权威"。前一种在北大是以陆平为首的一批领导干部，后一种在北大是以冯定、冯友兰、翦伯赞、朱光潜为首的一批大学者。除了这两种人，还有一些虽然不是主要的但仍然属于打击对象的人，例如"脱帽右派"、"漏划右派"、"从旧社会过来的"学者、研究资产阶级学说的学者、"追求名利的""修正主义苗子"、历史上参加过反动组织和右翼组织的人、过去犯过各种错误的人，以及各种各样被认为是有问题的人。这些人也属于"牛鬼蛇神"。当时，《人民日报》有一篇社论题为"横扫一切牛鬼蛇神"，这些人也都属于"横扫"之列。"文化大革命"开始后，哲学系的"文化革命委员会"（简称"系文革"）把这些人编成一个小组，私底下称为"牛鬼蛇神小组"，在一起学习和劳动。编进这个小组的有张岱年、周辅成、李世繁、黄楠森、朱伯崑、吴天敏、周先庚等人，我也列入其中。我们每周要有一两次劳动，我记得是在未名湖边的菜窖劳动，每次把菜窖里储存的大白菜倒一个位置，同时把掉下的烂菜叶子清扫干净。当时我在这些人里边算是最年轻的，所以在劳动过程中，我常常说一些外面的新闻，并且穿插一些笑话，使我们的劳动增加一些快活的气氛。张岱年先生好几次对我说："有你这样的年轻人和我们一起劳动，说说笑笑，使我们这些年岁大的人也很愉快。"我看得出，张先生确实真心喜欢我这个在当时那种大气候下还能保持某种幽默感的"年轻人"。

后来"军宣队"和"工宣队"进校，先搞两派大联合，接着搞"斗"、"批"、"改"。哲学系的全体教师都集中住到38号楼，不让回家。"批"就是批资产阶级学术权威。"军宣队"决定先从张岱年先生开头。"军宣队"做出这一选择的原因是张先生在五七年被划了右派。当时要大家看张先生的材料，准备批判。材料中有"红卫兵"从张岱年先生家里抄家抄出来的张先生的日记。当时我也粗粗看了一下，现在都没有印象了，只是有一天的日记我还记得。那天张先生同时看了三篇论庄子的文章，他在日记中记下了读后感。第一篇是冯友兰先生的文章，张先生的评价是"炉火纯青之作"，充满了赞佩之情。第二篇是另一位学者写的，张先生的评价是"瑕瑜互见"。最有趣的是第三篇文章的读后感，张先生写道："连文句也

一三、张岱年印象：平静，平淡，平和

欠通，殊可怪。"后来 8341 部队派人参加"军宣队"，原来的计划改变，对张先生的批判就没有搞下去。

到了改革开放的 20 世纪 80 年代，我开始写我早就想写的《中国美学史大纲》。这时张岱年先生出版了《中国哲学史史料学》。我仔细读了张先生的这本书，对张先生的平实的治学方法有很深的感受。我在《中国美学史大纲》中对于老子的年代、《庄子》成书的年代、《管子》成书的年代等的论述，基本上都采用了张先生的说法。有一次，我在报刊上看到有人对孟子的一句话提出了很新奇的解释，我就问张先生这种解释有没有道理。张先生说："这就叫'穿凿'。对古人的话的解释，还是以平实为好。"这使我对张先生平实的治学方法和治学风格有了更深的印象。

90 年代初（也可能是 80 年代末，记不太清了），有一次我参加国家社会科学基金的评审，周礼全先生也参加这次评审。一天晚上周先生到我住的房间聊天，说到五七年反右运动时北大哲学系教师中的一些往事。周先生说，张岱年先生被打成右派后，系里一位管右派的教师就千方百计整张先生，张先生心中悲苦，有一次背地里找周礼全先生诉说，说着说着，禁不住悲声大作。我听了十分吃惊，我问周先生："这个人（指整张先生的那个人）怎么能这么做？"周先生说："你不了解他，他能这么做的。"于是周先生对我讲了这位先生的几个故事，听得我目瞪口呆。

90 年代，张岱年先生的名气已经很大了，因而找他的人也越来越多。这些人当中,有的是真正出于对张先生的崇敬,在学问方面找张先生请教,但也有一些人只是想利用张先生的名声来为自己服务,他们根本不考虑张先生的身体状况,一次又一次来打扰张先生。系里的一些老师对这些人非常恼火,他们建议系里要采取措施阻拦这些人来打扰张先生,以保护张先生的健康。当时我已当了系主任,经过系办公会的讨论,我们就以哲学系的名义写了一张告示,要求凡是想拜访张先生的人必须事先得到哲学系的同意才能拜访。我们把这张告示送到张先生家里,请他贴在门上。但是后来我们得知,张先生一直没有把这张告示贴出去。

1996年12月,河北人民出版社出版了《张岱年全集》,河北人民出版社和北大哲学系联合举办了一个出版座谈会。我在座谈会上做了一个简短的发言,题目是《细读张岱年》。我自己在80年代和90年代,断断续续读了冯友兰、汤用彤、熊十力等前辈学者的一些著作,也读了张岱年先生的一些著作,当然还有朱光潜、宗白华先生的著作。我发现,这些前辈学者的著作中有许多有价值的东西,可是过去我们读他们的书都读得太粗心,没有发现这些有价值的东西。所以我感到我们应该细读这些前辈学者的著作,我们应该细读冯友兰、细读汤用彤、细读朱光潜、细读张岱年。所谓细读,就是要放慢速度,用朱熹的话来说就是要"熟读玩味"。细读这些前辈学者的著作,可以读出许多新的东西,可以读出许多对我们今天仍然很有启发的东西。我在座谈会上的这个发言,得到了参会

一三、张岱年印象：平静，平淡，平和

的一些学者的呼应。有一位学者在会上发言，就是谈他自己一年前开始细读张岱年先生的著作，在读的过程中不断有新的发现。

周礼全先生提到的那位先生也参加了这个座谈会，并在会上发言。他说："大家都知道张先生的学问做得好，大家不知道张先生做菜做得好！"这个发言使我联想到周先生说的往事。这是《张岱年全集》的出版座谈会，你不说张先生的学术，而是别出心裁，说张先生做菜做得好，不是有意在贬低张先生的学术吗？

张岱年先生原来住在中关园。他用一间小房间做书房，里面挤放着几张桌子，桌子上面高高摞着一堆一堆的书。多来两个人，就没有地方好坐了。后来书房搬到大房间，情况也没有改善。当时，凡是到过张先生家的人都对张先生的狭小的书房留下深刻的印象，大家都感叹说："想不到张先生这样的大学者竟只有这么小的一个书房！"2001年，北大、清华联合兴建的蓝旗营小区建成，北大、清华的一大批教师搬进了新居。张先生和我也都搬到了蓝旗营，而且住在一个门洞。大家都很高兴。我到张先生家参观他的新居，感觉比他在中关园的房子宽敞多了。我对张先生说："这个房子要是早来二十年就好了！"张先生回答我说："哪怕早来两年也好啊！"话里透露出一位老知识分子的辛酸。

2003年国庆节，我到张先生家，请他为我主编的《中国历代美学文库》题几个字。张先生提起笔，写了三行字："打开中国美学的灿烂宝库 迎接中华民族的伟大复兴——题《中国历代美学文库》"，

红了樱桃绿了芭蕉
　　——情系燕园六十年

下面署名:"张岱年　二〇〇三年国庆节　时年九十有五"。张先生一边写,一边鼓励我说:"你们这部《文库》,一百多人,搞了十多年,终于要出版了,真是应该祝贺。你这些年做了许多很有意义的工作。现在愿意做这种工作的人很少了。"张先生写完后,我和张先生又聊了一会儿天。我们都感叹时光过得实在太快。我说:"'文化大革命'中我们到鲤鱼洲劳动,好像还是昨天的事,想不到已经三十多年过去了。"张先生说:"是啊,那时候你还年轻,我记得有一次你摔了一跤,躺了两天就好了,可我摔了一跤,就整整痛了一百天。"(鲤鱼洲的土质很特别,天一下雨,地面一层稀泥,稀泥下面却坚硬得像石头,所以在雨天走路,不摔跤的人极为少见。)张先生接着又用一种有些无奈的口吻说:"人一老,身体就不行了。我在八十岁之前身体还挺好,一过八十就不行了。现在什么都干不了,怎么办呢?"

2004年4月24日,我们在英杰交流中心举办"《中国历代美学文库》新书发布会暨中国美学与二十一世纪学术讨论会"。就在这一天的早上,我得到系里的电话通知,说张岱年先生逝世了。尽管在这之前,我已经知道张先生因为在家里摔了一跤,引发了心脏病,正在医院治疗,但是听到这个消息,我仍然感到十分突然。我在大会上宣布了这个不幸的消息,并请全体到会的学者起立为张先生默哀。从全国各地来参加我们这次学术会议的学者有将近一百人,大家手里正拿着张先生为我们《中国历代美学文库》题的字,突然听到这位大家素来敬仰的前辈学者逝世的消息,都感到十分悲痛。

4月30日,我参加张岱年先生遗体告别仪式后从八宝山回来,刚走进蓝旗营,碰到住我隔壁门洞的一位物理系的教授,他问我:"刚才从你们门洞抬出去一位老太太,是谁呀?"我说我刚刚参加张岱年先生的遗体告别仪式回来,不知道是谁。等我回家一打听,才知道是张师母刚刚去世了。我大吃一惊。我计算了一下时间,张师母去世的时候,可能正是张先生火化的那一刻。我不禁感慨万分。我们过去看古代的小说,往往看到一对恩爱夫妻或一对结拜兄弟在天地面前立誓说:"不能同年同月同日生,但愿同年同月同日死。"张先生和张师母可以说是真正实现了这个愿望。他们携手走过了一生,现在又携手走进另一个世界。据一些经历过死亡又活过来的人说,当死亡降临的时候,他们的感觉是走进一条漆黑的隧道,突然间眼睛一亮,眼前一片光明,发现自己走到了一个大光明的世界。如果事情真的像他们说的那样,那么我相信,**张先生和张师母现在一定正在这个大光明的世界中相依而行,满心欢喜,满脸微笑,平静,平淡,平和**,一如他们生前。

# 一四、张世英印象:华枝春满,天心月圆

张世英先生于 2020 年 9 月 10 日上午去世。消息传来,我们都大为震惊。张先生身体这么好,怎么会突然去世?

2020 年张先生正好百岁,照过去的观念,当然是长寿了。但是在我们的心目中,张先生现在去世,还是太早了,令我们无限悲痛!前年(2018 年)12 月 18 日,《中西古典哲理名句:张世英书法集》出版后,我们在燕南园 56 号院举办了新书沙龙。张先生在会上讲话,讲得那么好,讲得那么清晰,一个字不多,一个字不少。当时张先生已是 98 岁高龄了。在开会前我和张先生聊天。我说:"我感到学哲学能使人长寿。"张先生说:"我同意你的看法。"为什么学哲学能使人长寿?就因为哲学学得好,能使人有高远的精神境界,就是张先生书法集里这两句话:"心游天地外,意在有无间。"这种高远的精神境界,必然使人长寿。古人说:"期之以米,望之以茶。"当时张先生已经过了米寿,我们相信他必然健康地走向茶寿。现在张先

生却突然去世,不是太早了吗?

张先生是西南联大的学生。张先生说过,他在西南联大,开始在经济系,后转入社会系,因为听了贺麟先生的《哲学概论》,感到比起经济学、社会学来,哲学最能触及人的灵魂,同时他还发现,哲学才最适合他从小就爱沉思默想的性格,因此他就转到哲学系,从此走上一生研究哲学的道路。张先生说,他的学问是

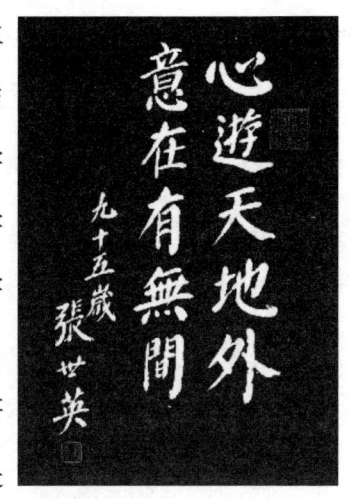

他内心的一种表现,"自己心里好像有泉水要涌出来"。

张先生最初是研究德国古典哲学,康德、黑格尔的哲学,有许多这方面的著作,特别是他关于黑格尔是西方现当代哲学特别是人文主义思潮的先驱的论述,引起了学术界的极大关注。马克思曾指出,《精神现象学》一书是"黑格尔哲学的真正诞生地和秘密的开始"。张先生认为,《精神现象学》一书突出体现了黑格尔对西方传统的"主客二分"思维方式的批判,为西方现当代哲学中"人与世界融合为一"的思想铺垫了宽广的道路,对现当代"现象学"的建立起了积极的作用。黑格尔是西方现当代哲学特别是人文主义思潮的先驱。"现当代许多批评黑格尔哲学的大哲学家们,往往是踩着黑格尔的肩膀起飞的。"20世纪80年代中期以来,张先生的研究逐渐延伸到西方现当代哲学和中国古代哲学,在中西会通的基础上,

又对哲学基本理论进行了研究,出版了《天人之际》、《进入澄明之境》、《哲学导论》、《境界与文化》等著作。在这些著作中,张先生在哲学、美学基本理论的核心区域提出了一系列具有原创性的思想,最重要的是提出了"万有相通"的哲学(新的"万物一体"的哲学)。在哲学基本理论和美学基本理论的核心区域提出一些新的概念和新的想法,这是最宝贵的,也是最困难的。

张先生这些原创性观点,他的"万有相通"的哲学,是在会通中西哲学的基础上提出来的,这就是冯友兰先生说的"接着讲"。冯先生说,自然科学、技术科学不一定"接着讲",人文学科一定要"接着讲"。"接着讲"不是"照着讲"。"接着讲"是发展,是扬弃,是飞跃。对人文学科来说,"接着讲"才可能有原创性。当然,"接着讲",还要思想解放,要敢于突破旧说,才能有原创性。思想解放我们天天说,但真正做到思想解放,敢于突破旧说,并不容易,这需要理论勇气。张先生的著作的原创性,是融会中西哲学的成果,同时表现出极其可贵的理论勇气。

张先生这几年常说,他虽然身体有些疲惫,但他胸中仍然波涛汹涌,万马奔腾。张先生的生命力和创造力依然十分旺盛。同冯友兰先生、朱光潜先生一样,张先生也是"欲罢不能"。**这说明做学问是张先生的生命所在,张先生的学问已经进入他生命的核心里面。**

近二十年,我和张先生的交往比较密切,深受张先生的思想和著作的启发。启发是多方面的,最主要的有三点,一是张先生对超越主客二分的"万物一体"的哲学阐述,这对于我们突破美学研究的旧的思维模式,对审美活动(美和美感)获得一个新的理解有重大的启发。二是对人生境界的论述。人生境界的学说是冯友兰先生哲学思想的一个核心内容。冯先生说,中国传统哲学中最有价值的内容就是人生境界的学说。张先生从冯友兰接着讲,强调哲学和美学都应该有提升人生境界的功能。我非常赞同冯先生、张先生的说法。我研究的是美学,我认为审美活动可以从多方面提高人的文化素质和文化品格,但审美活动对人生的意义最终归结起来是提高人的人生境界。我的《美在意象》一书的最后一章就是讲人生境界。这是受冯先生、张先生的启发。三是美感的神圣性的思想。张世英先生在《境界与文化》一书中提出了"美感的神圣性"这个美学观点,我认为这个观点集中体现了张先生本人的人生追求。张先生指出,讨论"美感的神圣性"的意义,就在于赋予人世以神圣性。美除了应讲究感性形象和形式之外,还具有更深层的内蕴。这内蕴的根本是在天人合一、万物一体的境界中,感受人生的最高的意义,从而有一种高远的精神追求。我们从张先生的人生和著作中处处可以看到这种对高远的精神境界的追求。**张先生的著作是他的最深心灵的呈现。**我们读张先生的著作,不单纯是读到文字,而且是读到张先生的人格性情,心灵节奏,生命情调。**张先生的著作有一种从他心灵深处发出的光芒。这是一种精神的**

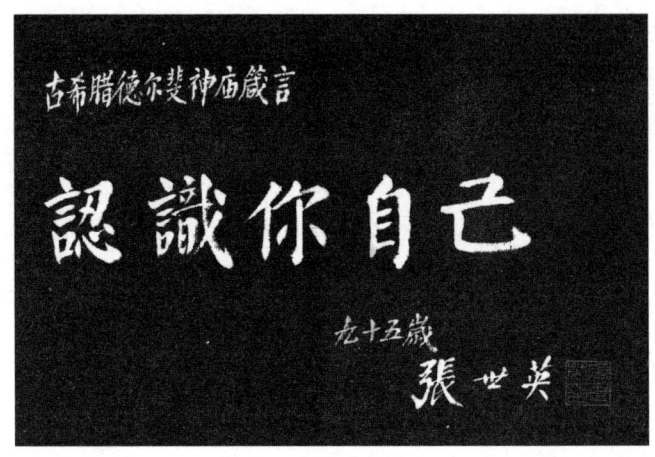

光芒,一种对高远的精神境界的追求,这种精神追求,给人生注入了一种严肃性和神圣性。

张先生的人生是圆满的。赵朴初《遗嘱》说:"生固欣然,死亦无憾。花落还开,水流不断。我兮何有,谁欤安息?明月清风,不劳寻觅。"弘一法师《辞世二偈》之二说:"华枝春满,天心月圆。"这些遗言,都显示了一种人生圆满的喜悦。张先生书法集中的两句话:"心游天地外,意在有无间。"同样显示了一种人生圆满的喜悦。

张先生辞世时十分平静。听张先生的家人说,张先生是在熟睡中辞世的。而且头几天就嘱咐家人,身体如有不适,要留在家中,不要去医院。可见张先生对自己生命的来去和人生的圆满有十分清晰的自我感觉。这是一位哲学家的圆满。因为人生的圆满,所以对生命的来去持有平静的心态。

张先生去世了,但是张先生并没有离开我们。**张先生的学问,**

张先生的精神,张先生的人格,张先生的爱心,都依然伴随着我们,依然照亮我们的心灵,激励我们去从事文化学术的创造,去追求人生的神圣价值,追求人生的圆满和平静。

## 一五、师长们的片段印象：吴允曾，魏建功，林庚

除了前面谈到的邓以蛰、朱光潜、宗白华、冯友兰、张岱年、张世英等先生，北大还有许多师长也给我留下难忘的印象，不过因为接触不多，有的只是一些片段的印象。

### 吴允曾：英语特别好，记忆力特别好，脾气特别好

我们大学一年级的"形式逻辑"是吴允曾先生教的，所以我们对他非常熟悉。

吴允曾先生给大家留下的印象是三个"特别好"。

第一个是英语特别好。据说吴先生并无出国留学的经历，但英语特别好。好到什么程度呢？举一个例子就可以说明。抗战胜利后，蒋介石发动内战，美国派出马歇尔来中国调停国共内战。共产党首席谈判代表是叶剑英，翻译是王光美，国民党首席谈判代表是张治中，翻译不知是谁，而马歇尔的翻译却是吴允曾。"文革"当

一五、师长们的片段印象：吴允曾，魏建功，林庚

中，红卫兵中有人提出吴先生有"特务嫌疑"，不是"军统"就是"中统"，理由是你不是"军统"或是"中统"，怎么可能让你当马歇尔的翻译呢？当然查的结果，吴先生既不是"军统"也不是"中统"。这件事只不过证明了吴先生的英语确实特别好。

第二个是记忆力特别好。这也举一个例子就可以说明。林彪乘飞机出逃坠落不久，有一次大家在一起议论，有人说，如果有外国朋友问起林彪出什么事，我们怎么回答？我说，前两天"军宣队"的一位领导同志在全系大会上念了中央文件一大段话，我们大概可以按照这个口径说。吴先生说，他也听了，是不是这一段话，接着他就把中央文件的这一段话一字不差地背诵了一遍，在场的人听了无不吃惊。

第三个是脾气特别好。全系的人谁都知道，吴先生在任何场合都面带微笑，从来不发脾气。听说有人曾有意要引他发怒，也没有成功。大家都说，吴先生真是修养到了家了。

吴先生也研究数理逻辑，数理逻辑和计算机有关系。"文革"之后，学校把他从哲学系调到计算机系，他做出了很大的贡献。

吴先生是单身。听说当年他在燕京大学有位女朋友，是燕京大学的校花，不巧从美国回来一位姓沈的教授，长一大把胡子，开一辆小轿车，"嘟嘟嘟，就把这位校花抢走了"。从此吴先生就一直是单身。吴先生去世是心脏病突然发作，因为身边无人，没有得到及时抢救。太可惜了。

## 魏建功：为我儿子取了一个名字

魏建功先生是中文系的教授，在一次座谈会上我认识了他，后来就很熟悉了。

1976年，我的妻子生了一个儿子。一天我碰到魏先生，我对他说："我生了一个儿子，您帮我为他取一个名字吧。"魏先生欣然允诺。第二天他就把名字取好了，叫"叶如丹"。名字出处是鲁迅的诗"枫叶如丹照嫩寒"，我儿子10月份出生，和"枫叶如丹"的季节正相符合。

大家知道，取名字有几个要求，一是要有意义，二是要有出处（最好出自经典，所以中国古人常从《诗经》中找名字），三是字形好、读音好（不能发哑）。魏先生取的这个名字完全符合这三个要求：第一，"枫叶如丹"，正是秋天的美丽景色；第二，出自鲁迅的诗，这是经典；第三，"叶如丹"三个字字形好，读起来响亮。

中国人从来十分重视给小孩取一个好的名字，认为给孩子取一个好名字会使他的一生有一个好的命运。叶如丹从小上北大附小，小学毕业后考进北大附中实验班，高中毕业后考进清华大学建筑系，大学毕业后到美国得克萨斯大学奥斯汀分校读研究生，研究生毕业回国从事建筑设计工作，至今已经取得了很多成果。这当然和他自己的勤奋、智慧有关，但和魏先生给他取了一个好名字可能也大有关系。

## 林庚：白话新诗的"半逗律"

林庚先生也是中文系的教授,我和他并无直接的接触,但他的一首白话新诗给我的印象很深。

林庚先生是诗人,写了许多白话新诗。当年诗歌界讨论白话新诗是否要追求声韵格律之美的时候,林先生认为白话新诗也应该尝试新的格律。他提出一种"半逗律",并以他自己的一首诗为例:

春天的河水奔流下山,

河的两岸长出了青草,

再没有人记得也没有人知道,

冬天的风哪里去了。

这首诗写出了大地回春带来的生机,一片声情。林庚先生说他在这首诗中应用了"半逗律",一共四句,每一句中间有一个短暂的停顿,即:

春天的河水、奔流下山(5、4)

河的两岸、长出了青草(4、5)

再没有人记得、也没有人知道(6、6)

冬天的风、哪里去了(4、4)

我们读起来，确实感到在平淡之中，有一种韵律之美。林庚先生这首诗不仅给了我"诗重声情"的启示，这首诗本身也给我留下了深刻的印象。

# 一六、在北大为本科生讲课是一种享受

大家知道,北大的本科生是从全国高中毕业生中百里挑一拔出来的,非常优秀,因此给北大本科生上课,在课堂里有一种特别的气氛,讲课的教师会有一种特别的感受。北大学生对老师讲课的反应非常快,你的课讲得好,课堂气氛会越来越热烈。在这种情况下,讲课的老师的情绪会越来越高涨,思维也会越来越活跃。给这样的学生讲课真是一种极大的享受。20世纪80年代,我在全校讲一门课"中国小说美学",90年代在全校讲一门"中国美学与中国艺术"(这门课后来得到了"国家级教学成果一等奖")。讲课是在老的第二教学楼最大的教室讲,从第一堂课到最后一堂课,教室里始终挤满了学生,每堂课讲完后,学生都热烈鼓掌。当时清华有十多名学生也来听我的课,他们说他们一进到北大校园感觉就和清华不一样,再进到北大教室感觉又和清华不一样。他们在清华从来没有每堂课下课时学生都鼓掌的经历,也没有上课时老师一进课堂学生就鼓掌的经历。当时很多学生都是站在教室后面和讲台两边,站着听完两节课。我的课是在晚上七点讲,很多同学下午就来占座位,他们把晚饭带到教室来吃。最奇特的是有一次我走到讲台边正要开始讲课,突然发现,讲台下面坐着两个学生。我当时真的非常激动,我想,能在北京大学当一名老师真是我的幸运,是人生最大的幸福。

和讲课有关的两件事,我想值得说一说。

一件事是有一次我在中南海参加一个座谈会,开完会走出会议室等车的时候,有一位中央某个部门的领导对我说,叶老师,我是谁谁(他报了他的名字),是北大哲学系毕业的。我说:"我知道,我知道。"因为这个时候他已经很有名了。他接着说:"我当学生的时候听过您讲的'中国小说美学',我当时听课记的笔记一直还保存着呢。"这样的事我已碰到过几次。有一年在东北开会,有一位参加会议的大学老师也对我说:"我当年听您讲'中国小说美学'的听课笔记还一直保存着呢。"

还有一件事是90年代我讲"中国美学与中国艺术",选这门课的学生各个系都有,有一位女学生我记得是东语系的,她课下找我问过问题。过年的时候她给我送来福建漳州的水仙花,以后每年都送。过了几年,我估计她早已毕业了,我对办公室的老师说,如果她再来送水仙花,一定问一下她现在在哪里工作。可是办公室的老师老忘了这件事。有一年,终于问到了,原来这位同学早已去国外(东南亚某国)工作,每年的水仙花是她嘱咐她家人送的,而她的家人是托她的同学给送的。十多年过去,一年一年从没有间断。这种师生感情有多么珍贵。

2006年,我在全校开了一门"美学原理"的公共选修课,这门课复现了十多年前我讲"中国美学与中国艺术"的情景。讲课在第二教学楼的最大一间教室,大约可容纳五百人。来听课的学生远远超过五百人,所有过道的台阶上都坐满了人。课堂气氛十分热烈。每次讲课结束,听课学生都热烈鼓掌,一直到最后一堂课也依然如此。听课学生最后纷纷写了听这门课的感受,下面摘录一些:

每次上完叶朗先生的课,就仿佛经历了两小时的美的体验,经历了一种高级的精神活动,内心仿佛从平日的浮躁中平静下来,又似随叶老师在美的世界中走了一圈而更加激动。每节美学课都仿佛一顿精神大餐,让我回味许久许久。我会尽力去消化,让这种特别的艺术灵气融入我的体内。(基础医学院大二学生)

刚刚开始上"美学原理"的时候,真的是觉得相当难。毕竟是第一次接触大学的学习,这门课又是理论性的,要靠人的理解和思考,与高中的课程完全不同。当我真正走进这个世界,我才发现它是那么地充满魅力,那么地充满哲理,是个充满美的世界。慢慢地,我跟着叶朗教授,开始学着用审美的眼光去看这身边的一切,学着将"美学原理"课上学到的一切运用到我的生活当中。于是,我惊喜地发现,我的世界在改变,变得有了诗意与美感。(艺术学

红了樱桃绿了芭蕉
　　——情系燕园六十年

院大一学生）

　　听这门课，就如同享受一场精神的盛宴，静静坐在那里，听先生讲美，讲人生，心中宁静温暖。平日里的各种纠结、忧虑都变得微不足道，摆在面前的是那样广阔而美好的天地。作为一名经济学专业的学生，周围无数"经济气质"的人和事给了我太多的困惑与动摇，而每上一次"美学原理"，就多了一份对自己的肯定，多了一份淡定与从容，多了一份坚持心灵准则的勇气。每上一次课，就是满眼的希望。（经济学院大二学生）

　　也许学识上的收获还不是最重要的，叶朗先生在讲课时流露出的对美的追求与真挚情感才最令我感动，认真生活而又不废闲情，说人生，说艺术，说境界，说品格，面对这样一位先生当然胜过单看美学著作，这也就是课堂的独特意义吧。（中文系大三学生）

　　经过一个学期的思考后，我认为，从美学的角度来讲，诗意的人生是在认识到了生命的有限性后仍然满怀希望，意识到无限性与永恒的不可到达时依然不懈追求，在敬慕、体味和欣赏宇宙的造化中与万物融合为和谐的一体，实现自我生命的成长与成熟；同时在这一永无休止的追寻中永远坚持用爱面对生活并守护心中的信仰，最终平静地回归灵魂的殿堂。（数学科学学院大二学生）

　　每个周四夜晚，是一周中最美好最享受的时刻。坐于五百人的大教室之中，虽拥挤不堪，然而，遥遥望见先生温文儒雅地坐于讲台之上，听见先生韵味深厚的声音远远传来，缓缓地将深奥幽玄的美学知识讲述得深入浅出又韵致深长，内心便莫名地得到极大的安宁与满足……我记得有一次跟朋友一同下课回去的路上，两人还未从上课的兴奋中平复，兴致勃勃地讨论着听课感想。她突然说，我以为，我们能赶上跟这样一位大家生活在同一时代，就是不仅能读他的文字，还能这样面对面地坐在台下，看见他，听他讲课，不知道有多么幸运。这句话深深地打动了我。的确，尤其在这样一个真正的大家愈来愈少的浮华年代，我们是赶上了末班车的幸运儿。（中文系大四学生）

课讲完了，叶先生说在北大给本科生讲课，尤其是讲大课，是人生最大的享受；而我更要说，在北大，能听像叶先生这样的大学者讲课，更是人生难得的幸运。（基础医学院大一学生）

对一名教师来说，还有什么比这些话更高的奖励呢？

# 一七、《中国小说美学》：鼓吹金圣叹

20世纪80年代改革开放了，我就准备写早就想写的《中国美学史》。中国美学史有一段是明清的小说美学，明清小说美学的表现形式是小说评点，很多小说评点我没有读过，所以我决定集中一段时间去图书馆读明清小说评点。在当时，明清小说评点，如金圣叹评点《水浒传》，毛宗岗评点《三国演义》，张竹坡评点《金瓶梅》，都没有整理出版，都只有在图书馆里才能看到，而且都是善本，不能借出来，必须到善本阅览室去看。所以那段时间我每天都到北大图书馆的善本阅览室去看这些小说评点。我拿了一个笔记本，把书中一些重要的段落都抄下来，晚上回到家后，再做研究。

读了一段时间，我发现明清小说评点，特别是金圣叹对《水浒传》的评点（还有他对戏曲《西厢记》的评点），内容极其丰富，从小说理论上说，有许多有价值的东西，有许多极其精彩的东西，可是过去在中国文学史和中国文学批评史的著作中，把明清小说评点和金圣叹全盘否定了。在我印象中,一些大学者,如胡适、鲁迅、郑振铎,他们对明清小说评点,对金圣叹都是否定的,他们认为明清小说评点是"陈腐"、"道学气"、"八股气",毫无价值,应该把它们抛得远远的。可能受他们的影响,后来的中国文学史、中国文学批评史对明清小说评点,要么根本不提,要么给它们扣上"唯心主义"、"形式主义"的帽子,几句话带过。到了"文化大革命"中,更给金圣叹扣上"反动文人"的帽子,因为金圣叹在《水浒传》评点中对梁山泊的义军说了一些否定性的话,所以说他反对农民起义。我很奇怪,明清小说评点,这么多有价值的东西,他们怎么看不见呢?金圣叹明明说了许多同情老百姓、同情梁山泊义军的话,他们怎么看不见呢?就小说批评和小说理论来说,金圣叹可以说是个天才,把他全盘否定是不合理的。

我又发现,和这种全盘否定明清小说评点的倾向相联系,学术界有一个流行的观点,就是中国古代没有小说理论。80年代有一个"比较文化"热,很多人热衷于做中西文化比较研究,包括中西文学比较、中西美学比较等等。汤一介创立的"中国文化书院"办了一个"中外文化研究函授班",在全国招生,招了一万二千人。比较文化应该是比较冷门的东西,居然有一万二千人来报名,可见当时的比较文化热。报刊上有很多谈中西文化比较的文章,其中有一个很普遍的观点,就是说中国的文化是向内的,西方的文化是向外的。西方的文学重"再现",从亚里士多德开始就讲"模仿";中国的文学重"表现",自我表现,内心的表现。西方的文学重小说,小说就是"再现";中国的文学重诗歌,诗歌就是表现内心。一个是模仿,一个是抒情。西方的文学有典型的理论,中国的文学没有典型的理论,只有意境的理论,意境就是表现内心。

我对这种说法很怀疑。我感到一些人对中国文化没有系统地研究,对西方文化也没有系统地研究,但是他却可以做中西文化的比较研究,而且可以一二三四做出一大堆结论。所谓西方重再现、中国重表现,中国没有小说理论的说法并不符合历史事实。

为什么说中国没有小说理论、没有典型理论呢?这里有个认识上的根源。中国小说理论、小说批评的主要的形式是小说评点。这是中国的特殊情况,国外的主要形式是论文。中国有三种形式。一种是序和跋。比如《警世通言》,有人写个序,在序里他对《警世通言》有一个评论。第二,读书笔记。中国古人写了很多笔记。笔记是一段一段的,碎片化的。我今天读了一本什么书,我写几句话的评论。但是这两种还不是主要的,最主要的是从明代万历年间之后出现的小说评点。小说评点大概是这样:前面有个"读法",比如金圣叹评《水浒传》,前面有个"水浒传读法",告诉你怎么读《水浒传》,这里面当然就包括对《水浒传》的评论了。张竹坡评《金瓶梅》,前面有"金瓶梅读法",他写了一百〇八条。然后,每一回有个"回首总评",或"回末总评",是对这一回总的评论。再就是在小说的文本中间,有各种批语,写在上面的叫眉批,写在中间的叫行批、

## 一七、《中国小说美学》：鼓吹金圣叹

夹批，写得密密麻麻。过去很多人全盘否定小说评点，我估计多数人都没有认真读过小说评点。那个时候我是仔细读了，我发现小说评点里面有很多有价值的东西。拿塑造人物性格来说吧，金圣叹就有很系统的理论。金圣叹有几段关于塑造人物性格的话是十分精彩的，当然现在大家都熟知了：

别一部书，看过一遍即休。独有《水浒传》，只是看不厌，无非为他把一百八人性格都写出来。

《水浒传》所叙，叙一百八人，人有其性情，人有其气质，人有其形状，人有其声口。

《水浒传》写一百八人性格，真是一百八样。若别一部书，任他写一千个人，也只是一样，便只写得两个人，也只是一样。

金圣叹指出，小说的美感力量，小说对人的灵魂的净化的作用和对人的道德的升华的作用，主要都依赖于人物性格的创造。他还探讨了人物肖像、动作和语言的性格化问题，探讨了塑造人物性格和故事情节的关系问题，并且提出了一套塑造人物性格的方法。在金圣叹之后，毛宗岗评《三国演义》，张竹坡评《金瓶梅》，脂砚斋评《红楼梦》，也都探讨了塑造人物性格的问题。

由于把明清小说评点完全撇到一边，就得出了中国没有小说理论的错误看法。我当时就决定先把《中国美学史》的写作放一放，先搞明清小说评点的研究。我在北大开了一门选修课"中国小说美学"，介绍明清小说评点。这门课在学校引起轰动，每次讲课

教室里都挤得满满的。很多学生回忆说,当时听这门课,心情激动难以形容。这门课讲完后,我把讲稿加以整理,在北大出版社出了一本《中国小说美学》。第一次印了5万册,很快就销完了,又加印3万册,也很快销完了。我接到很多读者来信,说买不到这本书。有几位著名作家,如萧乾、梁斌,给我来信,赞扬这本书。萧乾来信说:

为了写一篇小文,偶然借来尊著《中国小说美学》,拿起就放不下了。你确实开创了一个崭新的领域,是近年来我看到的学术著作中很不寻常的一部。我个人(至少)深得教益。写此文主要是向你祝贺并感谢。

梁斌来信说:

我读完你的《中国小说美学》,精神为之一振,甚为高兴,如见故人!

说句真话,我认为目前中国文坛,很需要这本书,很需要你这本书上所提出的论点。如像中国戏曲一样,如果没有几个人拿一把劲,恐怕就要失传了。

我接萧乾来信后,给他寄去一本《中国小说美学》,他立即回信,表示感谢,并说:

此书不是那种只看一遍即可放开的书,它将经常放在我案头上,细细品赏。我特别欣赏你就《红楼梦》和《金瓶梅》的分析。我因8月4日即赴欧访问(西欧、北欧及英国),不能多写了。再一次

## 一七、《中国小说美学》：鼓吹金圣叹

感谢你，并另邮寄上拙译《汤姆·琼斯》一套，祈指正。

萧乾、梁斌都是老作家、大作家，他们的信对我是多大的鼓励，这是不用说的了。

还有许多读者来信。如有一位署名澎湃的读者来信说：

日前买了您的《中国小说美学》，非常高兴，非常激动。今天又买了十本，分赠广州、上海、杭州诸同好以及自己的孩子们。

这是我国这类书的第一本！独到，有见地，有胆识，内容也大佳！

我们早就应该有这本书了，我个人早就属意于这本书了，它不止填了我国学术界这一空白，对这一项目的研究做出贡献，更重要的是为我国新时期思想解放、学术争鸣擎起一面旗帜！

这位读者还建议我再写一本《中国戏曲美学》以及《中国现(当)代小说美学》。

当时的《光明日报》、《文汇报》、《文艺报》、《读书》、《学术月刊》、香港《文汇报》、香港《明报》等十多家报刊发表对这本书的书评。《光明日报》的书评说："本书作者以其开拓者的勇气和辛勤的劳动，填补了我国美学思想研究领域里的一项空白，实在令人欣喜。"《文汇报》的书评说："特别注意对具有中国民族特点的美学范畴和论点的评述，注意对中国古典小说艺术创造和艺术欣赏的审美特征及内在规律的阐述，这是本书的一大特色，从而为美学理论的民族化做出了贡献。对于那种否认和贬低中国小说美学价值的错误

论点,本书用了大量的事实给予驳斥。""因此,读本书有助于提高审美能力,树立正确的审美观,培养健康的审美趣味,而且还可以提高民族自尊心和自信心。"文章说:"在一系列学术问题上,作者提出了个人的见解,新论迭出,令人喝彩。诸如对李贽哲学是'中国古典小说美学灵魂'的阐述,对叶昼、金圣叹等人在中国美学史上的重要地位和杰出贡献的肯定,对张竹坡在审美描写与非审美描写方面的认识的分析,对《红楼梦》强调的'情'乃是其核心的审美理想的论证,对中国近代小说美学的估价,等等,均有创见。作者不仅善于理论思维,同时又精于史实考察,做到将考据与理论研究相结合。除了附录的《叶昼评点〈水浒传〉考证》一文十分精彩以外,即在正文、注释中也时有考辨,如论述曹雪芹、脂砚斋与叶燮的美学思想的关系,等等,都很令人信服。这对某些论者轻视资料考证,不辨事实真相便大发高论的浮夸学风,也是一种无声的批判。"

1986年,北京大学评选首届科研成果奖,此书被评为文科著作一等奖。

后来我在《中国美学史大纲》一书的书稿完成之后,请人为我刻了两枚闲章,一枚是"发扬叶横山"(叶燮晚年居横山,所以又称"横山先生"),一枚是"鼓吹金圣叹"。

# 一八、《中国美学史大纲》:构建中国色彩的美学体系的重要准备

我在写完《中国小说美学》之后,立刻动手写我的《中国美学史大纲》。

前面说过,这本书我在 20 世纪 60 年代就想写了。到 80 年代已过了二十多年,当然中间"文革"十年学术研究停顿了,"文革"结束后就可以开始做了。

在此之前,国内没有人写过中国美学史。我的《中国美学史大纲》是 1985 年出版的,1984 年 7 月署名李泽厚、刘纲纪的《中国美学史》第一卷出版。这一卷只写了先秦和两汉,是一本断代美学史。之后,在 1987 年 7 月,李泽厚、刘纲纪出了第二卷,第二卷是写魏晋南北朝美学。此书的第三卷一直没有出版。因为这样,我在写《中国美学史大纲》的时候,这本书的框架、体系和基本论点,都带有原创性。在我这本书之后出版的各种中国美学史的著作,都或多或少在不同程度上受到我这本书的影响。

当时我还年轻,所以写《中国美学史大纲》的时候,每天开夜车,一般要到凌晨两三点钟才上床睡觉。这本书在上海人民出版社出版,我和这本书的责任编辑约定,我们在武汉大学参加教育部召开的一个教材工作会议上碰面,我把全部书稿交给他。但是距离开会还有一个星期,我还有一章没有写完,于是那几天我就通宵赶写稿子,一直到上火车的前一天才赶完。等我带着全部书稿上火车,躺在卧铺上,这时我的身心彻底放松了,感到非常舒服,卧铺太好了,从此我对火车的卧铺的观感就改变了。

写中国美学史,首先要确定研究的对象。美学是表现为理论形态的审美意识。每个人都有审美意识(审美趣味、审美理想等等),但是一个人的审美意识不一定表现为理论形态。**美学史应该研究每个时代的表现为理论形态的审美意识。每个时代的审美意识,总是集中地表现在各个时代的一些大思想家的美学思想中。而这些大思想家的美学思想,又往往凝聚、结晶为若干美学范畴和美学命题。美学范畴和美学命题是一个时代的审美意识的理论结晶。**例如,"得意忘象"、"声无哀乐"、"传神写照"、"澄怀味象"、"气韵生动"等美学命题就是魏晋南北朝时期的审美意识的理论结晶。**按照这个理解,一部美学史,主要就是美学范畴、美学命题的产生、发展、转化的历史。**因此,我们写中国美学史,应该着重研究每个历史时期出现的美学范畴和美学命题。这样做,有助于我们把握中国古典美学的体系及其特点,有助于我们把握中国美学史的主

一八、《中国美学史大纲》：构建中国色彩的美学体系的重要准备

要线索及其发展规律，从而使历史和逻辑统一起来。

我把中国美学史分为三个时期：(一)中国古典美学的发端——先秦、两汉；(二)中国古典美学的展开——魏晋南北朝至明代；(三)中国古典美学的终结：清代前期。

我认为，中国美学史上有三个黄金时代：先秦，魏晋南北朝，清代前期。老子美学是中国美学的起点。清代前期是中国古典美学的总结时期，出现了王夫之的美学体系和叶燮的美学体系，它们是中国古典美学的总结性的形态，是中国古典美学的高峰。在清代前期，小说美学和戏剧美学有很大发展，十分值得注意。

在我写这本书的 80 年代，当时有一些关于中国古典美学的流行的观念，如：西方美学是重"再现"的美学，中国美学是重"表现"的美学；西方美学偏于理论形态，具有分析性和系统性，中国美学偏于经验形态，大都是随感式的、印象式的、即兴式的，带有直观性和经验性，中国美学的概念都是印象式的、空洞的形容词，并没有确定的内容；等等。这些流行的观念并不符合历史事实，我在书中进行了澄清。

《中国美学史大纲》出版后，很多报刊发表书评，认为这是国内第一部通史性质的中国美学史著作，书中有许多原创性的观点。台湾地区对这本书也很重视。当时两岸并未开展学术文化的交流，但是台湾很多出版社翻印出版了这本书，我看到的有三四个版本。特别是"《中国时报》"向台湾读者推荐祖国大陆出版的十本书

(香港的《明报》和内地的《参考消息》都做了报道),包括政治、经济、文学、艺术等方面的书籍,其中艺术方面推荐的就是《中国美学史大纲》。所以后来我去台湾访问,发现台湾各大学的文科师生对我的这本书都很熟悉。

从事后看来,这本《中国美学史大纲》的出版,在学术上可能有以下两个方面的价值:

第一,由于这本书是第一次提供了中国古典美学的整体面貌和发展线索,因而它向世人显示,中国传统美学极为丰富,其中有许多具有中国特色的理论,有许多极为深刻的理论,至今仍然具有充分的价值。这是一个宝库,至今尚未全部打开。我们要建设一个时代要求的、现代形态的美学体系,就必须打开这个宝库,把其中有价值的东西系统地发掘、整理,实现创造性的转化。

第二,由于这本书着重研究和论述先秦以来各个历史时期出现的美学范畴和美学命题,如"道"、"气"、"象"、"有"、"无"、"虚"、"实"、"感兴"、"意象"、"意境"、"澄怀味象"、"气韵生动"等等,因而有助于我们从理论的核心层面去理解和把握中国传统美学的灵魂和特色,从而也有助于我们从理论核心层面突破过去国内外流行的那种局限于西方文化范畴的美学体系,构建真正具有中国色彩的现代形态的美学体系。可以说,二十多年以后,2010**年我出版《美在意象》一书,尝试构建一个以意象、感兴(体验)、人生境界为核心的具有中国色彩的美学体系,《中国美学史大纲》是一个重要的理论准备。**

# 一九、"中国美学与中国艺术"公共选修课：把美学研究的成果转化为大学生的素质教育

蔡元培先生在提倡美育的同时，十分重视美学理论的教学和研究，这是非常有道理的，因为美育不仅仅是为了提高学生艺术创作和欣赏的能力，最根本的是要引导学生追求一种更有意义和更有价值的人生，引导学生去拓宽自己的胸襟，涵养自己的气象，提升自己的人生境界。所以我在几十年的教学实践中非常注意把美学研究的最新成果转化为大学生素质教育的内容，在推进大学生素质教育方面做一些尝试。

1994年上半年，我在"中国美学史"的专业教育的基础上，在全校开设了公共选修课"中国美学与中国艺术"。这门课就是把中国美学从专业教育转化为素质教育的一个尝试。我在这门课的实践中试图解决三个问题：第一，把中国美学史这种理论性很强的学科转化为情理交融的、能够引起一般大学生高度兴趣的美育课程；第二，把中国古代思想家有价值的思想和智慧转化为具有现代意蕴

并使当代大学生感到亲切的东西;第三,把知识、能力、素质这三个方面的教育在一门课中很好地融合起来。知识是中国美学的独特的范畴、体系、精神和魅力。能力有两个方面,一方面是审美能力,主要是对中国艺术的鉴赏、分析的能力,另一方面是读书、思考、写作的能力。素质就是使学生获得正确的人生观、价值观、审美观,使学生的胸襟得到拓宽,使学生的趣味、格调、人生境界得到升华和净化。这三点尝试,为在大学的课程中推进素质教育提供了一些新的经验。

从方法上说,我这门课也采取了一种新的尝试,就是把中国哲学、中国美学、中国艺术贯通起来讲解。这种方法是从中国传统文化的特点引出来的。中国传统哲学的一个特点是富于艺术精神,因此中国传统哲学对于中国传统美学和中国传统文化艺术影响极大。另一方面,中国传统艺术也往往有一种形而上的追求,特别富于哲理的意蕴。从中国传统文化的这种特点可以引出研究中国传统文化的一个重要方法,就是把中国哲学、中国美学、中国艺术联贯起来研究,一方面研究中国传统哲学对中国美学、中国艺术的影响,用中国哲学、中国美学对中国传统艺术进行阐释,反过来又以中国传统艺术来印证中国传统哲学精神和中国传统美学精神。

这门课,我讲了以下一些题目:(一)《周易》与中国美学;(二)《庄子》的诗意;(三)魏晋玄学与魏晋风流;(四)禅宗与中国美学;(五)唐诗的禅趣与禅境;(六)柳宗元的山水美学;(七)中国艺术的

## 一九、"中国美学与中国艺术"公共选修课:把美学研究的成果转化为大学生的素质教育

意境;(八)《红楼梦》的意蕴;(九)金圣叹和明清小说美学;(十)京剧的意象世界。原来计划还要讲几个题目,即:唐代雕塑与盛唐气象,唐诗的美感与时代感,儒、道、佛与唐代书法,宋词的韵味,宋明理学家论人生境界,从徐渭到八大山人等。由于时间不够,这些题目没有能够讲。

这学期的这门课,选课的学生很多,学生听课的兴趣很高,这是晚上的课,很多学生下午就到教室占座位。课堂气氛始终很热烈。特别是最后几次课,天气很热,但是三百多人的大教室仍然坐得满满的,课堂秩序非常好。这门课为什么会这样受到学生欢迎?我想可能有两个原因。一个原因是北大的学生已经开始感觉到学习中国传统文化是出于自己的一种内在的需要。再一个原因可能与讲课的内容和方法有关。像这种理论性比较强的全校性公共选修课,由于听课的人数量多,分布面广,因此对于授课教师来说,在讲课时恰当地掌握难、易、深、浅的"度",就显得特别重要。理想的境界是一方面要使本科生(包括理科的本科生)都能听得懂,听得有兴趣,另方面又要使文科的研究生、进修教师听了之后感到有新意、有深度、有启发。当然达到这个境界并不容易,但我是努力朝这个方向去做的。在两百多份教学评估的问卷调查中,听课同学对这门课给了很高的评价,他们说:"课讲得很优美,用朴素的语言生动地讲述深刻的哲理,经常让人听得入神入迷,而且课程设置合理,深浅、快慢都好。""给人以美的享受和美的教育,使同学的审美

能力得到提高,道德和心灵得到升华。""这是我十几年求知过程中对我最有影响力、讲授最精彩的课程之一。"

  这门课,2001年获得了教育部国家级教学成果一等奖。

## 二〇、《中国历代美学文库》：中国传统美学的巨型思想库

中国传统美学极为丰富，其中有许多富有东方智慧的理论，有许多富有民族个性的理论，有许多极深刻的理论，至今仍然具有充分的价值。中国传统美学是一个宝库，这个宝库尚未全部打开。

令人遗憾的是，对于中国传统美学所包含的东方智慧，对于中国传统美学的丰富性、深刻性和民族独创性，国外的知识界、文艺界知之甚少。西方知识界很多人都为他们面临的人类生存的困境、艺术的困境和人的价值危机感到焦虑。他们不了解，充满东方智慧的中国传统美学对于他们摆脱所面临的艺术困境和精神危机，有可能在某些方面提供极为宝贵的启示。西方知识界对于中国美学的这种隔膜，是美学这门学科始终未能突破西方文化的局限的一个重要原因。

更值得我们严重关切的是，我们中国人自己对中国传统美学也了解得很不够。学术界对于中国美学史的研究，还处于一个刚

刚开始的阶段。我们已经发现很多很有意思、很有特色的东西,但是还来不及做深入的研究。**还有很多东西我们根本不知道,它们被掩盖了,被遗忘了,还有待于进一步发现。对于中国传统美学的基本精神和理论内核,我们还缺乏认识,至少还没有准确地把握。在这方面,我们应该有一种紧迫感。**我们应该下大力量发掘、整理、研究中国传统美学,用现代眼光加以阐释,并且努力把它推向世界,使它和西方美学的优秀成果融合起来,实现新的理论转化和理论创造。**这是我们中国学者对于人类文化的一个应有的贡献。**

出于这种考虑,我出面组织国内一百多位专家、学者,编辑了一套《中国历代美学文库》。《文库》收录自先秦至近代的具有美学意义和美学价值的重要论著和文章,涉及哲学、宗教、音乐、舞蹈、诗歌、书法、绘画、散文、小说、戏曲、园林、建筑、工艺、服饰、民俗、收藏等广泛领域,共10卷19册,约1100万字。**这是中国传统美学和中国传统文学艺术理论的一座巨型思想库、资料库。**

早在20世纪80年代,我就产生了编辑一部中国历代美学文库的想法。当时主要有两点考虑:第一,美学是一门人文学科,所以中国学者研究美学必须立足于自己民族的文化和精神;第二,中国几千年的历史积累了大量宝贵的美学理论财富,美学资料极其丰富,但又极其分散,很多书籍不易寻找,这给研究中国美学的学者带来了极大的困难。对我们本国的研究者如此,对国外的研究者更是如此。西方学者至今对中国美学十分隔膜,资料难找是一个

## 二〇、《中国历代美学文库》：中国传统美学的巨型思想库

重要的原因。60年代，我和于民两人曾编过一部《中国美学史资料选编》(共两册,中华书局1980年、1981年出版),选的资料比较少，而且采取言论摘录的形式，只能给从事美学原理和中国美学史的教学和研究工作的学者提供一些资料线索，作为研究资料是远远不够的。所以我一直想邀请、集合一批学者共同编辑一部中国历代美学文库，为国内外研究中国美学的学者提供一座大型的完整的思想库。

1990年，我下决心开始这项工程，于是分别给全国三十多所大学和研究机构的一百多位学者写信，谈了我的想法，并邀请他们参与此项工程。这一百多位学者很快给我回信，表示非常赞同我的想法，并且非常愿意参与此项工程。

接下去，我要找一家出版社。当时有三家出版社表示愿意出这部文库。1990年12月，我们与最早找我们的一家出版社签订了出版协议。

1991年，这项工程正式启动。我们首先拟订了《〈中国历代美学文库〉编辑计划》、《〈中国历代美学文库〉编注工作条例》、《〈中国历代美学文库〉编注细则》、《编注细则的几点说明》、《关于稿中一、二级标题的划分及规格要求》、《关于行文繁简程度的说明》、《关于选文使用复印件的说明》等文件，同时对参与编注工作的一百多位学者进行了分工。

这套《文库》由我任总主编，杨扬、孙通海、朱良志任副总主编。

参加编注工作的有北京大学、清华大学、国家图书馆、中华书局、中国艺术研究院、中央音乐学院、中国社会科学院、上海社会科学院、复旦大学、南开大学、武汉大学、厦门大学、浙江大学、北京师范大学、安徽师范大学、湖南师范大学、四川师范大学等三十多所高等院校和学术机构的学者、专家共一百多人。

为了给国内外的学者、艺术家提供研究中国美学的尽可能完备的资料,我们在编选这套《文库》时注意了以下几点:

第一,凡是历史上有重要价值和重要影响的美学论著和文章,一定要收进《文库》,不可有所遗漏。同时,这些重要的论著和文章,一般都收录全书、全篇,不做节录。

第二,收录的资料力求能反映中国美学的基本精神和整体风貌。就一个时代而言,要力求反映那个时代美学思想的发展脉络和整体风貌;就一个艺术门类而言,要力求反映那个艺术门类美学思想的发展脉络和整体风貌。

第三,中国传统美学有自己一系列独特的概念、范畴和命题。这套《文库》收录的资料力求充分地反映这一系列概念、范畴、命题的产生、发展、转化的历史轨迹。

第四,中国古代创造了灿烂的艺术,同时也留下了丰富的艺术思想。艺术美学是中国美学最主要的表现形式之一,也是体现中国美学特色的重要方面。这套《文库》力求尽可能较全面地反映中国古代极其丰富的艺术美学思想。除了收录一些比较为人熟知的

二〇、《中国历代美学文库》：中国传统美学的巨型思想库

艺术美学著作之外，还收录了一些不太为人注意或者从来没有进入研究者视野的资料。如在音乐美学方面，《文库》除了选录《乐记》、《声无哀乐论》、《溪山琴况》等著作之外，还选录了《永乐琴书集成》、《古今图书集成》以及《二十四史》中所包含的与音乐美学有关的资料。

第五，中国美学思想除了表现于各个时代的一批专门性论著之外，大都散见于经、史、子、集等各类著作之中。即使如诗词歌赋之中，往往也有丰富的美学思想。所以对中国美学的整理，实际上是一个发现的过程。从目前中国美学研究的情况看，大量的中国美学原始资料还处在尘封之中，没有被利用。要有效利用这些资料，首先是要发掘。比如园林美学，中国古代这方面有价值的资料，不仅保存在像《园冶》、《闲情偶寄·居室部》这样的专门性的园林论作之中，而且保存在数量很大的园记、游记以及诗词歌赋之中。如白居易丰富的园林美学思想，就散见于他的诗文之中。《文库》对于这些散见的美学资料进行了发掘，以帮助读者在更宽广的视域中来研究和把握中国美学。

第六，中国美学的发展，不仅受哲学、文学、艺术的影响，而且受宗教等其他领域和其他学科的影响。《文库》对这方面的资料极为重视。如佛教哲学特别是禅宗哲学，对中国美学发展影响就很大。《文库》不仅收录了《肇论》、《坛经》等经典著作，而且注意从禅宗灯录和其他禅宗典籍中选录与美学有关的资料。

第七，每个时代的美学思想，与当时的审美风尚、审美风情有紧密的联系。了解每个时代的审美风尚、审美风情，对了解那个时代的美学思想有很大的帮助。出于这个考虑，《文库》选录了如《世说新语》、《西湖梦寻》、《陶庵梦忆》这一类的散文、笔记、札记、题跋，因为这些资料生动地反映了当时的审美风尚、审美风情。

1993年7月，全书各卷的初稿完成。

正当全书初稿完成的时候，在出版方面出现了一个曲折。原来和我们签了出版协议的那家出版社换了社长。新任社长出于经济考虑，于1993年12月正式通知我们，由于人力、财力不足，他们决定取消原来的协议，不出这部《文库》了。在这种情况下，我赶紧联系别的出版社，先后联系六七家出版社都没有成功。在走投无路的情况下，我于1994年6月18日向国家教委朱开轩、张孝文两位领导同志谈了《文库》的情况，请他们帮助。两位领导非常重视，张孝文同志当即指示高等教育出版社的负责同志来与我联系。同年7月2日，高等教育出版社的负责同志找我商谈之后，经过研究，决定出版这部《文库》。

从此，《中国历代美学文库》的出版转到了高等教育出版社。

从1993年全书初稿集中到北京，到这部《文库》最后出版，我们对全书的书稿先后组织了三次大规模的加工和删改。

第一次是1993年7月，我们组织了十二位学者对全书初稿进行了通读、加工，对其中不符合要求的一部分稿子进行了较大幅度

## 二〇、《中国历代美学文库》：中国传统美学的巨型思想库

的删改。

第二次是1994年11月至1996年6月。《文库》的稿子经过第一次的通读、加工，仍然不符合出版的要求。主要问题有两点：第一，全稿的字数有一千五百多万字，大大超过了原定一千万字的规模；第二，交来的稿子中仍有一部分质量不符合要求。所以，我们组织力量花了一年半时间进行第二次加工和删改。这是一次大规模的加工和删改，总目标有两条：一条是坚决把篇幅压到一千万字以内，再一条是提高书稿的质量。经过和出版社商量，我们决定从以下三方面进行加工、删改：第一，把原稿入选论著的"说明"部分全部删去；第二，为压缩篇幅，提高质量，下决心抽掉两类稿子，一类是入选论著本身理论价值不大的，再一类是注释质量较差，无法加工的（如果论著本身十分重要即重新注释）；第三，对全部书稿做一次细致的检查和修改，统一格式，消除错误。

第三次是1997年到2001年，在出版社对书稿进行一审、二审、三审的过程中，以及在书稿排出清样以后，我们组织力量，配合出版社审稿的编辑，对全部入选论著的原文进行核对，并对各篇注释再一次通读、加工，力求消灭其中的每一个错误。

从1991年《中国历代美学文库》的编注工程正式启动，到2003年《文库》出版，整整过了十二年。

这套《文库》是传承中华美学精神的基础性工程。

人文学科的学术研究要重视发挥个人的独创性，同时也要重

视发挥集体的力量，特别是一些重大工程没有集体力量根本不可能完成。

但是，组织大型集体工程，很不容易，要花很大的力气，会碰到很多困难曲折。前面说过，1990年我下决心开始《中国历代美学文库》这项工程时，就分别给一百多位学者写信，邀请他们参与这项工程。这一百多位学者很快给我回信，表示非常愿意参与这项工程。于是我给他们写第二封信，问他们愿意参与哪一部分，唐代，还是宋代。接着是第三封信，寄去《〈中国历代美学文库〉编辑计划》、《〈中国历代美学文库〉编注工作条例》、《〈中国历代美学文库〉编注细则》、《关于行文繁简程度的说明》、《关于稿中一、二级标题的划分及规格要求》、《关于选文使用复印件的说明》等文件。接下去，还有第四封信，回答编辑工作中的一些具体问题。**这样我前后要给参加这项工程的学者写四五百封信，当时没有电脑，这些信都是手写的，这要花大量的时间和精力。**在编写过程中，还会碰到很多困难。例如有的人先答应参加，后来过了很长时间又说不能参加了，或者到该交稿时他说完不成了，我们得赶紧另外找人。也有的交来稿子，我们一看，根本不能用，这也要另外找人。但是时间已经耽误了。在集体项目中，一个人没有做好或中途退出，都会影响整个工程。这些都是组织大型集体项目的甘苦。最吓人的一次是在《文库》第二次大规模修改的过程中，我把其中一卷书稿全部交给一位朋友，请他通读一下，提出修改意见，因为他一直研究这一段的思想史,对材料很熟悉。这位朋友很爽快地答应了。可是过了半年还没有完成。我一催再催,到最后一次催的时候,你们猜他怎么说?他说:"这一卷的稿子我全都丢了,找不到了。"听了他的话,我的心脏立刻停止了跳动。等到心脏恢复跳动,第一个念头就是赶紧想办法重新组织人手对这一卷重新进行编、注。至于责备和埋怨这位朋友,就完全顾不上了。

当这部 1100 万字的《中国历代美学文库》出版的时候,我对于参与《文库》工作的一百四十多位同志和所有关心、支持、帮助过《文库》编注、出版工作的各方面的同志充满了感激之情。我在《文库》的《后记》最后说:"当我们这部凝结着几千年来我国无数思想家、文学家、艺术家伟大智慧的《中国历代美学文库》出版的时候,21 世纪的太阳正在升起。让我们怀着无限喜悦的心情,用我们的创造性的劳动,共同迎接中华民族在 21 世纪的伟大复兴!"

# 二一、担任哲学系的系主任，创建宗教学系和艺术学系

从1993年6月至2001年3月，我担任哲学系的系主任，共八年。

我担任哲学系的系主任，是完全出乎我的意料的。

在此之前的系主任是朱德生教授。1992年他任期已满，但好像是接替他的人选没有确定，所以换届就拖了下来。到1993年，接替他的人选确定了，所以换届的工作就启动了。学校党委组建了一个工作组，由副校长梁柱任组长，到哲学系宣布启动换届。先是工作组成员分别找系里的教授、党委委员、教研室主任谈话，听取他们对上一届系行政工作的意见，以及换届人选的建议，然后举行全系教职工大会，投票推荐换届人选。

我对这件事是站在一个旁观者的立场，因为我觉得这件事和我没有多大关系，换届怎么也不会换到我头上来。

我万万没有想到，系里老师们和工作组的谈话中对换届人员

## 二一、担任哲学系的系主任，创建宗教学系和艺术学系

的推荐，以及全系教职工大会的投票推荐，会集中到我身上来。先是朱德生、赵家祥老师和我说了系里老师们的意向，再就是学校党委组织部部长朱善璐正式找我谈话，说学校党委和校长办公会根据哲学系老师们的推荐，决定由我出任下一届哲学系主任，并要我提议系副主任的人选。

就这样，我担任了哲学系的系主任，连任了两届，一共八年。

回忆起来，在这八年中，除了系里的日常事务外，我们还做了以下一些工作，如：争取到了教育部国家文科基础学科人才培养和科学研究基地；争取到了哲学一级学科博士点；争取到了哲学学科博士后流动站；由学校统一安排，外国哲学研究所并入哲学系，按照系所合一的机制运作；经过全系教师反复讨论，同时邀请全国各大学的哲学系系主任来举行研讨会，在此基础上制定了哲学系人才培养、教学改革和学科建设规划；向学校争取到了把静园4院交给我们作为哲学系的办公场所，并进行了全面装修，这在当时也是很不容易的；筹备成立了"北京大学马克思主义文献研究中心"；创办了一份哲学刊物《哲学门》，在学术界引起很好的反响；等等。

在教学改革方面，我们比较早就提出了一条新的思路，就是哲学系的教学不仅要面向本系学生，而且要面向全校，面向全体大学生，要发挥哲学在全体大学生素质教育中的作用。所以在1994年我们就向全系老师提出要面向全校学生开设公共选修课，并且形成一个全校公选课的规范化目录。从2000年秋季开始，我们又面

向全校开设哲学辅修专业,受到学生们的欢迎。

除了以上这些事之外,我们还做了一件事,就是筹办和成立了宗教学系。

哲学系本来设有宗教专业,从北京大学建设完整的学科体系着眼,也从促进国家稳定、改革、发展的需求着眼,很多教师建议成立宗教学系。为此我们举办了多次座谈会,向学校领导送了《关于建立宗教学系的申请报告》。同时我们也拜访了教育部和国家宗教局有关领导,把我们筹建宗教学系的情况向他们做了详细的汇报。1995年,学校批准建立宗教学系,与哲学系联体运作,由我兼任宗教学系主任。这是大陆大学建立的第一个宗教学系(此前台湾辅仁大学刚建立宗教学系),新闻媒体纷纷做了报道。

在这八年中,我几乎把自己的全部时间和精力放在系主任的行政工作上,而把我自己的科研计划放在一边。我们常说"双肩挑",其实当系主任,并不能真正挑两副担子,只能挑一副,另一副只能应付,勉强维持。这一点任何人当系主任都必须想清楚。开始我也并没有想清楚,但做了一年我就想清楚了。只能顾一头。如果一定要顾两头,必然两头都做不好。如果说当系主任个人会有牺牲,这也是一种牺牲。我曾经和吴树青校长谈过这个问题。我说,我的愿望是在美学领域做出真正可称得上有原创性的成果,把北大在美学学科领域的地位进一步提上去。因为北大有美学的传统,北大应该成为中国的美学研究中心。当然这不是说靠我一个人,必然要靠一大批人,要靠一个集体。但我可以在其中做出贡献,而且我自己当然希望能做出比较大的贡献。在这方面我也有一定的基础,有某些有利的条件。但现在既然当了系主任,这一切就只好暂时放下。我在1985年出版的《中国美学史大纲》,我早想修订,但一直未能动手。1991年教育部要我主编一本全国统编教材《美学原理》,还要我主编一本《人文学导论》,都一直未能完成。我内心也很矛盾,但是我还是只能把这些书放下。主要是两个原因。第一,我当系主任,当然是学校任命的,但实际上是系里多数老师把我推举上来的,我不能辜负大家的信任。对系主任的工作,我不敢掉以轻心,不敢有一点懈怠。第二,北大哲学系不同于一般大学哲学系,它有最长的历史,出过许多大学者,所以当北大哲学系的主任,就对北大的历史担负了一种责任,做不好,就对不起北大,对不起历史。

北京大学原来有一个艺术教研室。艺术教研室的任务主要有两个,一个是在全校开设艺术鉴赏类的公共选修课,一个是指导学生艺术团。1996年9月6日,学校领导为了继承蔡元培重视美育和艺术教育的传统,根据广大教师的提议,决定筹建艺术学系,并成立了筹备小组,由于我的专业是美学,学校领导指定我参加筹备小组的工作。1997年7月艺术学系成立,由我兼任系主任。这样,我就同时身兼哲学系、宗教学系、艺术学系三个系的系主任。

艺术学系筹办过程中,我们邀请校内专家(金开诚、张学书、阴法鲁、陈玉龙等人)和校外专家(李希凡、曲润海、于润洋、汪流、邵大箴等人)参加座谈会,就艺术学系的人才培养和学科建设征求他们的意见。他们都认为,北大成立艺术学系,学科建设的重点应该放在艺术学理论和艺术史方面,即一般说的"艺术学史论"方面,而不是重点培养实践型的人才。中央音乐学院老院长于润洋说:"你们不能去培养弹钢琴的人才,弹钢琴的人才中央音乐学院每年在大量培养,你们也比不上。你们也不能培养作曲的人才,作曲专业一些课程中央音乐学院也开不出来,你们更没有条件了。你们应该重点培养艺术理论和艺术史的人才。国家需要这方面人才,单科性艺术院校的学科单一,学生缺乏文化、哲学、历史、文学的修养,很难培养这方面的人才,而北大有文史哲学科的雄厚传统,有多学科的背景,你们正可以培养这方面的人才。"李希凡、曲润海等人也都持这种看法。所以艺术学系成立之后,我们就确定把艺术学理论和艺术史作为人才培养、学科建设的重点。

艺术学系从1997年7月建立,一直到艺术学院成立(2006年1月),这八年多时间中,在人才培养和学科建设方面做了很多努力。

八年多来,艺术学系建立了影视编导专业、艺术学专业、节目主持人专业、广告学专业。广告学专业在艺术教研室的时候就有,当时在课程建设和教师队伍建设方面花了很大的力气。2001年学校领导决定建立新闻传播学院,并决定把广告学专业划归新闻传播学院。艺术学系服从学校的整体安排,于是广告学专业整个搬到了新闻传播学院。

艺术学和节目主持人两个本科专业是辅修专业。辅修专业有助于把我们的学生打造成复合型的人才,有助于增强学生的就业能力、创新能力和创业能力。辅修专业的学生很努力,有一位生物系的学生,她做的毕业论文是西藏唐卡的研究,为了写这篇论文,她两次到西藏做实地调查。

八年多来,艺术学系建立了3个硕士研究生专业(艺术学、电影学、美术学)和1个博士研究生专业(艺术学)。艺术学博士点2003年获得通过。

从1998年开始,艺术学系与解放军总政治部、国家文化部、中国文联、北京电视台、故宫博物院等单位合作办学,总共办了7期"文化艺术管理专业研究生课程班"和"艺术学专业研究生课程班",参加课程班学习的学员多达523人。这是一个新生事物。在文化艺术各个领域有一批卓越人物,他们在自己岗位上已做得很出色,有的已取得了很大的成就,但他们还希望进一步提升自己的文化素质和理论修养,办研究生课程班就是为了适应社会的这种需求。这也是加强大学教育和社会实践联系的一种形式。

2004年,受教育部委托,艺术学系还开办了高等学校艺术课教师的研究生课程班。

按2004年中国大学评价排名,在本科排名中,北大艺术学系的影视编导为A+,在24所学校中排名第2;在研究生院排名中,北

红了樱桃绿了芭蕉
　　——情系燕园六十年

大艺术学系的艺术学为A＋＋，在12所大学中排名第1。这个排名从一个侧面显示了艺术学系八年来学科建设的成就。

八年多来，艺术学系一直承担全校艺术学公共选修课和艺术类素质教育通选课的教学任务。几年来总计开设了58门课程，如"艺术概论"、"中国音乐概论"、"基本乐理与管弦乐基础"、"世界电影史"、"中国电影史"、"中国古代舞蹈史"、"中国美术史及作品赏析"、"西方音乐史及名作赏析"、"中国音乐史及名作赏析"、"中国书法史及名作赏析"、"影视鉴赏"、"西方交响乐欣赏"、"中外名曲赏析"、"舞蹈原理与鉴赏"、"中国卷轴画史"、"历代装饰艺术赏析"等。平均每个学期开设约28门通选课和公共选修课，每年接纳学生人数在4000人左右。

艺术学系从1998年开设"美育精品系列讲座"，先后邀请了著名艺术家和学者如吴冠中、袁世海、欧阳中石、于润洋、靳尚谊、陈佐湟、仲呈祥、邵大箴、谢晋、谢铁骊、谢飞、梅葆玖、于平、谭霈生等来校做专题艺术讲座。

由艺术学系管理和指导的北大学生艺术团四个分团（合唱团、交响乐团、舞蹈团、民乐团），对营造北大校园的艺术氛围，提高全校大学生的艺术修养和综合文化素质发挥了重要的作用。同时，艺术团参加国内各项大学生艺术会演和艺术比赛以及出国访问演出，对塑造北大作为一流大学的形象，扩大北大在国内外的影响，也发挥了重要的作用。

## 二一、担任哲学系的系主任，创建宗教学系和艺术学系

2002年4月27日，艺术学系从校外聘请了十位著名学者和艺术家作为我们的兼职教授，由许智宏校长给他们颁发了聘书。这些兼职教授都是国内一流的学者和顶尖的艺术家，如中国书法家协会主席沈鹏，著名书法家欧阳中石，中国美术家协会主席靳尚谊，著名美术史专家邵大箴，中央音乐学院老院长、国务院艺术学学科评议组召集人于润洋等。聘他们担任兼职教授，有助于提高北大艺术教育的品位和水平，**体现了我们依靠国内整个艺术界的力量来办好北大艺术学系的方针。**

在校内身兼三个系的系主任的同时，我在教育部的一些机构也兼任一些职务，如，1997年5月至2003年5月任国务院学位委员会第四届哲学学科评议组成员，2003年5月至2008年5月任第五届哲学学科评议组召集人。1997年至2001年任教育部第一届高等学校哲学学科教学指导委员会副主任委员，2001年4月至2005年任教育部第二届高等学校哲学学科教学指导委员会主任委员。2003年4月至2007年、2007年至2011年任教育部第五届、第六届艺术教育委员会主任委员。1991年起任国家哲学社会科学"八五"、"九五"、"十五"规划哲学学科规划小组（学科评议组）成员。1998年8月起任全国博士后管委会第四届、第五届专家组（哲学组）成员（1998年8月至2003年6月，2003年6月至2008年）。2001年起任北京哲学会会长，2007年、2011年又连任两届。1998年3月至2003年3月任第九届全国政协常委。2003年3月至

2008年3月任第十届全国政协常委。

　　校外的这些兼职,和校内的职务,在性质上有着紧密的联系,它们使我打开眼界,推动我对如何提升大学生和广大民众的人文教养、对如何加强人文学科的建设,越来越关注,并进行持续的思考。

# 二二、建立艺术学院经历了一个很长的过程

自1997年7月北京大学艺术学系成立之后,系里的很多老师和艺术界的朋友们就建议在北大艺术学系的基础上建立艺术学院。主要出于以下四个方面的考虑。

第一,20世纪以来,艺术在人文学科中的地位越来越重要,艺术对经济发展的影响也越来越大。90年代以来文化艺术与信息产业的结合更是引人注目。因此,**当代经济和艺术的关系越来越密切,当代哲学、人文学科、社会科学、技术科学等学科的发展和艺术学科的关系越来越密切,**它们与艺术的交叉和结合往往成为学科发展的新的生长点和经济发展的新的增长点。

第二,从人才培养的角度看,艺术在教育体系中的重要性越来越突出。钱学森、季羡林等学者都一再强调,要创建世界一流大学,要培养杰出人才,我们的大学必须实现科学与艺术的结合。

第三,从培养艺术家和艺术理论家的角度看,单科性的艺术院

校有明显的局限，因为单科性的艺术院校的学生缺乏文化、哲学、文学、历史、科学的宽广的修养，缺乏多学科的背景，而综合大学在这方面具有优势。

第四，艺术学作为一个学科门类包含有美术、音乐、舞蹈、戏剧、影视、设计等多种学科，从人才培养和学科建设来说，一个系容纳不下艺术学科门类所包含的这么多种的学科。

2000年1月，我们举办了"艺术学人才培养和学科建设"学术研讨会，全国各艺术院校、艺术研究院的现任院长、前任院长和著名学者除出国在外者几乎全部应邀出席了这次研讨会。在研讨会上，这些著名学者一致表示希望北大尽快建立艺术学院，并表示愿意和北大在教学和学科建设方面紧密合作。

没有想到，建立艺术学院经历了一个漫长的历程。

2000年5月我们第一次向校领导上报《关于建立北京大学艺术学院的建议》。2001年5月，我们第二次向校领导上报《关于建立北京大学艺术学院的建议》（修改稿）。在这之后，我们组织力量研究了国外大学的情况，对艺术学院的框架设计做了重大修改。2002年1月，我们第三次向校领导上报《关于建立北京大学艺术学院的建议》（第三稿）。2002年3月，我们举办"弘扬京昆艺术与书法艺术"学术研讨会，首都书法界、京剧界的著名学者和艺术家如沈鹏、欧阳中石、金开诚、申万胜、杨辛、耿其昌、李维康、刘长瑜、梅绍武等人应邀出席并做了热情洋溢的发言。他们希望北京大学尽早建立艺术学院,并成为中国传统艺术的理论研究和人才培养的一个中心。九十高龄的季羡林先生特地让王岳川教授到他家里记录下他的发言,并带到会上宣读。北京大学党委副书记赵存生参加研讨会并作总结发言,他表示他将努力在北大推进艺术学院的成立。

2002年4月2日,艺术学系副主任彭吉象在452次校长办公会上汇报了北京大学艺术学院的筹备情况及建院工作日程表。校长办公会经过讨论,要求我们对艺术学院办学方向和办学特色做进一步的说明。根据这一要求,2002年4月10日,我们写了报告送交校领导,对艺术学院的办学方向和办学特色做了进一步的说明。

2003年上半年发生"非典",各方面的工作受到影响。2003年9月12日,迟惠生常务副校长在与我、彭吉象、丁宁等人谈话时指出,艺术学院筹办时间已经很长了,应该抓紧工作,排一个日程,争取尽快完成建院的各种程序。当时鞠传进副校长也在座。根据他的这一指示,我们又加紧各方面的筹备工作。9月15日和16日,我们分别向吴志攀副校长和林钧敬副校长汇报了建院的筹备情况。11月8日,我们举办"北京大学与艺术教育学术研讨会",吴志攀副校长在会上讲话,宣布北大即将成立艺术学院。李岚清同志送来了祝贺北京大学艺术学院成立的题词。我在研讨会上做了题为"北京大学艺术教育的传统"的主题讲演。我在讲演中把北京大学艺术教育的传统概括为三个方面:第一,北京大学的艺术教育带有鲜明的人文色彩,并且有着很强的学术性;第二,北京大学的艺术教育从一开始就显示了素质教育和专业教育并重的特色;第三,北京大学的艺术教育立足于中国文化,实行中西兼容、雅俗并包的路线。我在讲演中指出:"培养艺术家,特别是培养大艺术家和艺术理论家,一方面需要专业知识和专业技巧,另一方面还需要深厚的文化、哲学、文学和科学的修养,需要多学科的支持。就前一方面来说,单科性的艺术院校占有优势;就后一方面来说,综合大学则具有单科性艺术院校所没有的优势。"

2003年12月1日,迟惠生常务副校长和吴志攀副校长召集艺术学院筹备工作小组开会,学校各职能部门负责人参加会议。在会上我们对艺术学院筹备情况做了汇报。各职能部门负责人分别发言,讨论了建院的一些具体问题。会后,我们又分别请学校各职能部门(人事部、教务部、社科部、资产部、研究生院)的负责人来艺术学系进一步讨论建院的各项具体问题,并取得了共识。

2003年12月15日,我们再一次对《艺术学院框架设计》和《关于建立北京大学艺术学院的建议》进行认真的修改(这是第四稿),并将其连同各种有关数据,分别送给学校各位领导(书记、校长、副书记、副校长)。

2004年1月15日,我和系副主任彭吉象约见许校长,吴校长也在场,我们又全面汇报了艺术学院的筹备的情况,希望加快建院的进程。

2004年4月13日，我约见许校长、闵书记，向二位领导汇报了我给中央领导写的关于昆曲的建议、《中国历代美学文库》出版以及举办文理交叉的文化沙龙等事项，同时也汇报了筹建艺术学院的情况和问题。

2005年4月26日，我们第五次向学校领导上报《关于建立北京大学艺术学院的建议》(这是第五稿)。

一直到2006年1月，学校领导最后决定建立北京大学艺术学院。

从我们第一次向学校领导正式提出建立北京大学艺术学院的建议，到2006年艺术学院正式成立，整整经历了五年。回顾北大的历史，没有一个学院的成立如此艰难。

大家都承认北京大学应该建立艺术学院，中央领导同志也支持北大建立艺术学院，为什么北大建立艺术学院还这么艰难？我听到过各种说法。我相信其中有些说法可能是事实。那些或明或暗阻挠、拖延艺术学院成立的当事人自己心里也明白。现在事过境迁，艺术学院终究还是成立了，我们应该为此庆幸。

## 二三、出访见闻：在艺术经典原作面前直接感受它的诗意

从20世纪90年代开始，中国人有更多的机会出国访问、参观、游览。我也是如此。在出国访问期间，我尽量安排时间去参观当地的著名博物馆，这样就看到了许多过去看不到的艺术经典的原作。

观看艺术经典原作给我最大的喜悦是能够更直接、更强烈地感受它的诗意。

下面举几个例子。

1992年访问俄罗斯，我在莫斯科"全俄中央艺术家之家"看到俄国巡回展览画派画家库茵芝的风景画。我过去不知道库茵芝，这次一看他的画，极其神妙。

《拉达士湖》（1873）。三分之二的画面是暗黑色的天空，大团大团的乌云在飘动，下面是暗黑色的湖水，湖面上有一条小船，三个渔民正在捕鱼。近处是河滩，卵石浸在湖水里。

《秋季的泥泞路》(1872)。两匹马拉着一辆马车正向前走去，留下很深的车辙。旁边有一位披白围巾的女人带一小孩，远处雾色弥漫中隐约显出一棵树，一座茅舍。

《雷雨之后》(1879)。天空上还在翻滚着紫黑色的云团，而下面的草地和农舍已经放亮，这种强烈的色彩对比，构成了雷雨刚刚过去的那一瞬间的奇妙意象。

《落日》(1876—1895)，一共有几幅。由极强烈的金色和红色构成无比辉煌壮丽的画面，耀眼夺目，动人心魄。

《夜牧》(1905—1908)。云淡风轻，天上高高挂着一弯月亮，一条小河流过大地。近处是黑黝黝的山岗，散落站着几匹马，其中一匹面对小河，站在山岗的最高处。牧人躺在地上睡觉。画面开阔，寂静，清冷。

最令人惊叹的是《第聂伯河上的月夜》(1880)。整个画面是黑色的调子（库茵芝善于用黑色）。天空是黑色的，但是从云层中露出了一轮圆月。地面是黑色的，第聂伯河从地上静静地流过，月光泻落下来，在一段湖面上反射出绿色的波纹。这一段绿色的河面，是画面上唯一的光亮，它非常耀眼，照亮了整个画面，使得这幅夜景显得如此的清明澄澈，真是诗一般的美。当年库茵芝曾单独为这幅画举办了一个展览，轰动了整个彼得堡。列宾说，这是一首"触动观众心灵的诗"。说得太对了。不但这幅《第聂伯河上的月夜》是诗，库茵芝的风景画都是诗。

红了樱桃绿了芭蕉
　　——情系燕园六十年

　　我在圣彼得堡的艾尔米塔什博物馆看到了康斯坦·特罗容的大幅油画《赶集》。一匹毛驴担着两筐小羊羔,一个穿红衣服的农家女骑在驴背上,后面一个戴着草帽的农民骑着马,正在抽烟,烟头闪着光亮。两边是羊群和牛群,背景是茅舍和无数的参天大树,前面跳着两只小狗。早上的阳光从上面照射到这两位农民和牛羊群的身上。画面的光线和空气如此真实,微妙,画的诗意是那么浓。

　　我在这里还看到了柯罗(Camille Corot, 1796—1875)的油画《沼泽中的树林》。画面是长满水草的沼泽,沼泽中有树丛,树丛四周有几头牛。整个画面弥漫着水汽,树丛的轮廓在轻灵浮动的水汽中变模糊了,融化了。我想起我国已故翻译家、音乐家傅雷对柯罗的评论。傅雷说,在柯罗的画中,自然界变得无穷,变得不定,充满着神秘与谜。在他的画中,一切在颤动,那么自由,那么活泼,半是朦胧,半是清楚,这是诗的境界。

　　1999年6月访问法国,在杜伊勒里花园的橘园美术馆观看莫奈的"睡莲"组画展览(莫奈画过两百多幅睡莲,这里当然只是一部分)。在两个椭圆形展厅里,每个展厅的四面都有巨幅"睡莲"画,构成一个圆周。我在其中一个展厅坐了很长时间,感受那无边的水面,感受那睡莲的宁静,感受那蓝色、紫色、粉红色,感受那柳烟云影的变化万端,这是一个诗意的花园。

　　就是这一次,我去参观了莫奈花园。莫奈花园真是百花齐放,各种花都有，包括小草花、野花，一些很普通、很不名贵的花，品种繁多，应有尽有，"万紫千红"四个字才形容得尽。莫奈住宅墙上挂满了日本浮世绘的画，说明莫奈受浮世绘影响很大。莫奈池塘四周是垂柳，上面是木桥，池塘中是睡莲，有红色、粉色、黄色、白色，整个池塘给我的感觉是一种幽静之美。这种幽静之美的感觉我想是从莫奈的睡莲画中带来的。莫奈的心灵照亮了莫奈的睡莲。

2011年2月访问意大利，在梵蒂冈博物馆里看到了那个著名的瓶画，埃克塞吉亚斯的《埃阿斯和阿喀琉斯下棋》。和我同行的丁宁老师是研究美术史的，他这次专门要找这幅画，终于找到了，丁宁老师说这是古希腊黑绘风格陶瓶中的极品。使我惊喜的是这个陶瓶的背面还有一幅画，是一匹马，矫健、英俊，全身发光，旁边有一条狗，用两只脚直立着，非常有情趣。背面的这幅画过去从来没有人提到过。

中国古人提倡"画"和"诗"互相渗透，最有名的是苏轼说王维"诗中有画"，"画中有诗"。后来许多人（一直到现在）都在讨论什么是"诗中有画"，什么是"画中有诗"。有人指出，诗里的一些气氛，是很难画出来的，如"泉声咽危石，日色冷青松"，"咽"字、"冷"字很难画出来，"空翠湿人衣"很难画出来，"一个死亡的宇宙"（弥尔顿）也很难画出来。

这些绘画经典的原作，使我领悟到，画中的"诗意"、"诗味"，不是要画出诗里描绘的动态的情景、气氛，乃至心理状态，而是要整幅画呈现人的生活世界的意味，呈现人生的意味。我们生活的世界不仅是一个物理的世界，而且是一个有生命的世界，是一个与人的生存和命运紧密相连的世界，由此产生了这个世界(以及这个世界上的事物)的意味，这个世界就成了一个有情趣的世界，成了一个充满意义和价值的世界，成了人与万物一体的世界，成了一个充满生意的世界。这就是胡萨尔提出的"生活世界"，这就是世界的本来面目。但是，这个本来面目，这种生活中的诗意，往往被掩盖了，被遮蔽了，这要求艺术家用审美的心灵去发现它，去照亮它。这就是歌德说的，"我们的画家所缺乏的是诗"。这也就是王阳明说的，"你未看此花时，此花与汝心同归于寂，你来看此花时，则此花颜色一时明白起来"。你来"看"，就是用你的心灵发现、照亮这个充满情趣和意味的世界的本来面貌，这样，你的画就有了"诗意"，有了生气。

# 二四、出访见闻：世界各地有不同的民风民俗

到国外访问，也可以看到世界各地不同的民风民俗。"十里不同风，百里不同俗。"张岱写了"西湖七月半"、"西湖集市"，生动地描绘了明代杭州西湖的风俗。世界各地也有不同的民风民俗。在出国访问期间，我也有一些零碎的感受。

在莫斯科我感受到浓厚的文化氛围。

在莫斯科"全俄中央艺术家之家"的库茵芝风景画的展室中，挤满了参观的人，有老奶奶带着小孙子参观的，也有父亲带着女儿参观的。老奶奶还给小孙子讲解每幅画的意蕴。在整个展室中我感受到一种浓厚的文化氛围。这使我深为感动。

在莫斯科的大街上和地铁站我也感受到一种文化氛围。莫斯科商店里的服装数量很少，花色品种也很单调（这是我1992年看到的情况），但是街上行人的穿着都很讲究，特别是年轻妇女，脸部都有化妆，服装也都显得很高雅。莫斯科的地铁纵横交错，四通八

达。地铁站的建筑都很有艺术性。地铁上下的自动扶梯很长,一般并列三道或四道扶梯,有的上,有的下。扶梯之间是一长串圆柱形的电灯。因为自动扶梯很长,所以很多人一踏上扶梯,就拿出一本书来读。有一次我数了一下,在一道扶梯上,读书的人就有十多个。地铁车厢里读书读报的人就更多了。因为地铁每趟车的间隔时间很短,每四十秒就有一趟,所以地铁车厢里并不十分拥挤。每当有老人和小孩上车,年轻人都纷纷起来让座,显示了一种良好的社会风气。

最值得一说的,是新圣母公墓的雕塑。

新圣母公墓面积很大,里面安葬了许多著名人物,有科学家、将军、文学家、艺术家、劳动英雄、象棋大师……其中有我们中国人熟悉的果戈理、契诃夫、A.托尔斯泰、奥斯特洛夫斯基、卓娅和舒拉等人。很多墓是夫妻合葬。墓碑都是非常精美的大理石,墓碑设计各有特色,有许多是艺术性很高的雕塑。例如有一座墓地的前面就有一个悲剧味道很浓的《天鹅之死》的雕塑。很多墓碑的设计都突出了死者一生的主要业绩。一位象棋大师的墓碑上刻着象棋的棋盘。一位火箭部队指挥员的墓碑上是成排的火箭发射架。A.托尔斯泰的墓碑中间雕着他的侧面头像,两边是他的小说《苦难的历程》中的主人公。奥斯特洛夫斯基的墓碑上面是他的半身浮雕,下面是紫红色大理石,再下面是马刀和头盔。比较引人注目的是斯大林妻子的墓。墓碑是一个透明的玻璃圆柱,里面白色大理石雕着斯大林妻子的头像,安详中透露出几分忧郁。

这里引人注目的还有赫鲁晓夫的墓。墓碑一半白色,一半黑色,中间是赫鲁晓夫的头像。这个墓碑是一位很有名的设计师设计的。据说这位设计师曾受到赫鲁晓夫的批评。

多数墓地前都放着死者的亲人或其他怀念死者的人送的鲜花。赫鲁晓夫的墓前也放着几束白色的玫瑰和几个花环。

我觉得,这座公墓充分显示了俄罗斯的文化艺术传统,以及这个民族、这个社会的价值观。在过去的苏联,尽管政治生活中有许多阴暗面,但从整个社会来说(或者说作为一种文化传统和社会风尚),对于人的价值还是尊重的。当然,这种尊重所体现的价值观,主要的着眼点是一个人对于社会(国家、民族和人类)的贡献。应该说,一个人对社会的贡献,尽管不能说就是人的价值的全部(人作为生存个体有本身的价值、意义和尊严),但毫无疑问总还是人的价值的主要部分。

法国巴黎也有一座类似的公墓,就是拉雪兹神父公墓。拉雪兹神父公墓也很大。那次我去参观时首先找到了肖邦的墓,接着又找到了巴尔扎克、莫里哀、安格尔、德拉克洛瓦、拉·封丹的墓。想不到这里埋葬了这么多文化名人。当然,巴黎最给人神圣感的还是荣军院中的拿破仑的墓:中间是拿破仑的橙红色的石棺,四周围着拿破仑和一群女神的塑像,都穿着白色的长袍。在那里,你就会感觉到,拿破仑确实就是历史上法兰西民族最崇拜的伟人。

下面谈日本东京给我留下的印象。

1997年我应邀到日本东京大学讲学。

我到东京,从中国来的学者和留学生都对我说,他们印象最深刻的是日本员工的敬业精神。日本员工找到一份工作,哪怕是很低层次的工作,都不会挑肥拣瘦,而是尽力把它做好。我自己也有这个印象。我看到东京街道一些清洁工人,都是十分用心地打扫街道。有一次,在一家宾馆,我走到电梯的门口,有一位服务员赶紧从远处跑过来,为我打开电梯门。

东京有一些生活习惯,我们在中国也没有见过。例如,有一次东京大学一位教授陪我到一家餐厅用餐,一位服务员在送上一碗汤时,不小心把碗里的汤溅在这位教授的裤子上了。这位服务员显得非常害怕,脸色都变了,她立刻帮这位教授把裤子上的汤渍擦干净,餐厅经理也出面道歉。等用餐完毕,餐厅经理又在门口送别我们,再次表示道歉,并且送上一个信封,里面装着钱。我问教授:"他们还赔你钱吗?"教授说:"那是当然的。"

日本公司的员工上班时都是西装领带,一本正经,不苟言笑。早就听说日本公司员工下班后并不急于回家,而是和同事们到小酒馆去喝酒聊天,一是为了释放一天上班的压力,二是可以彼此沟通公司的内情,寻找获得升迁的机会。所以日本家庭妇女不像中国的家庭妇女那样希望自己的丈夫下班后早早回家,如果丈夫早回家,她们反而会不高兴。我到了日本,看到情况确实如此。每天下班的时候，地铁并不拥挤，到了晚上九十点钟，地铁反而拥挤了，而且很多上车的人都是满身酒气。我在晚上的小酒馆里看到日本公司的员工在一起喝酒，男女都有，大说大笑，大喊大叫，看来真的是在释放一天积蓄下来的精神压力。

在东京，我还发现三个奇怪现象，也许可称之为"东京三大怪"。

第一个奇怪现象，是乌鸦特别大，特别多。在我们中国，电线杆上，一排排站立的是麻雀。在东京，电线杆上一排排站立的是乌鸦，而且特别大。据说，这种乌鸦还会在过街天桥上面攻击行人，不过我没有见过。这种乌鸦还用嘴把街道两侧的垃圾袋打开，把垃圾弄得满地都是。

第二个奇怪现象，是自行车在人行道上骑行。日本大街上没有自行车道，自行车在人行道上骑行，而日本的人行街道本来很窄，又加上自行车，当然很容易发生碰撞现象。

第三个奇怪现象，就是在街上看到女士抽烟的人特别多，包括一些年轻女孩。我问日本朋友这是什么缘故，回答不一样，有的说是出于对男权的反抗，有的说是从西方学来的，还有的说是由于当代女性的生活太郁闷。

法国巴黎给我的印象是法国人讲究休闲。1999年我应邀去巴黎讲学，住在卢森堡公园旁边的一个宾馆。卢森堡公园内，参议院前的广场上，两大圈草地旁，从早到晚坐满了人，有的在下棋，更多的是脱光上衣在晒太阳。我问一位法国学生为什么这么多人晒太阳,他回答说,放假了不晒黑,使人感到很奇怪,认为这个人没有休假,还在上班呢。当时我就回想起几年前在波恩的见闻。一个星期六,我在波恩的公园玩,整个公园,除了我,只有一位母亲带着一个小孩,显得空落落的。我又想起德国乡村的房屋,里里外外都很整洁,他们说,这都是他们自己动手修整的,屋里地板很干净,都是他们自己跪在地板上擦洗的。好像勤劳是德国人的习性。

## 二五、出访见闻：在韩国看金大中的就职典礼

1998年我应邀到韩国的庆熙大学访问半年，正遇上金大中当选总统接替金泳三。看电视新闻给了我一种启示。

2月23日电视播放金泳三举办告别宴会。金泳三苍老不堪，头发全白。电视台同时播放一个纪录片，系统回顾金泳三执政五年的经历。当他上台时，真是志得意满，又年轻，又帅气，一副大展宏图的模样。据说金泳三年轻时就立志要当总统，一旦当选总统，他立即去向他父亲报告这一喜讯，笑逐颜开。但是五年执政，民众支持率从88%逐年下降，一直下降到百分之零点几，一千个人中才有几个人支持。倒霉的事一件接一件，大桥折断，飞机坠毁，反腐败反到他儿子头上，直至最后发生金融危机。当他去向他父亲报告他要下台的消息时，他的眼睛不敢直视他父亲。没想到当五年总统如此下场。

2月25日上午电视转播金大中就任韩国总统的典礼。九点

半,广场开始歌舞表演。金大中在青瓦台签署文件,接受总统勋章,然后出门上车。金泳三也告别青瓦台。金大中车队以2辆摩托车、2辆警车开道,10辆摩托车环护,1辆轿车先导,然后是金大中座驾,后面又跟七八辆车,再后面是护卫警车四五辆。出席观礼的有日本前首相、菲律宾前总统及萨马兰奇等贵宾,还有几位前总统,特别是全斗焕和卢泰愚,他们是被判刑入狱,刚被金大中特赦出狱的,这时衣冠楚楚,又恢复了原来的体面。

十点,典礼正式开始。奏国歌。金大中宣誓。放礼炮。大合唱。男高音独唱。金大中发表长篇演讲。然后是女高音独唱。然后是化装游行。军队仪仗队前导,各种民间游乐,古装的游乐。群众游行,举着各种旗帜。旗帜中唯一用中文写的口号是:"农者天地之大本"(我想这是中国传统的思想)。游行队伍末尾是一只充气的大老虎。游行完毕,金大中、金泳三与来宾握别,金大中与金泳三握别。金泳三先走。金大中去植树,然后与全场群众见面、握手。之后乘敞篷车回青瓦台。

作为一个旁观者,我不免推想在场的这些政客会有什么感想。首先是金泳三的今昔对比。五年前是他当主角,何等威风,何等荣耀啊!如今换金大中演主角,金泳三自己呢不是功成身退,而是黯然下台,还有被追究责任的可能。全斗焕、卢泰愚又是什么心情?金泳三把他们送进监狱,如今金泳三本人也极不光彩地下台了。这就是古人所说的天道循环吗?

## 二五、出访见闻：在韩国看金大中的就职典礼

人生真是一个大舞台。金大中今天也何尝不是在演戏。站在敞篷车上接受群众欢呼，不知他心中是否如金泳三当年那么踌躇满志？他是死过几次的人，用《红楼梦》里的说法，是"翻过筋斗来的"，照理说应看破世情了。而且金大中读书很多，我想他会读过《红楼梦》。据说他家里有两万多册图书，他搬家到青瓦台，主要是搬书，金泳三一辈子都羡慕金大中读书多。所以金大中一定会知道《红楼梦》里的《好了歌》："世人都晓神仙好，唯有功名忘不了！古今将相在何方？荒冢一堆草没了。"

金泳三、金大中的经历使我对哲学上说的"可能性"和"现实性"这一对范畴有一种新的想法。我们过去一般都说"现实性"优于"可能性"。例如这两种选择摆在你面前：一种是今天给你一个苹果，一种是一个月后给你两个苹果，你选哪一种？一般人都会选第一种。因为今天拿到一个苹果，这是现实性；一个月后的两个苹果，只是一种可能性，能否变为现实，还不一定。但是金泳三、金大中的经历使我产生另一种想法。他们一旦当选总统，使他们有可能在未来五年中做许多大事（当然也有不干事、干坏事的可能性），所以他们意气风发，不可一世。等到五年任期做完，或即将做完，他就再没有做大事的可能性了。所以就做总统这件事来说，又可以说是"可能性"优于"现实性"。不仅做总统是如此，世界上有许多事都是如此。这又使我想到中国文化中的"势"这个概念。刚当总统，有干许多大事的可能性，这时的"势"好，"势"强。等到快要

下台了，已不可能干什么了，大事、小事、好事、坏事都不能干了，这时已是强弩之末，"势"已趋竭。前后"位"虽相同，"势"则不同，可见"势"是何等重要。**所以中国古人强调"势"不可耗尽，要"蓄势"、"留势"。这其实就是提醒人们要重视"可能性"，"可能性"有时要优于"现实性"。**

# 二六、关注文化产业：正在出现一个"大审美经济"的时代

从20世纪90年代开始，我在北京大学提出我们应该关注文化产业，并在1999年10月发起成立"北京大学文化产业研究所"（2006年10月改名为"北京大学文化产业研究院"）。该所于2002年7月成为文化部指导的国家文化产业创新与发展研究基地。2001年3月8日，我在全国政协九届四次会议第三次全体会议上，做了一个大会发言，题目为《充分重视文化产业在经济建设中的重要地位》。

我为什么这么做？

这是因为我在当时强烈地感觉到，人类社会的经济生活已经发生了一个重大的变化。

人不同于动物。人不仅有物质的需求，而且有精神的需求。人类生产的产品的功能不仅要适应人的物质需求，而且要适应人的精神需求。适应人的物质需求的是产品的使用价值，适应人的

精神需求的是产品的文化价值、审美价值。例如一件衣服，它的使用价值是保暖，穿起来合身、舒服。但是人们购买衣服时，不仅要考虑它的使用价值，还要考虑它好看不好看，它的格调如何，还有它是不是符合时尚，是不是名牌，等等。在当代社会中，后面这方面的考虑所占的比重，往往越来越大。20世纪60年代以来，世界各国经济一个共同的变化就是商品的文化价值、审美价值往往超过它的使用价值，而成为主导价值。质量完全相同的两双鞋，一双挂上名牌的标志，一双没有这个标志，它们的价格就可以相差十几倍，原因就在它们的符号价值不同。人们买一件商品（例如买一件衣服），往往不是着眼于它的使用价值，而是着眼于它的文化价值、审美价值。现在人们花钱，已不完全是购买物质生活必需品，而是越来越多地购买文化艺术，购买精神享受，购买审美体验，甚至花钱购买一种气氛，购买一句话、一个符号（名牌就是符号）。很多年轻人、白领、"小资"，为什么不在办公室喝咖啡，要到星巴克喝咖啡？就是为了追求一种气氛，追求一种体验。在商店买咖啡，每磅1美元，而星巴克的咖啡，一杯就要几美元，可星巴克却越来越火，因为星巴克能满足很多人体验的需求。这就是所谓的"体验经济"。"经济学家认为，迄今为止人类经济发展历程表现为三大经济形态，第一是农业经济形态，第二是工业经济形态，第三是大审美经济形态。所谓大审美经济，就是超越以产品的实用功能和一般服务为重心的传统经济，代之以实用与审美、产品与体验相结合的经济。人们进行消费,不仅仅是'买东西',更希望得到一种美的体验或情感体验。"①这种大审美经济的标志就是体验经济的出现。1999年,美国的派恩二世和吉尔摩二人合写的《体验经济》一书出版。书中说:"我们正进入一个经济的新纪元:体验经济已经逐渐成为继服务经济之后的又一个经济发展阶段。"②2002年,研究大审美经济的学者,美国普林斯顿大学教授卡尼曼获得诺贝尔经济学奖,这表明国际学术界对这一发展趋势的高度重视。很多经济学家认为,在生活水平低下的时候,快乐在很大程度上取决于是否有钱,可是在生活比较富裕后,快乐并不正比例地取决于是否有钱。因此,不能把效用而要把快乐作为经济发展的根本目的。卡尼曼区分出两种效用:一种是主流经济学定义的效用,另一种是反映快乐和幸福的效用。卡尼曼把后一种效用称为体验效用,并把它作为新经济学的价值基础。最美好的生活应该是使人产生完整的愉快体验的生活。这是经济学两百多年来最大的一次价值转向。

**这种大审美经济时代或体验经济时代的到来,正反映出越来越多的人在日常生活中追求一种精神享受,追求一种快乐和幸福的体验,追求一种审美氛围。**

---

① 季欣:《关于构建审美经济学的设想——凌继尧先生访谈录》,载《东南大学学报(哲学社会科学版)》第8卷第2期,2006年3月,第109页。
② 转引自凌继尧等著《艺术设计十五讲》,第320页,北京大学出版社2006年版。

这样一个大审美经济的时代，这样一个体验经济的时代，审美（体验）的要求将会越来越广泛地渗透到日常生活的各个方面。这就是"日常生活审美化"。"日常生活审美化本质上乃是通过商品消费来产生感性体验的愉悦"。"审美化的体验也就是对生活方式及其物品和环境的内在要求，而物质生活的精致性就相应地转化为人对消费品和生活方式本身的主体感官愉悦"。"审美体验本身的精神性在这个过程中似乎正在转化为感官的快适和满足，它进一步体现为感官对物品和环境的挑剔，从味觉对饮料、菜肴的要求，到眼光对形象、服饰、环境和高清电视画面的要求，到听觉对立体声、环绕声等视听器材的要求，到触觉对种种日常器具材质和质感的苛刻要求等等，不一而足。体验贯穿到日常生活的各个层面，它构成了审美化的幸福感和满足感的重要指标"。[①] 这种幸福感和满足感是感官的感受，同时它又包含着精神的、文化的内涵，它是生理快感、美感以及某种精神快感的复合体。"日常生活审美化"是对大审美经济时代的一种描绘。**在这样一个大审美经济时代，审美（体验）的要求越来越广泛地渗透到日常生活的各个方面。在这样一个大审美经济或体验经济的时代，文化产业（或称创意产业、头脑产业、艺术产业等等）必然会越来越受到重视。**

审美活动是人类的一种精神活动，是对于物质生产活动、实用

---

① 周宪：《"后革命时代"的日常生活审美化》，载《北京大学学报（哲学社会科学版）》2007年第4期，第66页。

功利活动的超越，也是对个体生命有限存在和有限意义的超越。而体验经济的追求，就是要使本来是从物质的、实用功利的活动中超越出来的审美活动，重新回到物质的、实用功利的领域（衣、食、住、行、用）中去。

粗粗一看，这是把审美的、精神的东西降低到实用的、物质的层面，超功利的东西被功利的东西"污染"了。

其实，恰恰相反，这是把实用的东西升华为审美的东西，或者说，是在物质的东西中增添一个精神的层面，在实用功利的东西中增添一个超功利的层面。一座房屋，当它包含有文化内涵和审美内涵时，它就不仅具有遮风雨、御寒冷的实用的功能，而且具有一种精神的氛围，给人一种精神的享受。一杯饮料，本来是为满足身体的需求。可是当你和你的朋友在巴黎塞纳河边的咖啡馆一边喝咖啡，一边讨论刚刚在奥赛博物馆看过的印象派绘画时，那就是一种精神的享受了。

从历史的发展看，审美的因素（属于精神性的东西）最早是从物质的、实用的活动中产生出来的。后来，审美与实用逐渐分离。审美的因素大量地表现在艺术活动之中。艺术中当然也有物质的因素，但那是媒介、载体、手段。艺术给予人的是精神享受而不是物质享受。**这可以说是对实用与审美的原初统一的否定。**历史发展到了高科技的今天，审美的因素又回到物质、实用的活动之中，审美的东西和实用的东西重新结合起来。**这可以说是否定之否**

**定。**也许这就是美的历程。在人类历史上，确有这样的阶段，人们为了物质的东西而丢掉精神的追求，为了实利而丢掉审美。但从长远看，随着物质生活的高度发展、繁荣和富裕，精神的享受、审美的追求在人类生活中的比重将会越来越大。人们将会迎来或已经迎来一个大审美经济的时代，即体验经济的时代。这个大审美经济的时代，也就是一个"日常生活审美化"的时代。

当我在北京大学和全国政协的会议上发言提出我们要关注文化产业的时候，很多人都很奇怪，一个本来是研究哲学、美学、艺术的人，怎么会出来提倡关注文化产业？事实上，当我提出要在全国政协大会上做关于文化产业的发言时，我所在的那个政协小组就有不止一位委员对我的发言表示强烈反对，他们认为所谓"文化产业"是把文化给"污染"了。

但是我还是坚持做了这个发言，负责组织全国政协大会发言的有关领导同志也支持我做这个发言。后来中共十六大召开，十六大的报告把发展文化产业作为我国经济发展的一个重点战略提出来，这些反对的声音也就消解了。

"北京大学文化产业研究所（院）"成立已经二十年了，在这二十年中，研究院在文化产业的理论和政策研究方面，以及在文化产业的人才培养方面，确实做了大量的工作：从2003年开始，出版《中国文化产业年度发展报告》；从2006年开始，出版《北大文化产业评论》；从2003年开始，由文化和旅游部、国家广播电视总局共同指导,举办"中国文化产业新年论坛";从2007年开始,举办"北京大学文化产业经营管理高级研修班"以及各种短期、中期的研修班和培训班。研究院先后承担了国家社科基金重大项目"我国文化产业发展战略研究"和"丝绸之路经济带沿线国家文化产业合作共赢模式及路径研究",还承担了文化部等有关部门委托的许多研究项目。二十年来,研究院的研究人员(包括兼职研究员)出版了学术专著30多部,发表论文200余篇。研究院多次被评为北京大学人文社会科学优秀研究机构,并被列入有关部门发布的中国文化类智库的榜单。

以上所说的北大文化产业研究院的各种工作,我做得很少,研究院的实际工作,都是研究院的年轻学者做的。要说我做的工作,主要有两项,一项是研究院建立初期,我在各种场合发表讲话,从文化、经济、哲学的角度论述我们为什么要关注文化产业;再一项是进入21世纪之后,**我注意到我们国内的文化产业的实际工作和舆论宣传中有某种忽视文化内涵的偏向,因此在各种场合发表讲话和文章,强调建设文化强国要注重精神的层面,要高度重视文化产品的人文内涵和人文导向**。我在这些讲话和文章中说,我们的文化产品,不仅要有娱乐、消遣的功能,更重要的还要有一个提升人的精神境界、发展完满的人性的功能。我们的文化产品,应该体现一种文化精神,要引导广大群众,特别是引导青少年,有一种更高的精神追求。我在这些讲话和文章中还说:"我赞同国外有的学者的预测,21世纪中国的崛起将会以影响极其深远的方式改变整个世界的面貌","我也赞同国外有的学者的看法,就是那种认为中国对世界的影响主要体现在经济方面的观点,已经有些过时了","**我相信,21世纪中国对世界的影响,更深刻、更深远的将是中国文化的影响,特别是精神层面的影响**"。

北京大学成立文化产业研究院以及在文化产业方面的研究、宣传、咨询、人才培养所做的工作,引起中央有关领导部门和领导同志的关注。举两个例子。

2007年11月,李长春(时任中共中央政治局常委,分管文化教育)召开一系列贯彻中共十七大精神的座谈会,我参加了其中一次座谈会并发言。我在发言中介绍了北大成立文化产业研究院的有关情况。李长春同志在我发言中不断插话,并在最后的讲话中说:"我过去不知道北京大学有文化产业研究院,今天知道你们这么早就成立文化产业研究院,十分高兴。现在我们要大力发展文化产业,你们的文化产业研究院大有可为。你们除了要下力量促进学科建设和人才培养之外,还要为党和政府提供理论和政策的咨询,起国家的思想库的作用。"(根据我的记录。)

2011年1月初,北大举办"第八届中国文化产业新年论坛"。全国政协副主席郑万通在论坛上发表演讲。他的讲演对北京大学在推动我国文化产业发展中起的作用作了充分的肯定,也对我个人在中国文化的研究和传播方面所做的工作有许多过誉之词。他在演讲中说:"我们期待北京大学不断弘扬深厚的人文传统和巨大的文化影响力,为我国文化产业的发展培养、培育和储备更多具有中国底蕴和世界眼光,具有产业影响和精神追求的高素质的文化产业领军人才,也为我国国民素质的全面提升,发挥基础性、全局性、战略性的作用。叶朗教授是北大著名教授,也是享誉中外的文化学者,叶朗教授对中国文化、对美学、对艺术学等诸多领域都有着深刻的领悟和深入的研究,他的文字极具感染力和表现力,给人一种独特的审美享受,他的著作深入浅出,举重若轻,为中国文化的传播普及走向世界做出了重要贡献。他倡导创立文化产业新年论坛,是着眼中国发展全局、着眼中华文化推广,搭建的崭新平台,必将在我国文化产业发展的进程中起到重大的作用。"

# 二七、燕南园 56 号院：北京大学美学与美育研究中心

从 1999 年开始，教育部陆续评定了约一百个人文社会科学重点研究基地。在这一工作中，北大文科的优势没有得到应有的体现，拿哲学学科来说，许多我们占有明显优势的学科都没有被评为基地。为什么出现这种情况，据说有人为的因素，这里且不讨论。

美学学科在全国没有设一个基地。2001 年下半年，我向教育部社政司司长建议在北大增设一个美学重点研究基地，司长让我给他们写一个书面报告。11 月 7 日我给他们写了书面报告。之后我遇到这位司长，他说，增补基地的事大约在 2002 年下半年操作。与此同时，我也向教育部的一位副部长谈了这个建议，这位副部长表示支持。2002 年 6 月，我分别给社科司一位副司长和这位副部长写信，询问增补基地的事如何操作。这位副司长给我回电话，说到时候会和我联系，要我放心。此事我也曾向当时北大的社科部的部长报告过，这位部长表示，学校一定全力支持，并提供一切必

## 二七、燕南园56号院：北京大学美学与美育研究中心

要的条件。

2003年教育部开始操作增补基地的事，但我们不知道。直到2003年6月6日我才听说增补基地的材料学校早在5月20日以前就已上报了。我赶紧给社科部部长打电话，社科部部长说，由于教育部只让北大增报一个(中国经济中心)，另外补一个上次遗留的(法律)，所以别的都没有报。我对他说，增补美学基地的事我早就给教育部提过建议的，应该争取一下。社科部部长很负责，他当即给社政司打电话，表示北大要补报一个，社政司的同志说补报必须在20日之前把全部材料交上去。

我和朱良志老师商量，决定还是要报，不仅是为了美学学科的发展，也是为了北大的文科建设。当然时间已经非常紧张，只有一个星期(听说中国经济中心用了6个人花了40天才填完表)。

我们的申报材料送上去后，通过了教育部专家组的评审，2004年11月，北京大学美学与美育研究中心被正式确定为教育部的人文社科重点研究基地，这是全国美学学科唯一的重点研究基地。

按教育部的规定，文科重点研究基地要有200平方米的办公用房，200平方米的资料用房，但是北大的用房紧张，学校拿不出这样面积的用房，只好在资源宾馆暂时租了3间房子给我们用。但是教育部专家组评审的时候认为这是不合规定的。2005年上半年，学校决定把燕南园56号院作为美学中心的办公用房。经过搬迁等工作，一直到2006年初房子才腾空，交到我们手中。当时这座房子已

经十分破败,必须经过整修才能使用。在学校有关部门的协助下,我们对这座房子进行了全面的整修,经费主要由中心筹集。房屋整修、小院整修、配置家具,一共花了将近180万元人民币。其中100万元人民币是我在全国政协的一位朋友捐助的。这位朋友听说我要整修燕南园的一座小院,当时我对他说是要在这里举办"美学散步"文化沙龙,他觉得非常有意思,主动提出为整修小院捐助100万元人民币。他的捐助不要任何回报(例如挂个牌之类)。

经过整修,燕南园56号院成为一座宁静、雅致、带有中国文化色彩的办公场所,来这里办事或参加美学沙龙的朋友们无不赞美。

外面人到北大校园,首先想到要去看的往往是未名湖。但是了解一点北大历史的人都知道,北大校园里学术积淀最深厚的并不是未名湖,而是燕南园。在这里曾经住过许多学术大师,其中有马寅初、周培源、汤用彤、冯友兰、向达、翦伯赞、朱光潜、江泽涵、饶毓泰、冯定、王力、林庚、侯仁之……正是这些学术大师的存在,构成了北京大学的一种人文环境,一种精神氛围。这种人文环境、精神氛围的灵魂,是一种高远的精神追求,一种人生的神圣性。

我们看,马寅初、周培源、冯友兰、朱光潜……这些学术大师,他们的一生,哪一个不是体现了一种高远的精神追求,体现了一种人生的神圣性呢?

这些大师后来一个一个都离开了我们,但是他们对北大精神的影响,他们对中国学术和中国文化的影响,是永远不会磨灭的。

## 二七、燕南园56号院：北京大学美学与美育研究中心

马寅初、周培源、冯友兰、朱光潜……这些大师对北大精神的影响，对中国学术和中国文化的影响，是永远不会磨灭的。

北京大学美学与美育研究中心所在的燕南园56号院本是周培源先生的住所。56号院南面的57号院，就是冯友兰先生的住所，有名的"三松堂"。与57号相邻的58号院，原来是汤用彤先生的住所。56号院西面60号院，原来是王力先生的住所，现在是工学院的办公场所。东面55号院，原来是冯定先生的住所，后来是陈岱孙先生的住所，现在经过装修，成为李政道先生的住所。李政道先生平时住在美国，一年回国两三次，回来就住在这里。

当年周培源先生在的时候，56号小院里种了许多樱花。樱花盛开时，周先生请朋友们来赏花。经过历史变迁，我们搬进来时这些樱花已经没有了。中关村一家高科技公司的企业家知道这个故事，给我们送来了十多株樱花树。这些樱花树品种十分名贵，现在已经开得很好了。

56号的小院里本来就有几棵参天的槐树和枫树，还有遍地的二月兰，现在先后又种了樱花树，种了白桃花、玉兰花、海棠花、月季花，种了牡丹、芍药，种了许多竹子。尤其是海棠花开的时候，显出一种蓬勃的生意和高贵的气象，季羡林先生曾撰文赞美过燕园的海棠花。每年四月，姹紫嫣红开遍，长尾巴喜鹊在草地上跑，啄木鸟在树枝上发出"嘟嘟"的啄木声，来的人都禁不住赞叹：真的是不到园林，怎知春色如许！

北京大学美学与美育研究中心自2004年正式成立以来,到现在(2020年)已有十六年时间。在这十六年当中,我们为推进美学学科建设和学校美育做了许多有意义的工作。这可以从几个方面来说。

第一,出版了一系列美学基本理论和美学史的学术著作。集体著作,出了两套书,一套是《中国美学通史》(8卷,350万字,江苏人民出版社),一套是《中国艺术批评通史》(7卷,320万字,安徽教育出版社)。《中国美学通史》试图在前辈学者和学术界已有研究成果的基础上,写出一部更具整体性和系统性的中国美学通史,力求勾勒出中国美学思想发展的内在脉络,呈现中国美学的基本精神、理论魅力和总体风貌。《中国艺术批评通史》是一部填补空白的著作。大家都知道,我国历史上有极其丰富的艺术理论遗产(画论、书论、乐论、曲论、舞论、造园理论等等),但是,对传统艺术理论遗产的整理、研究一直显得很薄弱。中国文学批评史的著作早在上世纪四五十年代就有了,但是很长时间我们没有一本中国艺术批评史的著作。这方面的研究迫切需要加强。此外还有2003年出版的《中国历代美学文库》,被学术界称为继承和弘扬中华美学精神的基础性工程,是北京大学在继承和弘扬中华优秀文化方面的重大成果。

个人学术著作,也出了很多。特别是整理出版了10卷本的《张世英文集》和10卷本的《熊秉明文集》,对推动美学和艺术学的学科建设将会产生深远的影响。还有很多个人学术著作,在这里就不一一列举了。

第二,成功主办了第 18 届世界美学大会。

第三,2016 年、2017 年、2018 年、2019 年与首都师范大学美育研究中心联合举办四届香山美学暑期班,学员为各地高校的美学教师,每届 36 人。讲课教师是哲学、美学、艺术学方面的著名学者。每届学员的论文汇集出版论文集。这个暑期班在美学界的影响不断扩大。

第四,不定期举办"美学散步文化沙龙",至今已举办了二十多期。(详情参看本书谈美学沙龙的专章。)

## 二八、北京大学举办第18届世界美学大会获得巨大成功

世界美学大会(International Congress of Aesthetics)是国际美学协会(International Association for Aesthetics)最高级别和最大规模的学术会议。1931年著名美学家德索(Max Dessoir)在德国柏林主持召开了第一届世界美学大会,1937年在法国巴黎召开第二届大会。由于第二次世界大战,世界美学大会中断了近二十年,直到1956年才在意大利威尼斯召开第三次大会。此后大会每四年一届,后又改为三年一届。

在2006年6月召开的国际美学协会执行委员会上,中国由北京大学美学与美育研究中心代表北京大学出面申办2010年的第18届美学大会,在与澳大利亚、波兰等多国的竞争中获得成功,赢得了第18届世界美学大会的主办权。

世界美学大会此前主要在欧洲国家举行,2001年在日本东京举行的第15届世界美学大会是亚洲国家举办的唯一一次大会,时

## 二八、北京大学举办第18届世界美学大会获得巨大成功

隔九年之后,世界美学大会再次来到亚洲,来到中国首都北京。

这次大会于 2010 年 8 月 9 日至 13 日在北京大学召开。与会学者 1028 人,其中外国学者 331 人,来自美国、法国、德国、俄罗斯、英国、荷兰、意大利、西班牙、澳大利亚、日本、韩国、土耳其等 39 个国家和地区。大会设有中国艺术、艺术教育、舞蹈美学三个分会。大会共举办全体会议 10 场,专题会议 25 场,分场大会 22 场,分组会议 108 场,共有 676 位学者在大会上发表论文。本次大会是世界美学大会历史上规模最大的一次大会。国际美学协会历任主席 Joseph Margolis、Arnold Berleant、Ales Erjavec、Kenichi Sasaki、Heinz Paetzold、Jos de Mul、Curtis Carter 等悉数出席大会,出席大会的还有现任国际哲学协会主席 William L. McBride,著名美学家 Wolfgang Welsch、Noel Carroll、Richard Shusterman、Susan Feagin、Allen Carlson、Stephen Davies 等。本次大会还安排了一次文化旅游、一场中国舞蹈演出、两个美术展览、一次昆曲和古琴沙龙等文化活动,活跃了大会的气氛。**这次大会的会期为五天,一直到第五天,每个分组会议的会场依旧座无虚席,会场四周站满了人。学者们说,这种场景在过去的学术会议中是很少见的。**

这样一次规模巨大的国际学术会议,会务工作极其繁杂。北京大学文化产业研究院承担了主要的会务工作,文化产业研究院的工作人员为会议的成功举办做出了重要的贡献。

本次大会的主题是"美学的多样性"。五天的会议,对大会的

主题做了充分的阐发。一方面，大会展示美学传统的多样性。除了欧美美学之外，中国美学、印度美学、日本美学、韩国美学、比较美学等也引起了广泛的讨论。美学正在迎来一个真正的世界美学时代。另一方面，大会展示了美学形态的多样性。美学从狭义的哲学分支学科中解放出来，与艺术研究、文学研究、文化研究、生活环境研究等的结合，使美学呈现出不同的形态，既有侧重理论研究的美学，也有侧重生活实践的美学。

从本次大会出现频率最高的关键词，可以看出当前国际美学研究的热点。根据与会者提交的论文摘要统计，本次大会出现频率最高的词语是"艺术"（含"艺术家"和"艺术品"），共出现2453次，如果加上"舞蹈"（564次）、"绘画"（319次）、"音乐"（259次）、"建筑"（206次）、"文学"（172次）、"电影"（123次）、"摄影"（72次）等，"艺术"一词出现的频率甚至要高于"美学"一词。与美学密切相关的"哲学"（含"哲学家"和"哲学的"）一词出现的频率只有403次，而"文化"（含"文化的"）一词的出现频率却达到了846次。由此可见，**从当代学者关注的重点来说，美学与哲学的联系远不如与艺术的联系那么广泛，甚至不如与文化的联系那么密切。**尽管从传统的学科分类的角度来看，美学是哲学的分支学科，但今天的美学已经转变成了一般的艺术研究和文化研究。

本次大会另一个出现频率超过千次的词语是"中国"（含"中国的"，1017次），与此相应的"西方"（含"西方的"）出现446次，"欧洲"（含"欧洲的"）出现94次。中国之所以成为关注的中心，除了东道国的原因之外，中国美学传统的独特性和中国当代社会的巨大活力，是两个不可忽视的因素。由于这些因素的存在，有人预言中国将成为世界美学的新的中心。当然，中国美学要成为世界美学的中心，还有许多工作要做。中国美学家一方面要充分发掘自己的美学传统，并做出创造性的转换；另一方面要加强与西方美学的对话，在国际美学舞台上持续不断地发出自己的声音，在解决当代社会的精神困惑方面做出自己的贡献。

除了这两个热点之外，还有几个话题体现出来的倾向值得关注。

第一，全球化与美的普遍性问题。人类进入全球化时代，艺术和美学会发生相应的变化。一些美学家强调，全球化时代将迎来艺术与美学的多样性时代；另一些美学家指出，在多样性背后应该有普遍性的规律，应该有客观性的标准。如何在多样性中寻找普遍性和客观性，成为全球化时代美学的一个重要课题。前国际美学协会主席马戈利斯的大会讲演《全球世界的客观价值问题》，显示出对这个问题的深入的思考。

第二，自然与环境美学问题。本届大会专题讨论最多的是环境美学和生态美学，共有四个场次。这里的环境既包括自然环境，也包括人居环境。前国际美学协会主席柏林特的大会报告《环境的审美政治学》，强调要从道德、社会、政治等多方面来评估环境的审美价值,反对仅仅从形式方面来评估环境的审美价值。著名环境美学家卡尔松发表了题为《环境美学的十个转折点》的报告,概述了环境美学半个世纪的发展历程。在半个世纪前,极少有人讨论自然美和环境美学,今天环境美学已经发展成为一个具有广泛影响的学科。在环境美学半个世纪的历史中,如何评估环境的审美价值,始终是美学家们争论的焦点。

第三,身体与实用主义美学问题。美学从哲学学科的局限中解放出来之后,向理论与实践相结合的学科方向发展。就美国来说,纯理论性的分析美学在衰落,包含理论、批评和实践的实用主义美学在兴起。作为实用主义美学的一个重要分支,身体美学因为包含这三个维度引起越来越多研究者的兴趣。提交给大会的论文摘要中,"身体"一词出现138次。著名美学家舒斯特曼的大会讲演《身体风格》,从比较的视野揭示了不同的文化传统对身体风格的关注,从理论上阐述了身体对心灵的影响。

第四,实证科学研究是否能为美学提供启示。本届美学大会上有一些美学家尝试用实证科学的方法来解决美学问题。比如,一些学者试图用进化心理学和人类学的方法来研究美的起源,一些学者尝试将神经系统科学应用于音乐研究,还有一些学者尝试将大脑生理学应用于摄影研究。这些实证科学研究,在某些方面对于美学研究有所启示,但它们并不被大多数美学家看好,因为大多数美学家仍然认为美学问题是人文学科的问题,而不是自然科学的问题。当然,这也不排除随着相关科学的发展,某些美学问题可以从中得到启示,或从中得到解决问题的新的途径。

第五,个案研究的魅力。本届世界美学大会上一些美学家发表的个案研究成果引起了许多人的兴趣。比如,卜松山对佛教中的笑的研究,青木孝夫对文学艺术中的雨的研究,都是好的案例。这些个案研究之所以引人关注,一个重要的原因在于它们将理论与实际结合起来,显示了美学方法在文学、艺术和历史研究中的独特魅力。

本次大会得到媒体的广泛关注,有六十家媒体参与报道。其中,《人民日报》、《光明日报》、《人民日报(海外版)》、《中国日报》、《文汇报》、《中国青年报》、《南方周末》、《环球时报》、《参考消息(北京版)》、《科学时报》、《中华读书报》、《中国教育报》、《中国文化报》、《中国艺术报》、《中国社会科学报》等十六家国家级媒体对大会进行了持续跟踪报道和深度报道,对中国美学的特殊品格以及在21世纪的创新、中西美学深层相遇、日常生活审美化、艺术教育的功能等话题做了三十余篇深入报道。此外,新华社、CCTV-1《新闻联播》、CCTV-1《晚间新闻》、中央人民广播电台、新华社电视台CNC《最新播报》、中新社、《北京日报》、《新京报》、《东方早报》、《南方日报》等强势媒体对大会给予了持续关注和相关报道。《文艺研究》、《学术月刊》、《文艺争鸣》、《艺术百家》等学术期刊发表了大会的部分论文。

本次大会得到了与会学者的高度评价。国际美学学会的几位领导人高度赞扬这次大会,他们认为会议筹备工作非常到位,会议各项工作组织、安排非常合理、有序,会议嘉宾的发言非常精彩,会议工作人员热心、体贴、友好,提供的服务非常周到。他们认为这次会议表明中国美学已向世界打开了它的大门,大会是中国美学走向世界的重要的一步。他们还对中国美学的发展提出了重要的建议,特别强调要为国家培养重视美育和艺术教育的决策人才,要在全社会加强美育,在学科建设方面要在追求创新的同时尊重中国传统美学,发掘传统中有价值的部分,鼓励和培育更多的美学学派,实现百家争鸣。

现任国际美学学会主席柯蒂斯·卡特(Curtis Carter)说:

"我对这次大会评价非常积极。中国政府、北京大学对这次会议的举办给予了大力支持。会务筹备工作做得非常到位。嘉宾的饮食和住宿条件很好,会场设施很齐全和先进。会务工作人员热心,体贴,友好。提供的服务非常周到。会议各项工作的组织和安排都非常合理,有序。"

"这次大会表明中国美学已向世界打开了它的大门,为中国美学界人士和其他国家美学界人士交流与分享学术成果搭建了一个良好的平台。大会是中国美学走向世界的重要的一步。我希望以后继续举办类似这样的学术会议,加强中外美学界的交流和成果共享。中西方美学界人士应相互尊重和理解各自的美学理论和成果。中国美学在未来要追求创新,但并不是说要抛弃传统,相反要更好地挖掘传统中有价值的部分。中国的美学方面的学者要为中国政策决策者提供美学方面的培训,让他们懂得美学的重要性,获取他们的支持。要加强美学知识的普及,让更多的人了解美学,走近美学。要加强美育,吸引更多的年轻人学习并研究美学。要尊重中国传统美学,同时扩大视野,加强理论的创新。鼓励和培育更多的美学学派,实现百家争鸣。"

国际美学学会前主席耀斯·德·穆尔(Jos de Mul)说:

"这次大会非常成功。参会嘉宾是历届最多的,会场一切都组织有序,会上嘉宾发言非常精彩,后勤服务做得很好。你们的志愿者非常热情周到,对你们我们充满感激。"

"我对这次大会没有任何不满意的地方,如果一定要说不足,那就是语言的障碍。我听不懂汉语,而有的中国嘉宾包括非英语国家的一些嘉宾说的英语我很难听懂,从而许多场次我无法去听。但这不是批评,这是我自己的问题,而且提高所有人的英语水平也不是大会所能做的。"

苏珊·费更教授(Prof. Susan Feagin,美国《美学与艺术评论》杂志主编)说:

"本届大会举办得非常成功。我旁听了好几场分会场的讨论,很有收获。大会很吸引我的一个方面,是它设立了许多不同主题的分会场讨论和专场会议,因为参会学者来自许多不同国家,即使是来自同一国家的学者的研究内容也不尽相同,这使得这次大会涵盖的研究领域相当包容、宽泛。这次大会学生志愿者服务尤其出色,比我参加过的任何一次类似的会议的组织工作都更有序、周到。"

"我个人非常欣赏中国学者们一直以来为国际对话所做的努力,我知道我的许多同事和美国美学协会(American Society for Aesthetics)的朋友,结识很多来美访学的中国学者,对中国学者的研究也评价很高。本届美学大会上的许多对话就是围绕这些很有趣的话题进行的,效果很好。我真希望能有更多的美国同事们来参加这类会议,我认为我们应该可以在本次参会学者与美国哲学家们之间展开更多有意义的对话。"

"我认为今天美学与艺术领域的一个主要发展趋势是美学与生活的重新结合。在我看来,这个发展趋势似乎更接近于东方传统,因为中国文化里面的人们的审美趣味是与人生理想、日常生活结合为一体的。"

# 二九、对人文学科在大学中的地位和作用的思考

我在担任哲学系、宗教学系、艺术学系的系主任以及艺术学院院长的十八年间,深感社会上轻视人文学科的风气日益严重。这推动我不断地思考人文学科在大学中的地位和作用的问题。

我感到社会上轻视人文学科的倾向,有两个认识上的根源。

一个根源是社会上对于大学教育普遍存在着一种错误的观念。**这种观念的核心是把大学教育看成是一种单纯的职业教育(与此相联系的是把中小学教育看成是单纯的应试教育和升学教育)。**在很多人(包括很多学生和学生家长)的心目中,上大学,就是学一门专业,掌握一门技能,毕业后能从事一个好的职业(工资高、待遇好)。

再一个根源是社会上很多人对于人文学科的社会功用存在着一种错误的观念。**这种观念的核心是用直接的功利性来衡量人文学科的价值,**因此认为人文学科对于现代化建设是无用的,即所谓

"文科无用论"。

这两种观念是互相联系的。

要纠正轻视人文学科的倾向,必须破除这两种错误的观念,解决这两个重要的认识问题。

大学教育不等于职业教育。大学教育的目标不能只限于给学生一种职业训练,而是要培养具有较高文化素质和文化品格的全面发展的人。因此,**大学教育不仅要注重专业教育(科学技术教育),而且要注重文化素质和文化品格的教育(人文教养)。**

在很多人心目中,搞现代化建设,一是要有资金,二是要有技术,别的都是次要的。他们不了解,现代化建设归根到底是靠人。他们见物(钱)不见人。他们也讲人才,但人才问题也被归结为掌握技术的问题。他们不了解,**人才首先有一个文化素质和文化品格的问题,也就是有一个教养的问题。**他们不了解,人文教养会深刻地影响到一个社会的治、乱、兴、衰,而且通过塑造一个民族的文化品格和文化精神,对这个民族的发展产生深远的影响。我们看,现在社会上的很多弊病,不都是因为人的素质太差(缺乏教养)引起的吗?现在人们常说,能源、交通是现代化建设的"瓶颈"。这当然是对的。但是,从长远看,影响现代化建设的最大的"瓶颈"是国民的文化素质和文化品格,这一问题应该引起全社会的关注。

当代世界范围内所出现的因为物质生活和精神生活的失衡而引起的人类文明的危机,以及我们中国现代化过程中因为忽视人文教养而产生的种种负面现象,都告诉我们,那种把大学教育单纯作为职业教育的观念,确实应该改变,刻不容缓。如果我们大学培养出来的人,只学会一门专业知识,或者只掌握一门技艺,不去追求更高的人生意义和价值,我们能够实现民族的复兴吗?

与此相联系的是对于人文学科的性质和社会功能的看法。

人文学科的研究对象是人的精神世界(内在的)和文化世界(外在的)。人的精神世界和文化世界是统一的。**从内容来说,人的精神世界和文化世界就是意义世界和价值世界。**人文学科与回答"是什么"的客观陈述(科学)不同,它要回答"应当是什么",也就是它要包含价值导向。人文学科总是要设立一种理想人格的目标或典范。**人文学科引导人们去思考人生的目的、意义、价值,去追求人的完美化。**人文学科不是使你学到一门技术,而是提高你的文化素养和文化品格,它所根据的理念不是工具理性,而是价值理性。

人文学科没有直接的功利性。但是这不等于说人文学科没有"用"。**人文学科的功用最主要的就是"教化"。**黑格尔说过,人之所以为人,就在于人能脱离直接性和本能性。因此人需要教化,教化的本质就是使个体的人提升为一个普遍性的精神存在。所以他说,哲学正是"在教化中获得了其存在的前提和条件"。伽达默尔也说过,精神科学是随着教化一起产生的,"因为精神的存在是与教化观念本质上联系在一起的"。

在我们当前的时代条件下,人文学科至少有以下六个方面的社会功能:

**第一,提供一种正确的价值和意义的体系,从而为社会提供一种正确的人文导向。**

**第二,对广大群众,特别是青少年进行人文教育,提高整个民族的文化素质和文化品格,塑造一种文明、开放、民主、科学、进步的民族精神。**有了这种不断提升的文化素质和文化品格,有了这种民族精神作为支柱,我们才能不断增强我们民族的生命力、创造力和凝聚力,我们才能加速现代化的进程,推动社会的进步,实现民族的振兴。

**第三,使我们整个民族特别是科技工作人员以及实际工作部门的干部获得正确的世界观和理论思维的训练,使我们国家的科技发展和现代化建设获得丰富的文化内涵,并从文化的(哲学的、历史的、审美的)层面激发我们整个民族的智慧和原创性。**

世界级的建筑大师贝聿铭说:"我时常读老子。我相信他的著作对我建筑想法的影响可能远胜于其他事物。"很多自然科学领域和技术科学领域的大师都说过类似的话。他们从中国古代文化、哲学中吸取智慧,获得创造的灵感。

**第四,为国家在经济建设和现代化进程中的各种决策提供人文咨询、人文设计、人文论证。**经济建设和现代化决不单纯是一个科学技术问题,也不单纯是一个物质问题,它包含有文化的、精神的、价值的层面。所以,国家的决策,不仅需要技术咨询、技术设计、技术论证,而且需要人文咨询、人文设计、人文论证。忽视人文咨询和人文论证,往往导致决策的重大失误。这是人文学科的一个应用的层面。这个应用的层面包含有很强的学术性和理论性,需要同时综合运用人文学科、社会科学、技术科学的多种学科的理论成果和方法,而且往往需要多少年持续研究才能做出成果。

**第五,推动中国文化进一步走向世界。**展望21世纪,中国文化和东方文化的伟大复兴,必将改变西方文化片面主宰世界的格局。人文学科在这方面担负着重要的任务,这包括:对中国文化进行全面的、深入的、原创性的研究;以过去所缺乏的广度和深度把中国文化介绍给国际社会(西方文化界、学术界对中国文化至今极其缺乏了解);等等。

**第六,推动文化产业和艺术产业的发展。**这是人文学科的另一个应用的层面。人类社会进入21世纪,随着高科技的进一步发展,随着物质生活的富裕,人们对于精神生活和情感生活的要求会越来越增加,越来越迫切。而文化产业、艺术产业的特点是艺术学科、人文学科和技术学科的交会和融合,是科技和情感、物质文明和精神文明的交会和融合。我们应该十分关注这个新兴的文化产业和艺术产业,用理论和实践相结合的方法,对它进行探索和研究,推动它的发展,力求把握它的最新潮流。

破除关于大学教育和关于人文学科社会功能的这两种错误观

念,从理论上解决这两个认识问题,不仅有助于在社会生活中纠正轻视文科的倾向,而且可以从中引出文史哲等系科的改革和发展的一条新的思路。

**这条思路的要点就是把文史哲等系科从单纯的职业(专业)教育的旧框框中解放出来。**长期以来,我们大学文史哲等系科把自己的任务都确定为培养本专业的专门人才。这种人才当然是社会所需要的。但是如前面所说,**人文学科不仅是职业(专业),更主要的是一种教养。职业是一部分人的事,教养就带有普遍性,关系到每个大学生,关系到社会上的每个人。**每个大学生不仅需要接受专业教育,而且需要接受文化素养和文化品格的教育。社会上的每个人(特别是广大青少年)也不仅需要接受科学教育,而且需要接受人文教育。所以大学的人文系科不仅要面向本系各专业的学生,而且要面向全体大学生,更进一步,还要面向整个社会,面向社会上的广大群众,特别是广大青少年。

由这个思路可以引出人文学科面向全体大学生的两条具体措施。

人文学科面向全体大学生的一条措施:开设全校性的文史哲选修课。

一个大学生,不论他学什么专业,除了专业知识和专业训练之外,他都应该懂得一点人文学科的基础知识,这有助于提高他的文化素质和文化品格。因此,应该设计一套面向全体大学生的文史哲选修课,例如,"哲学概论"、"逻辑学概论"、"美学概论"、"伦理学概论"、"宗教学概论"、"人生哲学"、"中国哲学史"、"西方哲学史"、"中国艺术与中国美学"、"西方艺术与西方美学"、"语言学概论"、"修辞学概论"、"中国文化史"、"世界文化史"、"先秦诸子选读"、"《史记》选读"、"唐诗选读"、"伟大的《红楼梦》"、"《资本论》选读"、"电影艺术欣赏"、"西方古典音乐欣赏"、"中国戏曲欣赏"、"中国书法艺术"、"中国美术史"、"西方美术史"等等。设置这些课程的目的是使大学生具有人文学科的基础知识和初步修养,引导大学生去思考人生的目的、意义和价值,追求人的完美化。也许一共可设立 40 门课,平均每学期开 10 门,每 4 年轮一遍。每个学生可根据自己的情况选修,但 4 年累计至少要选 4 门这样的选修课,并取得相应的学分。

人文学科面向全体大学生的另一条措施:在大学中普遍实行主修辅修制度。

为了防止把大学教育变为单纯的职业教育,为了使学生在大学中不仅受到专业方面的教育和训练,而且提高整体文化素质和文化品格,我们可以吸取某些国外大学(如德国的大学)的做法,在大学中实行主修辅修制度,规定每个学生在主修一门专业之外,还必须辅修一门专业,必须取得这两个专业的学分才能毕业。主修理、工、农、医专业的学生,可以选人文学科(文史哲)作为自己的辅修专业,也可以选社会科学(政经法)作为自己的辅修专业。主修社会科学专业的学生,必须选人文学科作为自己的辅修专业。主修人文学科专业的学生,可以选人文学科其他专业作为自己的辅修专业,也可以选社会科学专业作为自己的辅修专业。辅修专业的学分约为主修专业学分的三分之二。主干课程都要学,但学时可略加压缩。因此每个专业要为辅修的学生准备一套课程。

采取这样的制度,好处很多。主要好处有两条:第一,使每个大学生有比较全面的知识结构、文化修养和人格修养,也就是说,大学生除了具有一门专业的知识和训练之外,他还具有一门人文学科方面的知识和修养。这不仅对他在专业方面的发展有好处(如主修物理的学生辅修哲学,有助于他今后在理论上的发展;主修政治学的学生辅修文学或历史,可以使他获得一个政治家所必需的文学修养和历史修养),更重要的是他具有比较深厚的人文方面的修养,从而能够适应社会主义现代化建设和现代文明社会的需要。第二,就文史哲系科来说,目前本科生生源减少(特别是以第一志愿报考的人数锐减),造成了文史哲系科的困境。现在很多人喊文史哲"危机",主要是指这种情况。但这种情况在市场经济条件下很难扭转。同时从社会需要来说,以文史哲为职业的人数也不能过多(没有这么多的工作岗位)。所以扩大本专业的招生人数(如从每年招收30人增至50人、100人)可能有一定的困难,从长远看,并不是文史哲系科的根本出路。有的学校尝试把文史哲系科应用化,如把哲学专业改成行政管理专业,把文学专业改成秘书专业,把历史专业改成旅游专业,招生人数增多了,但专业的性质变了,所以也并没有真正解决问题。但是如果实行主修、辅修制度,以哲学专业为例,主修哲学专业的人数(也就是准备将来以哲学为职业的人)可能仍然不多,例如只有 30 人,但是辅修哲学专业的人数(也就是以哲学作为教养的人)可能很多,例如可能达到 60 人,600 人,甚至上千人。这可能是文史哲系科的一条出路。因为这符合人文学科的性质和社会功能。如前所说,人文学科不仅是职业(专业),更主要是一种教养。主修就是以文史哲为职业,那是少数人,而辅修则是以文史哲为教养,多数人都需要这种教养。从这个角度看,如果实行这种主修、辅修制度,文史哲系科的前景是很光明的。

实行主修、辅修制度,除了这两条主要的好处之外,还有其他一些好处,如:有利于学科之间的渗透,促进边缘学科、新兴学科的发展;有利于人才的知识和技能的多样化,例如,同是主修法律,有的辅修哲学,有的辅修历史,他们的知识结构和文化修养就有差别,从而可以适应社会生活的不同需求;等等。

当然,从学生就业的角度看,主修辅修的界限并不是绝对的。也就是说,以文史哲为辅修专业的学生,毕业后也可能选择文史哲方面的职业。同样,以文史哲为主修专业的学生,毕业后也可能选择非文史哲方面的职业,或者转到其他专业去读研究生。在后一种情况下,学生主修文史哲专业,可以看作是为将来从事其他专业奠定人文的基础。这种人文基础是他攀登科学技术高峰不可缺少的。

　　实行这种主修、辅修制度，不仅在系和系之间要互相开放，而且在校和校之间也可以互相开放。例如，北京一些理工科大学的学生可以到北京大学的文史哲系科选择自己的辅修专业。这有利于使一些名牌大学和名牌系科发挥更大的社会效益，而不是像过去那样被校墙隔断，只限于在很有限的范围内发挥作用。当然，这需要制定一套规章、制度、办法，要增添一批教室和教学设施，并且要解决许多技术性的问题。

# 三〇、对大学文科院系调节和改善小气候的思考

我在哲学系担任系主任,后来又担任艺术学院院长,这十八年的系主任和院长的工作,使我深刻体会到大学文科院系的小气候的重要性。国际性和全国性的大气候是由许多复杂的因素决定的,我们难以干预。但是,一个院系的小气候,却可以通过我们的工作加以调节和改善,使之有利于人才的培养和学科的发展。

影响一个院系的小气候的因素也很多,但最值得重视的有以下四个方面:

第一,要使院系教师和职工都有一种良好的精神状态。这种精神状态的主要标志是:对人才培养和学科建设有一种责任感和使命感,对本学科的发展前途充满信心,有一种学术的热情和学术的追求,并且有一种克服困难、开拓进取的锐气。

经验告诉我们,要使院系教职工有良好的精神状态,首先院系的党政全体人员要有良好的精神状态。我想这里有两点很重要。

第一,院系党政领导,要舍得投入时间和精力。在院系担任党政领导职务,必然会影响自己学术上的成就,如果舍不得投入时间和精力,只限于上传下达,从来不花时间考虑如何办好这个系,这样当院系党政领导,这个院系绝对办不好,绝对不会有起色。第二,担任院系党政领导,要想着整个院系的利益,要想着整个院系的建设,不能只考虑和自己利益有关的那部分工作,如果这件事和我个人利益有关系,我就上心,全力以赴,如果这件事和我个人利益没有关系,我就冷淡,不闻不问(我见过很多这样的人),这样就极有可能耽误许多重要的工作,极有可能失去许多重要的机遇。对一个担负领导责任的人来说,这是大忌。

第二,要创造一个良好的工作环境,这种工作环境的主要特点是:安定、团结、宽松、和谐、有序、有纪律、有效率,充满活力和创造力,热气腾腾。

**工作环境的实质,就是同事关系,也就是人际关系。安定、团结、宽松、和谐、有序的工作环境,就是安定、团结、宽松、和谐、有序的人际关系。** 经验告诉我们,要创造和维护安定、团结、宽松、和谐、有序的工作环境,要处理好几个关系。一个是鼓励实干、鼓励卓越和照顾多数的关系。**在教学、科研和为校系服务这三个方面,我们都要鼓励勤奋干事的人,不要鼓励不干事的人,都要鼓励优秀,鼓励卓越,不要鼓励平庸。**鼓励干事的人,有的不干事的人可能会不高兴,鼓励优秀,鼓励卓越,有的平庸的人可能会不高兴,但我们不能为了照顾少数不干事的人的情绪而搞平均主义。我们要保护优秀,保护卓越。另一方面,我们也要照顾多数人的利益。照顾多数人的利益不是搞平均主义,而是我们要努力为全体教师搭建更大的平台,使任何一个勤奋工作的人都有发展自己的空间。再一个是维护原则、维护秩序和构建安定团结、宽松和谐环境的关系。一个单位如果没有安定团结、宽松和谐的环境,什么也干不好。但是一个单位如果没有原则,没有秩序,同样什么也干不好。

良好的工作环境的一个特点是工作有效率,为了使工作有效率,就要求所有工作人员树立两个观念,一是时间观念,二是注重细节的观念。时间观念,就是一件工作,一项任务,它有时间的要求,不能无限期地拖下去。细节的观念,就是对于工作要有高标准,要力求完美,不能凑凑合合、敷衍了事,哪怕写一个材料,也应该认真,仔细。我们常常看到有人写的材料,用词不妥当,句子不通畅,标点符号用得不正确,或者电脑排出的版面歪七扭八,从北大送出这样的材料岂不让人笑话!干什么事,都应该力求完美,一个单位养成这种风气,这个单位的工作肯定会蒸蒸日上,从这个单位出来的人也肯定会到处受到欢迎。

第三,要创造一个良好的学术环境,这种学术环境的主要特点是:有很浓厚的学术研究和学术讨论的空气,在教学领域和科研领域建立一套严格的学术规范和奖励措施(在教学、科研领域做出成果应给予奖励,成果多要多奖励,做出重大成果要给予重奖),有一种勤奋、严谨、求实、创新的学风，有一套由校内外、国内外著名学者开设的必修课、选修课和学术讲座，有经常性的高水平的国际国内学术交流活动。

这里我想要着重说一说文化氛围。有人说，一所大学最重要的是要有很浓的文化气氛，我很赞同这个说法。**北大不同于其他一些大学，北大吸引全国的学者和青年人，一个很重要的原因就在于北大有很浓的文化气氛。**这一点，只要在北大校园住上几天就能感受到。我们举办"美学散步文化沙龙"，以及把青春版《牡丹亭》引进北大校园演出，都是为了进一步营造北大校园的文化氛围。对一个学校是这样，对一个院系也是这样。当然，对我们艺术学院来说，在文化氛围中一个是要突出营造学术气氛，就是大家要经常在一起讨论学术问题，交流各自学术研究的新成果，研究如何把我们院的学术搞上去，如何进到全国的最前列，而不是在一起议论张家长、李家短，传播流言蜚语。再一个是要突出营造艺术氛围。这一方面要更多地举办高水平的艺术活动，另方面要不断提高全体教师的文化素质和艺术修养。如果教师的文化素质和艺术修养不高，那么这个学院就很难有浓厚的文化氛围和艺术氛围，就很难培养出高水平的学生。所以我建议艺术学院今后要更多地组织师生参观艺术展览，观看各种演出，就像前两年我们去上海看"国宝"美术展览那样。我还建议以后可以每年组织一次到国外的著名博物馆参观。如巴黎的卢浮宫、奥赛博物馆，纽约的大都会博

## 三〇、对大学文科院系调节和改善小气候的思考

物馆,等等。

第四,要创造一个健康的舆论环境,这种舆论环境的主要特点是:明辨是非,发扬正气,提倡奉献,鼓励实干。

提倡奉献,不是不赞成教职工维护和争取个人的正当利益,也不是不重视帮助教职工解决个人的实际困难。每位教职工都有个人的正当利益,如职称、职务、待遇、项目、奖励等等。这些正当利益由于各种原因有时得不到维护。每位教职工也都有个人的实际困难,如健康状况、家庭生活、子女教育等等。这些实际困难,由于各种原因有时得不到解决。这些个人利益,只要属于正当的,院系领导应该尽力维护和帮助争取。这些个人的实际困难,院系领导也应该热情关怀,尽力帮助解决。院系领导本人也有要维护和争取的个人正当利益,院系领导本人也会碰到实际困难需要帮助解决。当你看到院里的教职工有这样的问题,你应该设身处地,感同身受,而不应该冷漠对待。当教师和职工看到院系领导主动维护他的正当利益,看到院系领导热情帮助解决他的实际困难,他的教学、科研和奉献的热情当然会不断高涨,在这里就体现了教职工个人利益和院系学科建设的一体性。

根据我在北大多年工作的经验,我感到有几种风气会产生很不好的影响。**一种是对院系的事从来不参与、不出力,却把整个院系说得一无是处,到处散布泄气言论的风气。一种是拉帮结派,在同事中间造谣生事,拨弄是非,甚至在学生面前说别的教师的坏**

**话,散布流言蜚语的风气。** 我听说,陈岱孙先生说过,从教师的道德品质来说,最不能容忍的就是在学生面前说别的教师的坏话。**还有一种是自己不努力,不勤奋,却不能容忍别人勤奋,不能容忍别人优秀。** 谁优秀,谁做出卓越成果,就嫉恨谁,就往他身上泼脏水,甚至暗中投寄匿名信,造谣诽谤,败坏他的名声。这就是大家所说的"小人"。我们要发扬民主,要畅所欲言,要提倡开展批评与自我批评,但以上几种风气不是发扬民主,也不是正当的批评,而是败坏集体、涣散人心的腐蚀剂。最后说的这种人已经触犯了法律。一个单位如果这些风气蔓延,这个单位就很难保持安定、团结、宽松、和谐、有序的局面。我们应该发扬正气,抵制这些不良的风气。

以上是谈调节和改善院系小气候。调节和改善小气候的目的,就是不断增强整个院系的生命力、创造力和凝聚力。这是我从十八年院长、系主任实际工作中得到的实实在在的体会,说一说,也许对以后担任院系领导工作的老师多少有一些启示。

# 三一、西南联大对创建世界一流大学的若干启示

跨入新世纪,北大、清华等学校都提出要创建世界一流大学。这时候,我们听到很多人说,当年西南联大就是世界一流大学,这使得我们今天对当年的西南联大又发生了兴趣。

西南联大给了我们什么启示呢?我们现在多数人当然不可能有在西南联大学习的实际经历,但是我们从冯友兰、汪子嵩、张世英等老先生的回忆中可以得到启示。至少有这么几点:

第一,世界一流大学主要不是靠有钱,而是靠一流学者。现在人们说,哈佛大学最有钱,所以哈佛大学能建成世界一流大学。当今这个时代创建世界一流大学确实需要有钱。但是当年西南联大真的并不有钱。西南联大住的是草棚,生活之艰辛从郑天挺先生(时任西南联大总务长及北京大学文科研究所副主任)的一则日记可知:"用菜油灯灯草三根,读《明史》至十二时,目倦神昏,始寝。盖明日须讲述,不得不详读详考之也。"(《郑天挺西南联大日记》,

1941年1月29日)西南联大靠的是一流学者。西南联大集中了一大批一流的学者。中文系教授有朱自清、罗常培、罗庸、魏建功、陈寅恪、刘文典、闻一多、王力、浦江清、唐兰、游国恩等人,副教授有陈梦家、余冠英等人;外文系教授有叶公超、柳无忌、燕卜荪、吴宓、钱锺书、朱光潜、洪谦、闻家驷等人,副教授有袁家骅、田德望、卞之琳等人;历史学系教授有雷海宗、郑天挺、陈寅恪、傅斯年、钱穆、邵循正、向达、吴晗等人;哲学系教授有冯友兰、汤用彤、金岳霖、沈有鼎、孙国华、冯文潜、贺麟、郑昕、容肇祖、陈康、王宪钧、熊十力等人。这么多的杰出人才聚集在一个学校,这在中国文化史上是空前的,在世界学术史上也是空前的。办世界一流大学是靠一流学者。

第二,西南联大体现了中西文化融合的风格。西南联大聚集的这一大批一流学者,大多都有深厚的中西文化的素养。对此,汪子嵩有描绘:

"这些老师都出生在19世纪末或20世纪初,小时候接受的是中国传统文化教育,有深厚的国学底子,后来进入新学堂,二三十年代又到英、美、德等国留学,在国外接受了严格的训练。比如说,汤用彤先生是哈佛大学的高材生,金岳霖先生是哥伦比亚大学的博士,贺麟先生先后游学于美国奥柏林学院、芝加哥大学、哈佛大学和德国柏林大学……他们都称得上是学贯中西的大学者,他们在西南联大的教学和研究,称得上中西哲学的交会。"①

张世英讲过一个故事,可以作为汪子嵩这里说的"中西交会"的例子。当时吴宓在西南联大上"英诗"课,张世英去旁听,拿到一张这门课的参考书单,书单很长,张世英原以为参考书一定全是英文,没想到大部分都是中国古典文学,《论语》、《孟子》、《庄子》、《史记》都有。②

汪子嵩也举过例子。如沈有鼎先生,他学识渊博,通晓多种语言,主要研究数理逻辑。但他会唱昆曲,还开课讲《易经》和《墨子》等著作。他上课时手上捧一本厚厚的洋装书,一面看,一面想,一面讲,讲得有点结结巴巴。课间休息时汪子嵩去看他捧的那本书,原来是托马斯·阿奎那的一本拉丁文著作。③

又如汤用彤先生,汤先生和吴宓、陈寅恪先生一起被称为"哈佛三杰"。汤先生是研究魏晋玄学和隋唐佛学的大学者。20世纪40年代,汤先生曾在西南联大和北京大学先后讲过"印度哲学史"、"魏晋玄学"、"大陆理性主义"、"英国经验主义"等课程。汪子嵩说:"一位教授能兼开这样三种不同系统的哲学史课程,除汤先生

---

① 汪子嵩口述,张建安采写:《往事旧友,欲说还休》,第20页,生活书店出版有限公司2015年版。
② 张世英:《归途——我的哲学生涯》,第37~38页,人民出版社2008年版。
③ 汪子嵩口述,张建安采写:《往事旧友,欲说还休》,第42页,生活书店出版有限公司2015年版。

外我还不知有第二人。"①

我在这里要插一句。汪先生说,当时这些学者都有深厚的中国文化的根底,这一点极其重要。前两年北大医学部的韩启德(院士)曾对我说,当年这一批到西方留学的前辈学者和20世纪八九十年代出国的某些留学生有一个很大的不同,由于有深厚的中国文化的根底,所以他们到西方留学,一方面,他们并没有因为学到西方文化就抛弃中国文化,不会认为月亮都是西方的圆;另一方面,正因为他们有中国文化的根底,所以他们才能看到西方文化的好的东西,把西方文化的精华学到手。我对韩启德说:"你这个看法极其精辟,因为这个看法帮我们看到前辈学者的一个重大优势。"

第三,西南联大的这一大批著名学者,学术风格、流派极其多样,但他们并不互相排斥,而是百花齐放,互相照耀。

对此,张世英有所描绘。他说,西南联大是一座"一中有多,多中有一"的学府:

"仅以哲学系为例,有信奉陆王学派的贺麟,也有信奉程朱理学的冯友兰,有信奉大陆理性主义的汤用彤,也有维也纳学派的洪谦。风格方面:汤用彤,雍容大度,成竹在胸;冯友兰,博古通今,意在天下;冯文潜,精雕细刻,入木三分;贺麟,出中入西,儒家本色;金岳霖,游刃数理,逍遥方外。总之,名家荟萃,各有千秋。西南联

---

① 汪子嵩口述,张建安采写:《往事旧友,欲说还休》,第46页,生活书店出版有限公司2015年版。

大是百花园,学子在这里可以任意采摘;西南联大是万神庙,学子在这里可以倾心跪拜。我和我的联大同学们就是在这样自由的学术雨露中成长起来的。"①

这种"一中有多,多中有一"的风气,还表现在西南联大旁听成风,不仅学生旁听老师的课,而且老师之间互相旁听。如闻一多先生与沈有鼎先生,一个在中文系,一个在哲学系,两人同开"易经"课,就互相旁听,课后两人并肩而谈,有时似乎在争论。"旁听意味着自由选择,意味着开阔视野,意味着学术对话。"②张世英自己旁听了四五门课,"从旁听中学到的东西似乎更牢固,更多启发性"③。

对于这种风气,冯友兰在《国立西南联大纪念碑碑文》中有极好的概括:

"三校有不同之历史,各异之学风,八年之久,合作无间。同无妨异,异不害同;五色交辉,相得益彰;八音合奏,终和且平。"

---

① 张世英:《归途——我的哲学生涯》,第40页,人民出版社2008年版。
② 同上。
③ 同上。

## 三二、把美育正式列入教育方针的建议

大家都知道,把美育列入教育方针,最早是蔡元培当教育总长的时候提出来的,但是他的这个提议并没有实现。中华人民共和国成立之后,对教育方针的正式提法是"使受教育者在德育、智育、体育几方面都得到发展,成为有社会主义觉悟的有文化的劳动者"[1],这是毛泽东提出来的。改革开放之后,教育界、美学界很多学者都建议要把美育列入教育方针。比较有名的有1980年6月在昆明召开的第一次全国美学会议,主办单位是中国社科院哲学研究所美学研究室。由这次会议的推动,朱光潜等学者联名向中央写信,建议把美育列入教育方针。后来又不断有人向中央打报告,建议把美育列入教育方针。但是在这之后的很长时间,在中央的正式文件中,美育还始终没有列入教育方针。

---

[1] 毛泽东:《关于正确处理人民内部矛盾的问题》(1957年2月27日)。

1992年,我参加了教育部召开的一次关于艺术教育的座谈会。会议是在中南海召开的。李岚清副总理参加了这次座谈会并在最后发表了很长的讲话。他在讲话中提到了这个问题。他说,很多同志建议要把美育列入教育方针,中央政治局讨论了这个问题。大家认为,美育不简单是知识和技术的教育,不仅仅是学习唱歌、美术,而是陶冶人的性情。既然是陶冶人的性情,那么美育就可以包括在德育之中,我们已经有了德育,就不必再单独提出美育了。

听了李岚清同志这番话,我明白了两点。第一,教育方针是要经过中央政治局讨论的。第二,美育之所以长期不能列入教育方针,这可能和人们在认识上的一个问题有关系。什么问题呢?就是因为美育的目标是陶冶人的性情,所以美育可以包括在德育之中,有了德育,就不必再提美育了。由此我明白了美育不能列入教育方针的问题所在。我想,说美育是陶冶人的性情,当然是正确的,但因此说德育可以包括美育,这在理论上是不正确的。在机会合适的时候,也许可以给中央写个报告,把这个问题说清楚。

过了两年,当时李岚清同志分管教育,他十分重视美育和艺术教育。我想这是一个很好的机会。于是我就给中央写了一个《关于把美育正式列入教育方针的建议》,1998年12月4日通过教育部送给李岚清同志,请他转给江泽民总书记和中央政治局。

这个报告建议把美育正式地、明确地列入我国的教育方针。报告讲了三点理由。

第一点，德育不能包括美育。过去没有把美育明确列入教育方针，一个重要的认识上的原因，是把美育看作是德育的一部分，或把美育看作是实施德育的手段（工具）。这可能是受了当时苏联的影响。当时苏联的很多著作和文章都说政治教育、道德教育包括了美育。按照这种看法，美育在教育体系中是依附于德育的，本身并无独立的价值。但是对美育的这种看法是不妥当的，是不正确的。美育和德育当然是有密切联系的，它们互相配合、互相补充、互相渗透，但是并不能互相代替。无论就性质来说或是就社会功用来说，美育和德育都是有区别的。就性质来说，德育是规范性教育（行为规范），在规范性教育中使人获得自觉的道德意识；美育是熏陶、感发，在熏陶、感发中对人的精神起激励、净化、升华的作用。德育主要是作用于人的意识的、理性的层面（思想的层面，理智的层面），而美育主要作用于人的感性的、情感的层面，包括无意识的层面，就是我们常说的"潜移默化"，它影响人的情感、趣味、气质、性格、胸襟等等。对于人的精神的这种更深的层面，德育的作用是有限的。就社会功用来说，德育主要着眼于调整和规范社会中人与人的关系，它要建立和维护一套社会伦理、社会秩序、社会规范，避免在社会中出现人与人关系的失序、失范、失礼。美育主要着眼于保持人（个体）本身的精神的平衡、和谐与健康。美育使人的情感具有文明的内容，使人的理性与人的感性生命沟通，从而使人的感性和理性协调发展，塑造一种健全的人格。这一点在现代社会中显得越来越重要。美育也涉及人与人的关系,但美育是通过维护每个人的精神的和谐,来维护人际关系的和谐。这就是荀子说过的,"乐"的作用是使人的血气平和,从而达到家庭、社会的和谐与安定。这一点在现代社会中也越来越重要。德育和美育的区分和联系,中国古代思想家是讲得很清楚的。德育是"礼"的教育,它的内容是"序",也就是维护社会秩序、社会规范;美育是"乐"的教育,它的内容是"和",也就是调和性情,使人的精神保持和谐悦乐的状态,生动活泼,充满活力和创造力,进一步达到人际关系的和谐以及人与整个大自然的和谐("大乐与天地同和")。德育和美育互相补充,互相配合,也就是"礼乐相济"。但是不能互相代替,不能只有"礼"而没有"乐",也不能只有"乐"而没有"礼"。

第二点,加强美育是培育创新人才的需要。创新是民族进步的灵魂,培养创新人才是素质教育的目标。就实现这个目标来说,美育有着自己独特的、智育所不可替代的功能。美育可以激发和强化人的创造冲动,培养和发展人的审美直觉和想象力。在科学研究中新的发现要靠这种直觉和想象力。同时,由于自然界本身一方面是有规律、有秩序的,另一方面又具有简洁、对称、和谐等形式美的特征,所以在科学研究中,科学家常常因为追求美的形式而走向真理。因此,在科学研究中美感对于发现新的规律、创建新的理论有着重要的作用。这种美感要靠美育来培养。再有,一个人要成就一番大事业、大学问,除了要有创造性之外,还要有一个宽阔、平和的胸襟。这也有赖于美育。唐代大思想家柳宗元和清代大思想家王夫之都说过这个道理。

第三点,加强美育是21世纪经济发展的直接要求。20世纪最后二三十年,世界各国的经济发展出现了许多新的特点和新的趋势。商品的文化价值、审美价值逐渐超过使用价值和交换价值而成为主导价值。因此,改进商品的设计,增加商品的文化意蕴,提高商品的审美趣味和格调,就成了经济发展的大问题。这些新的特点和新的趋势,要求我们的生产部门、流通部门、管理部门的工作人员以及各级政府官员,不仅要有经济的头脑和技术的眼光,而且要有文化的头脑和美学的眼光。同时,国外有的学者预测,21世纪世界上最大的产业有两个:一个是信息产业(或者说以信息产业为代表的高科技产业),另一个是文化产业。文化产业极可能是21世纪我国经济的一个新的增长点。为了适应21世纪产业发展的这种新的趋势,在学校教育和干部教育中加强美育不仅是十分必要的,而且是极其紧迫的。

报告从这三个方面对把美育正式列入教育方针的必要性作了简要的论证。报告最后说:**为了把我们的后代培养成为胸襟广阔、精神和谐、趣味高尚、人格健全的新人,为了从文化的层面激发我们整个民族的智慧和原创性,为了使我们的民族在新的世纪中能为人类贡献一大批像杨振宁、李政道、钱学森、贝聿铭这样的大师,为了在高科技和数字化的条件下保持物质生活、精神生活的平衡**

以及社会的长期安定,为了推动我国经济的持续增长,并使这种增长获得丰富的文化内涵,我们有必要把美育正式地、明确地列入教育方针。这样做,从一方面说,是对蔡元培以来的重视美育的优良传统(这个传统可以一直追溯到孔子)的继承和发扬,从另一方面说,则是对21世纪的时代呼唤的一种积极的回应。

这个报告1998年12月4日送上去之后,第二年,即1999年3月,朱镕基总理在第九届全国人大二次会议作的《政府工作报告》中说,"使学生在德、智、体、美等方面全面发展"。过去是提"德、智、体等方面",现在提"德、智、体、美等方面",加了一个"美"字。

当时我是全国政协常委。每年全国人大和全国政协开会的头两天,中央领导同志都要分别来参加全国人大和全国政协的小组会,听取大家的发言,并且发表讲话。这一年李岚清同志正好来我所在的全国政协的小组讨论会,并且做了讲话。他看到我对我说,你的信我们收到了。他讲话着重讲了把美育列入教育方针的问题。他说,大家都看到朱镕基总理的《政府工作报告》中在"德、智、体"后面加了一个"美"字,这不是简单加了这么一个字,这是中央经过讨论,决定把美育正式列入教育方针。德育和美育是有联系的,也是有区别的。李岚清同志不仅在参加我所在的小组会上讲这个问题,而且在参加全国人大的小组会上也讲这个问题。这是他这次参加全国人大、全国政协小组会讲话的主题。

所以,按我的理解,1999年3月朱镕基总理的《政府工作报告》

标志着我们国家正式把美育列入教育方针。1999年6月,《中共中央、国务院关于深化教育改革,全面推进素质教育的决定》再次明确地把美育列入教育方针。在这之后,所有中央文件提到教育方针都是"德、智、体、美"并提了。

2008年4月,北京举办奥运会前夕,我和朱良志教授共同写了一本《中国文化读本》,我们通过郝平同志(时任北京外国语大学校长)请李岚清同志给这本书写序言。李岚清同志调阅了这本书的电子版,为这本书写了一个很长的序言。他在序言中说:"叶朗教授是我们在共同探索加强美育、提高青少年全面素质的理论和实践中,相识相知的老朋友。"我想他说的"共同探索加强美育、提高青少年全面素质的理论和实践",就包括共同推动把美育正式列入教育方针这个方面的努力。这在文化史和教育史上都是有重大意义的。

# 三三、加大昆曲抢救和保护力度的建议

我是九届、十届全国政协常委。全国政协有两个艺术方面的组织,一个叫书画室,政协委员中的书法家、画家参加这个室;一个叫京昆室,政协委员中的京剧艺术家、昆曲艺术家参加这个室。因为我是北京大学艺术学院的院长,所以他们让我也参加京昆室的活动。京昆室的主任是万国权,他是全国政协副主席,他的年龄已经很大了,八十多岁的高龄了。后来就由王选接替他担任京昆室主任,王选去世后由周铁农接替。王选和周铁农都是全国政协副主席。

2001年5月18日,昆曲被联合国教科文组织评审通过列入首批"人类口头和非物质遗产代表作"名单。这使我们极为兴奋,兴奋的同时又有一种危机感。列入联合国的"人类口头和非物质遗产",这有两层含义,一层含义是它很宝贵,是世界文化经典;一层含义是它有消亡的危险。昆曲艺术也是如此,它的生存面临重大的危机。这主要表现在以下几个方面：广大群众特别是广大青少年对昆曲缺乏了解，昆曲演出的市场不断萎缩；上演的剧目急剧减少（历史上昆曲剧目可考的有3000多个，到"传"字辈演员还能演600个，在那之后每一代大约减少三分之一）；演员、编导和作曲队伍后继乏人，现有人才流失严重（如北方昆曲剧院1982年招收的学员总计60人，现在只剩10多人；上海昆剧院十年前从上海戏校招进55人，现在只剩下20多人）；昆曲院团的经费严重不足；等等。

所以，2003年11月全国政协京昆室决定组织一次调研考察，参加考察团的都是著名的昆曲表演艺术家和京剧表演艺术家。他们让我当考察团团长，万国权副主席当考察团的顾问。考察团的活动从11月6日到16日，一共11天。全国一共七个昆曲院团，我们去了五个。每到一个院团，除了考察他们的演练场地，还和院团的领导、著名演员以及当地文化部门的领导举行座谈。在昆山，我们还请七个昆曲院团的团长一起开了一个座谈会。考察结束回到北京之后，我对万国权副主席说："万老，我们这次考察是不是要向上面写一个报告？"万老说："可以啊，写给谁呢？"我说："要写就给中央主要领导同志写吧。"万老说："很好。那你来起草一个吧。"我就起草了一个初稿，同时征求了七个昆曲团团长以及考察团一部分成员的意见，对报告进行补充和修改。报告题为《关于加大昆曲抢救和保护力度的几点建议》，由万老和我二人署名，通过全国政协往上送。

这个报告的一个中心思想,**就是提出为了解决昆曲面临的危机,应该确立由国家扶持昆曲事业的方针**。因为像昆曲这样世界级的艺术经典,对它的抢救和保护必须保持它的纯正的经典品位,所以不能完全把它推给市场,只有由国家扶持,才可以保证这一点。

报告认为,**确立由国家扶持昆曲事业的方针,本质上就是动用国家的力量来维护民族文化传统和维护民族文化经典的尊严**,这是极其必要的。在经济全球化的形势下,这一举措对于保持民族文化的独特性,对于增强我们民族的生命力、创造力、凝聚力,有着十分重大的象征意义和现实意义。

为了贯彻由国家扶持昆曲事业的方针,报告提出了一些具体的建议,如:将全国七个昆曲院团列入纯公益性事业单位,它们的经费由省市一级政府全额拨款;为每个昆曲院团兴建一座六百人的小剧院;由国家拨专款抢救和保护昆曲;加强昆曲院团与大学的联系和合作;加强昆曲艺术的舆论宣传等。报告认为,现在我们的媒体对流行艺术的宣传力度过大,而对本民族的传统艺术的宣传力度过小,这种状况亟须改变。报告最后说:"如果有一天我们的昆曲表演艺术家、京剧表演艺术家的名声压倒了那些流行歌星、笑星,压倒了所谓'四大天王',那就意味着我们民族的文化素质提升到了一个更高的境界。"

这个报告 2004 年 2 月 3 日通过全国政协往上送了。大家知道，往中央领导同志处送报告有各种可能，因为中央领导同志每天接到的各种报告太多了，不可能件件都有回应。没有想到，这个报告送上去之后，很快就有回应，胡锦涛写了一个批示，胡锦涛批示说："赞成对昆曲实行抢救和保护。具体措施请文化部研究。"温家宝也写了一个批示，批示意思说："昆曲在文学、戏剧、艺术上有着重要价值，应该采取抢救、保护的扶持措施。"

根据中央领导同志的批示，文化部和财政部经过讨论，2005年1月发布《国家昆曲艺术抢救、保护和扶持工程实施方案》。根据这个方案，将成立国家昆曲艺术抢救、保护和扶持工程领导小组，领导小组下设办公室，并设立专家委员会，还将设立昆曲艺术抢救、保护和扶持工程专项资金。方案确定第一个五年计划的目标是以上海昆剧院、苏州昆剧院、浙江昆剧院为龙头，建立昆曲艺术生态保护区，使其成为昆曲剧目创作中心、昆曲艺术传承保护中心、昆曲艺术交流普及中心、昆曲资料收集整理和研究中心；抢救15部濒危的经典剧目，新创10部优秀剧目；挖掘和整理一批珍贵的昆曲文物和历史资料，培养一批昆曲艺术人才和热爱昆曲艺术的观众。

昆曲艺术界、京剧艺术界的朋友们知道这个消息当然十分高兴。因为中央两位主要领导为一个剧种写批示，这是中华人民共和国成立之后第一次。在此之前，20世纪50年代，周恩来总理对昆曲说过一句话。50年代各地的昆曲院团的演员都流失了。这时浙江的昆曲团到北京演出《十五贯》，当时演这出戏的是几位老演员,艺术是最拔尖的,大家一看,非常好,很多人呼吁重视昆曲艺术,很多地方重新恢复昆曲院团,所以周总理说:"一出戏救活了一个剧种。"《人民日报》就用这句话为题发表了一篇社论。这是昆曲历史上的一段佳话。现在中央两位最主要的领导人都为昆曲写了批示,接着文化部又有专门的文件,这多么不容易,多么值得高兴。当年全国政协开会,贾庆林主席做工作报告,就把这件事作为政协的重要成就列举出来。

后来京昆室又组织了河南、黑龙江、内蒙古等地的京剧艺术的调研,我都参加了。所以我和京昆室的政协委员,和京剧艺术界、昆曲艺术界的很多艺术家都成了很熟的朋友,如赵景发、汪世瑜、蔡正仁、叶少兰、孙毓敏、杨春霞、李维康、耿其昌、赵葆秀、王立军、刘秀荣、胡芝凤等。我们一起在各地调研的那些日子,回忆起来非常值得怀念。

# 三四、青春版《牡丹亭》进北大：美得让人窒息

还有和昆曲有关的两件事，一件事是2005年把青春版《牡丹亭》引进北大演出，一件事是2009年在北大开设"经典昆曲欣赏"全校性通选课，这两件事都是白先勇先生和我们共同推动实现的。

青春版《牡丹亭》的总制作人是白先勇先生。白先勇先生希望青春版《牡丹亭》在大学校园里巡回演出，首先是在北京大学。他来找我和北京大学文化产业研究院联系，我们当然十分欢迎，因为当时北京大学文化产业研究院把很多国内外的戏剧经典引进北大演出。但是青春版《牡丹亭》在北大演出却遇到了一个想不到的困难。当时北京有一个国际音乐节，青春版《牡丹亭》是国际音乐节邀请来北京参加音乐节演出的。在这期间青春版《牡丹亭》要来北大演出，本来已经说好的，我们把剧场也订好了，票也发了，但是这时音乐节的一位负责人从国外回来了，他拦住了，不让青春版《牡丹亭》到北大演出。他为什么阻拦呢？因为在北大演出，面向学

生,票价比较便宜,这会影响他们音乐节演出的售票。这样,我们只好第二年再把青春版《牡丹亭》请来演出,当然要重新出路费,重新租剧场,花费就大了。后来在一个场合,这位音乐节的负责人和北大校长许智宏都在场,我提到青春版《牡丹亭》到北大演出受到欢迎,这位先生居然说:"那是我安排的。"我当时不好意思当面揭穿事实的真相,但许校长用温和的口气对这位先生做了反驳:"这个演出从工作的层面说,是白先生所在的美国大学和北京大学两校间的一个校际合作项目。"

回来说青春版《牡丹亭》在北大的首场演出,确实取得极大的成功。大讲堂经常有各种各样演出,我也去看过许多演出,但是我没有一次看到像青春版《牡丹亭》演出时这样热烈的场面。演出结束后,学生们热烈鼓掌,欢呼,然后涌到前台去,拍照,鼓掌,久久不愿离去;然后又到剧场外面排队等候白先勇签名,排了很长很长的队,白先勇非常感动。

我认为,**青春版《牡丹亭》在经典艺术走入现代和高雅艺术走近大众这两个方面做了成功的尝试。**

黑格尔说过,美是显现给人看的,任何艺术必须使当代人能够理解,感到亲切,必须能够吸引当代人的心。黑格尔又说:"单是同属一个地区和一个民族这种简单的关系还不够使它们属于我们的,我们自己的民族的过去事物必须和我们现代的情况、生活和存在密切相关,它们才算是属于我们的。"①黑格尔在这里提出了"属于我们的"这样一个概念。他指出,本民族历史上存在过的东西、我们很熟悉的东西,并不等于是属于我们的东西。这是很深刻的思想。

　　青春版《牡丹亭》是经过改编的。据我的观察,青春版《牡丹亭》在改编和上演时突出了两个字,一个是"情"字,一个是"美"字。"情"是汤显祖美学思想的核心,也是《牡丹亭》这出戏的灵魂。而正是这个"情"字,可以沟通《牡丹亭》这部古代艺术经典和当代青年观众的心灵。再一个是"美"字,青春版《牡丹亭》从演员造型、演员表演、音乐、舞蹈、服装等一直到舞台整体形象,都力求要美,而在打造这个"美"的境界时,努力追求古典美学和现代趣味的沟通融合。我想,正是这一个"情"字,一个"美"字,使得很多观众,包括很多青年观众,看青春版《牡丹亭》看得"如醉如痴"。改编艺术经典,一方面要融入现代趣味,另一方面又要保持它的经典的品位,这是最重要的,也是最困难的。青春版《牡丹亭》到北大演出,在北大校园中掀起了"昆曲热"。学生们看了以后觉得美得不得了,他们在网上说:现在北大只有两种人,一种是看过《牡丹亭》的,一种是没有看过《牡丹亭》的。有的学生看了之后说:"美得让人窒息,恨不得死在戏里不出来了。"这说明,在北大学生的眼中,青春版

---

① 黑格尔:《美学》,第一卷,第 346 页,朱光潜译,商务印书馆 1979 年版。

《牡丹亭》是"属于我们的"。我认为这是一个了不起的成功,是一个了不起的创造。

我们不仅把青春版《牡丹亭》请进北大校园演出,还由此开启了青春版《牡丹亭》在大学校园的巡演,后来我们又多次把青春版《牡丹亭》请进北大校园演出。同时,我们还和白先勇先生合作在北大实施"北京大学昆曲传承计划",在北大全校开设"经典昆曲欣赏"课程,每年春季学期举办,请全国(包括港台)研究昆曲的著名学者和著名艺术家来讲课,听课人数在400人左右,至今已经持续了8年。2013年又成立了"北京大学昆曲传承与研究中心",并且组织了排演校园版的《牡丹亭》。校园版《牡丹亭》的演员和乐队成员都由北京十六所大学的学生担任,2017年4月在北大首演,之后在北京、天津、苏州、昆山等地巡演,受到昆曲艺术界的高度赞扬。

我们这么做,是因为保存、传承本国的传统文化经典和传统艺术经典,本来就是大学特别是著名大学应该承担的历史责任。国际上的著名大学对这一点都十分自觉。从历史上看,北京大学在这方面从来就有优良的传统。大家知道,从蔡元培先生担任北大校长开始,北京大学就形成了一种重视美育、重视艺术教育、重视艺术研究的传统。这是北京大学的一个极其重要的传统。昆曲进大学课堂,首先就是在北大。古琴进大学课堂,首先也是在北大。在这些方面,北大确实都是开风气之先。这是北大的传统。传统是一种资源、一种财富,传统又是一种精神氛围、一种精神力量。

今天我们要重视这个传统，继承这个传统，发扬这个传统，要大力引导大学生去接触、学习我们自己民族文化的经典，深化他们的民族文化的根基意识。要大力引导大学生自觉地继承、发扬民族文化的传统和维护民族文化经典的尊严。要通过我们民族的文化经典、艺术经典，不断提高大学生的品位和格调，引导大学生去追求一种更有意义和更有价值的人生，引导大学生不断提升自己的人生境界。

因为青春版《牡丹亭》在北大演出，以及在北大实施"北京大学昆曲传承计划"，我和白先勇先生建立了很深的友谊。2011年11月11日，青春版《牡丹亭》200场纪念演出发布会在国家大剧院举行，我出席并发表讲演，题目是《属于我们的〈牡丹亭〉》。2013年1月11日，中央电视台举行《中华之光——传播中华文化年度人物评选》颁奖典礼，白先勇入选"传播中华文化年度人物"，主办方请我做白先勇的推荐人。2015年3月23日，中央电视台举办一个白先勇先生的访谈，他们也请我参加作为访谈的嘉宾。这些活动我都参加了。

# 三五、从《现代美学体系》到《美在意象》：美学基本理论的核心区域具有中国色彩的一个尝试

在写作《中国美学史大纲》的过程中，我日益强烈地感觉到我们当时流行的美学基本理论的体系的内容过于陈旧。这个体系（不是指哪一本书，而是指体现在大学课堂教学以及各种美学教科书中的那个大致相同的体系）是在20世纪50年代那场美学大讨论的基础上形成的，可以说是那场大讨论的成果的总结。这个体系自有它历史的价值和历史的意义，但是到了80年代，这个体系已日益显露出它所存在的四个方面的重大缺陷：

第一，理论视野和理论框架比较狭窄（一般是美、美感、艺术三大块，或者再加一块美育），内容比较贫乏，没有考虑到近几十年美学各个分支学科的发展，也没有吸收那些和美学关系十分密切的相邻学科的新成果；

第二，基本上没有吸收中国传统美学的积极成果，各种范畴、命题、原理都局限在西方文化的范畴内（从柏拉图、亚里士多德到

车尔尼雪夫斯基,再加上普列汉诺夫);

第三,基本上没有吸收20世纪西方各国美学研究的积极成果;

第四,和我国新时期的审美实践(包括文艺实践)相当脱节,没有研究新时期审美实践、文艺实践的新成果、新经验和提出的新问题。

以上四个方面的缺陷,应该说都是带有根本性的缺陷。这些缺陷,使得我们的美学理论显得陈旧、单调、乏味,缺乏时代感和现实感,已经越来越不能适应高等学校美学教学的需要,也越来越不能适应文艺实践的需要以及各行各业进行美育的需要。从根本上突破这个体系,建设一个现代形态的美学原理体系,已经成为发展美学学科的关键,成为摆在我国美学工作者面前的一项极其紧迫的任务。

所以我在《中国美学史大纲》完成后,就把时间和精力转过来进行美学基本理论的研究。

当时我思想上已经明确认识到一点,现代美学体系应该是一门国际性的学科,而现在西方各国的美学体系,都局限于西方文化的范围,没有吸收东方美学、中国美学的内容,所以都谈不上是真正的国际性学科。也就是说,**现在国际范围内,还没有一个现成的现代美学体系可以被我们搬用,现代美学体系还有待于我们建设,而在这个过程中,中国学者可以做出自己的贡献**。如果没有中国学者的参与和努力,要想使美学真正成为一门国际性的学科,要想

### 三五、从《现代美学体系》到《美在意象》：美学基本理论的核心区域具有中国色彩的一个尝试

建设一个现代形态的美学体系，恐怕是有困难的。**在美学的学科建设方面，中国学者可以做出自己的独特的、别人不能替代的贡献。**

从1986年到1988年，我组织一批年轻学者（我指导的硕士研究生）写了一本《现代美学体系》。我们着重两点，一是吸收中国古典美学的成果，一是吸收西方现当代美学的成果。**这本书是在朱光潜之后系统地融合中国传统美学与西方当代思想，探索核心理论层面突破的初次尝试。《体系》最重要的突破是基本概念、范畴的更新，它一方面总结了西方哲学在20世纪的一系列新成果，另一方面从哲学上提升了中国艺术批评的词汇，提出了"意象"作为审美活动的本体。"意象"不仅体现了中国传统美学的理论和话语特点，也与西方现代美学的精神有着深层的感应。**比如，中国古典美学对审美意象基本结构（情与景，意与象）的分析就与西方体验美学、现象学美学的"审美意向性"分析相沟通，说明"审美意象正是在审美主客体之间的意向性结构中产生"。通过对东西方丰富的艺术实践的分析，"意象"被证明具有普遍的理论意义。**《体系》接着朱光潜和宗白华的美学探索的道路，第一次把"意象"、"感兴"等中国古典美学概念通过哲学的提炼而纳入美学的基本理论当中，建立了与西方哲学、美学平等对话的基础。**

当然，《现代美学体系》的尝试还是初步的。书中的框架采用了美学分支学科的框架，显得比较庞杂，"美在意象"的观点从理论

上并没有充分展开,一些重要的问题没有想清楚,"美在意象"也没有贯穿全书的所有章节。

1988年《现代美学体系》出版。经过二十年的思考和研究,2009年4月我出版了《美在意象》(黑白插图本名为《美学原理》)。《美在意象》审视西方20世纪以来以海德格尔等人为代表的哲学思维模式与美学研究的转向,即从主客二分的模式转向天人合一,从对美的本质的思考转向审美活动的研究,同时,又通过对20世纪50年代以来中国美学研究的反思,特别是审视长期以来美学领域主客二分认识论模式所带来的理论缺陷,**将"意象"作为美的本体范畴提出,将意象的生成作为审美活动的根本**。"意象"既是对美的本体的规定,又是对美感活动的本体的规定,在审美活动中,美与美感是同一的,美感是体验而不是认识,它的核心就是意象的生成。由"美在意象"这一核心命题出发,该书讨论了自然美、社会美、艺术美、科学美、技术美诸多问题,认为它们虽分属不同的审美领域,但本质上都是意象的生成。许多美学命题与概念都可以在"美在意象"这一观念下被赋予新的意义与理解。就天人合一思维的角度来说,"意象"世界不是认识到的,而是创造出来的。因此,审美经验不是认识,而是创造。所以我在书中一再强调"意象的生成"。"意象"不是认识的结果,而是当下生成的结果。**审美体验是在瞬间的直觉中创造一个意象世界,一个充满意蕴的完整的感性世界,从而显现或照亮一个本然的生活世界**。正是在这种意义上,

### 三五、从《现代美学体系》到《美在意象》：美学基本理论的核心区域具有中国色彩的一个尝试

我们说美感不是认识，而是体验。美感或者审美体验是与人的生命和人生紧密相连的，而认识则可以脱离人的生命和人生而孤立地把事物作为物质世界或者对象世界来研究。美感是直接性或感性，是当下、直接的经验，而认识则要尽快脱离直接性或感性，以便进入抽象的概念世界。美感是瞬间的直觉，在直觉中得到的是一种整体性，世界万物的活生生的整体，而认识则是逻辑思维，在逻辑思维中把事物的整体进行了分割。美感创造一个充满意蕴的感性世界，创造出"意象"世界，这个"意象"世界就是美，而认识则追求一个抽象的概念体系，那是灰色的，乏味的。这种当下直接显现或生成的"意象"世界是有时间性的、不可重复的，不仅不同的人创造出来的"意象"世界有差别，就是同一个人在不同时间创造出来的"意象"世界也不可能一样。**重视心的作用，重视精神的价值，是这部著作一以贯之的特点，讨论美学基本问题和前沿问题的新意都根基于此。**这里的"心"并非被动的、反映论的"意识"或"主观"，而是具有巨大能动作用的意义生发机制。**心的作用，如王阳明论岩中花树所揭示的，就是赋予与人无关的物质世界以各种各样的意义。**这些意义之中也涵盖了"美"的判断，"离开人的意识的生发机制，天地万物就没有意义，就不能成为美"①。比如，自然美的本质也是意象，离开了人心的"照亮"过程，自然界就无所谓美和不美。单单从观察、分析自然风景本身，或者抽象地谈论人与自然界

---

① 叶朗：《美学原理》，第72页，北京大学出版社2009年版。

的互动,都是无法认识自然美的。总之,"美在意象"的提法通过区分僵硬死寂的"物"与灵动多样的"象",突出强调了意义的丰富性对于审美活动的价值,其实质是恢复创造性的"心"在审美活动中的主导地位,目的是提高人心对于事物意义的承载能力和创造能力。所以,《美学原理》与作为"美学大讨论"产物的理论体系之间的真正区别不是"在心"与"在物",而是对意义生成机制的理解处于不同的层次上。

以"意象"作为核心的美学理论体系,并不仅仅是出于一种美学知识体系建设的需要,更重要的是突出审美与人生,审美与精神境界的提升和价值追求的密切联系。美的本体之所以是"意象",审美活动之所以是意象活动,就是因为它可以照亮人生,照亮人与万物一体的生活世界。"美学研究的全部内容,最后归结起来,就是引导人们去努力提升自己的人生境界,使自己具有一种'光风霁月'般的胸襟和气象,去追求一种更有意义、更有价值和更有情趣的人生。"[①]真正的中国美学的研究,不仅可以使人们获得理论和知识的滋养,培养起纯理论的兴趣,更重要的是,可以使我们更好地感受人生、体验人生,获得心灵的喜悦和境界的提升。

中国古代哲学关注的世界,中国古代哲学所说的"自然",是有生命的世界,是人在其中生存的生活世界,是人与万物一体的世界,是充满了意味和情趣的人生世界。这是存在的本来面貌。中

---

① 叶朗:《美学原理》,第24页,北京大学出版社2009年版。

## 三五、从《现代美学体系》到《美在意象》：美学基本理论的核心区域具有中国色彩的一个尝试

国古代美学家在这个方面有非常有深度的论述。比如，王夫之就说："情景名为二，而实不可离。神于诗者，妙合无垠。巧者则有情中景，景中情。""夫景以情合，情以景生，初不相离，唯意所适。截分两橛，则情不足兴，而景非其景。"我们注意王夫之所说的"实不可离"中的"实"字和"初不相离"中的"初"字，**就能明白王夫之要说的是"情景合一"是本来就有的，是一个纯粹被给予的世界，就是胡塞尔说的"生活世界"，也就是哈贝马斯说的"具体生活的非对象性的整体"，而不是主客二分模式中通过认识桥梁建立起来的统一体**，哈贝马斯称为"认识或理论的对象化把握的整体"。王夫之用"现量"来说诗。"'现'有'现在'义，有'现成'义，有'显现真实'义。'现在'，不缘过去作影；'现成'，一触即觉，不假思量计较；'显现真实'，乃彼之体性本自如此，显现无疑，不参虚妄。"我非常推崇王夫之的"现量说"，他说清楚了"意象"是本来如此，不是思虑推论的结果，更重要的是，在本来如此的"意象"中，我们能够见到事物的本来样子。

宗白华先生说："象如日，创化万物，明朗万物！""主观的生命情调与客观的自然物象交融互渗，成就一个鸢飞鱼跃，活泼玲珑，渊然而深的灵境。"宗先生的说法对我们理解"意象"极有启发。意象是创造，是生成，意象照亮人与万物一体的本真世界。审美是"照亮"，让万物明朗起来，让万物显现自身。这里的"亮光"是来自我们的心灵。有了心灵的照亮，事物开始具有意义，开始有了表

情,就是宗白华先生说的:"一切美的光是来自心灵的源泉,没有心灵的映射,是无所谓美的。"在这方面中国哲学家早就有非常清楚的认识。比如,大家都熟知的王阳明说的话:"你未看此花时,此花与汝心同归于寂。你来看此花时,则此花颜色一时明白起来。"**只有在心灵的"照亮"下,花才显现,才明白起来,才进入我们的世界,才有意义,才有表情。心灵在这里只是"照亮",并没有携带任何概念和目的。**王阳明并没有说看见了哪一种名目的花,只是说"此花颜色一时明白起来"。**这里的"明白"并不是符合某种概念的确定的知识,而是花的本真世界的"显现",本真世界的"出场","象"或者"意象",就如同这种"显现"和"出场"。它是最初被给予的,我们原本就存在于这种"显现"和"出场"之中。在这种"显现"和"出场"之外,并不存在其他被给予的东西。**也许我们应该在这种意义上来理解王阳明的"心外无物"。同样,我们也应该在这个意义上来理解海德格尔的著名论断:"美是作为无蔽的真理的一种现身方式。""美属于真理的自行发生。"

王夫之谈诗,一再强调"身之所历,目之所见","心目之所及",这是体验的最原始的含义,就是当下的直接的感兴,就是"现在"。美感就是"现在"。美不是抽象的逻辑概念,如柏拉图、黑格尔的理念世界,美也不是某一类事物的完美典型,美就是当下的直接感兴所显现的世界,就是禅宗故事中所说的"庭前柏树子"。对这种当下的直接感兴所显现的世界的体验,就是"现在"。审美体验的"现

## 三五、从《现代美学体系》到《美在意象》：美学基本理论的核心区域具有中国色彩的一个尝试

在"的特性，不仅有瞬间性和非连续性，而且有连续性和历史性。因为时间总是超出自身，瞬间（刹那）并没有中断历史。所以在审美体验中，可以有一种"直接熔贯性"，可以存在一种"意义的丰满"，如狄尔泰所说："仅仅在现在，才有时间的充满，因而才有生命的充满。"或如伽达默尔所说："一种审美体验总是包含着某个无限整体的经验。"所以审美体验的"现在"的特性，包含有瞬间无限、瞬间永恒的含义。朱光潜说："在观赏的一刹那中，观赏者的意识只被一个完整而单纯的意象占住，微尘对于他便是大千；他忘记时光的飞驰，刹那对于他便是终古。"宗白华认为审美的人生态度就是"把玩'现在'，在刹那的现量的生活里求极量的丰富和充实"。马丁·布伯指出，当人局限在主客二分的框框中，主体（"我"）只有"过去"而没有"现在"。只有超越主客二分，才有"现在"，而只有"现在"，才能照亮本真的存在。

我们每个人都本来就生活在"情景合一"的世界之中，这个"情景合一"世界，是一个有历史、有文化的世界，而不是史前的生物世界，这个思想贯穿在《美在意象》的每一章节。我在这本书中自始至终强调美和美感的历史性、社会性，强调审美活动是一种社会文化活动。这就是说，"美在意象"的理论在整体上贯穿了历史唯物主义。

所以，在美学原理的理论核心的区域，"美在意象"的体系，已经超越了50年代那场美学讨论以及从那场讨论中产生的美学体

系。也因为这样,我在《美在意象》这本书中,以及在这本书前后所发表的美学论文中,都不再关注和讨论50年代那场讨论以及那场讨论所产生的美学体系,因为它们在理论核心区域已经被超越了,关注和讨论它们已经没有意义了。

50年代那场讨论所产生的美学体系之所以被超越,主要原因是因为它们没有从朱光潜、宗白华"接着讲",从而脱离了中国美学发展的主航道。人文学科需要不断地回顾历史,历史上的学说对于今天仍然有启示意义。就人文学科来说,没有人能够离开历史的经典而发展出完全独创的思想。对传统的继承和发扬,对于人文学科来说显得尤其重要。我们常常看到有的人完全抛开传统,凭空提出种种新奇的论断,追求轰动效应,其实这种东西不仅经不起历史的检验,即便在当下,它在成熟的学者那里也不会得到任何的关注和肯定。我认为,50年代美学讨论的一个消极影响就是使当时的中国美学脱离了美学的主航道。**在讨论中很多人都忽视人的心灵世界、精神世界,远离提升人生境界的价值追求。他们提出的论断,无法具体地解释审美活动与美感的丰富性,无法解释那些造就了经典作品的伟大心灵。他们脱离活生生的现实的审美活动,脱离对于美的形象以及艺术史的具体分析而去寻求所谓"美本身"或者"美的根源",其结果必然落到空洞的概念里面。这一点其实朱光潜在50年代的讨论中早就指出了。**从80年代开始,中国美学研究开始回到主航道上来。从近代以来,中国美学的发展走的

## 三五、从《现代美学体系》到《美在意象》：美学基本理论的核心区域具有中国色彩的一个尝试

是一条中西融合的道路,而立足点是中国文化和中国美学,这是中国美学发展的主航道。在这条主航道上,离我们最近的是朱光潜美学和宗白华美学。我们必须从他们接着讲。**那些完全撇开朱光潜美学和宗白华美学的人,自以为有新的创造,但历史证明他们的东西离开了主航道,意思并不大。**"风正一帆悬。"美学总是沿着主航道鼓帆向前。现代中国学者写的美学著作当然是不少的,照我的感受,还是朱光潜美学和宗白华美学最正宗。他们的著作可以称得上20世纪中国美学的经典,经得起细读。当然,继承传统,并不是不要创新。但历史告诉我们,只有在继承传统的基础上,才会有真正的创新。在《美在意象》中,我将朱光潜美学中隐含着的从"主客二分"到"天人合一"的转向明朗化了,实现了朱光潜美学中在逻辑上可能出现的而实际上没有出现的那个转折。有了这种明朗,这种转折,我们的美学研究可以避免一些不必要的纠缠,进入一个更加顺畅的发展阶段。在朱光潜美学中,人与世界先是"二分"的,然后在某种心理状态下达到"合一"。在我这本书中,人与世界本是不分的,审美既是对"自我"的局限性的超越,又是对本来的"自然"状态的复归。这种存在论上的复归观念,在我这本书中明朗化了。这种转折,这种明朗,受到张世英先生的启发,这一点,我在《美在意象》这本书中,说得很清楚。总之,就美学和艺术学理论的建设来说,我们要思考最普遍的理论问题,始终与人类心灵创造的最高成果交流,避免偏离美学和艺术学发展的主航道。《美在意象》这本书,是在美学基本理论的核心区域具有中国色彩的一个尝试。

# 三六、《中国文化读本》的追求：显示中国文化的内在精神，显示老百姓的心灵世界

2008年北京奥运会前我和朱良志教授合作写了一本《中国文化读本》，在外研社出版。在出版中文版的同时，出了英文译本。之后，又陆续出版了法、德、俄、西班牙、阿拉伯、日、韩等外文译本，加上英文译本一共八种外文译本。中文也出了简体字和繁体字两个文本。2016年，我们对中文本的文字和插图做了一些增补和调整，出了第二版。

2007年，我们听到我国外交部门和从事对外文化交流的一些同志反映，我们现在非常缺乏向国际社会的朋友们介绍中国文化的一本好的读本。我和朱良志教授就商量决定在2008年北京奥运会之前写这么一本书。当然时间非常紧。我们的目标是写一本适合国内外广大读者阅读的中国文化读本，力求简明、生动，同时要有深度。当时我向中央几位领导同志报告了这个想法，得到了他们的热情支持。书写成后，李岚清同志调阅了这本书的电子版，为

## 三六、《中国文化读本》的追求：显示中国文化的内在精神，显示老百姓的心灵世界

这本书写了序。这本书出版后，温家宝总理给我来信，对这本书表示肯定和赞扬。教育部为这本书发了简报，呈送中央政治局、书记处，人大常委会，国务院的领导同志。所有这些，对我们来说都是很大的鼓励和鞭策。

随着中国经济高速发展和中国国力的增强，国际社会比过去任何时候都更加关注中国。但是，今天西方国家的公众，多数人对中国文化缺乏了解，有些人还停留在17、18世纪传教士介绍中国文化的水平上，还有一些人由于种种原因，头脑中存在着对于中国文化的十分片面歪曲的认识。这种情况急需改变。

不仅国外广大读者需要中国文化的普及读物，我们国内的广大读者也需要中国文化的普及读物。我们中国人虽然生活在中国文化和中国历史的环境内，但不等于我们就熟悉中国的文化，不等于我们每个中国人对中国文化的精神都有充分的认识。在我们国家进一步融入国际社会的今天，在21世纪中华民族实现伟大复兴的历史时刻，我们每个中国人迫切需要有一种文化的自觉，需要对我们自己的文化进行重新认识，因此同样需要适合大众阅读的、生动的、有深度的中国文化读物。

"文化自觉"是在我们跨入21世纪的时候，费孝通先生喜欢谈的一个题目。费孝通先生说，**"文化自觉"就是生活在一定文化中的人对自己的文化有"自知之明"，明白它的来历、形成的过程，明白它所具有的特色和它的发展方向。有这种"自知之明"，是为了**

**在进入信息社会的今天,加强对文化创新的自主能力,取得适应新时代文化选择的自主地位。**费孝通先生认为,我们建设中国特色社会主义的努力取得这么伟大的举世瞩目的成果,这背后一定有中国文化的特点在起作用,可是这些文化特点是什么,怎么在起作用,我们往往说不清楚。费孝通先生认为,**我们中国文化里边有许多特有的东西,一层一层几千年积聚下来的东西,可以解决很多现实问题,解决很多困难问题,可以发挥积极作用。**现在的问题是我们怎样把这些特点用现代语言更明确地表达出来,让大家懂得,变成一个普通的信息和共识。

我想,"文化自觉",就是重新认识我们自己的文化,把中国文化中有价值的东西发掘出来,提炼出来,把它讲清楚,变成每个中国人的自觉,还要把它变成世界性的东西。一本好的中国文化普及读物,应该在完成这个使命中发挥自己的作用。

在动手写这个读本之前,我们对国内现有的介绍中国文化的读物做了一番调查。常见的是面面俱到的写法,或者从中国文化中抽出几条原则进行理论的论述。我们采取了一种新的写法,就是抓住中国文化中一些最有特色的内容和亮点,尽量用典型的事例和材料进行比较具体的、深入的介绍,在介绍知识的同时,力求讲出中国文化的精神,讲出中国文化的内在意味,讲出中国文化的核心价值。我们希望,这样写出的读物,**读者在获得中国文化的具体知识的同时,可以感受到中国文化的内在精神,感受到中华民族**

三六、《中国文化读本》的追求:显示中国文化的内在精神,显示老百姓的心灵世界

**的伟大生命力、创造力和凝聚力,感受到中国人活生生的性格、灵魂和情趣。**

我们特别注意要阐明中国文化中体现人类共同价值和现代意蕴的内容。这些内容,不仅是中华民族的宝贵精神财富,也是全人类共同的精神资源。例如,对天(大自然)的敬畏和感恩;对生命的关爱(人类之爱);对"人与万物一体"之美的欣赏(生态意识);顺应自然、追求人与自然和谐的智慧(天人合一);对和平生活的祈求(热爱和平);对外来文化的开放性和包容性(开放意识、包容意识);等等。

我们还特别注意要展示中国人的心灵世界和文化性格,尤其要展示普通老百姓的生活态度和生命情调,展示普通老百姓的人生愿望和追求。我们在"艺术与美感"、"民俗与风情"这两个单元都特别注意要突出这方面的内容,如中国人历经磨难、百折不挠的性格;中国人无论在太平的岁月还是苦难的岁月的那种乐观、从容的气度;中国人对平静、安乐、和谐生活的满足的心态;中国人对于平安富足、安居乐业的愿望;中国人的飞翔、灵动、飘逸的艺术心灵;中国人的优雅的生活品位和美感世界;中国人对审美人生的追求;等等。我们认为,**中国普通老百姓的心灵世界、文化性格、生活态度、审美情趣,这是中国文化更深层的东西。它们对于民族的生存和历史的发展极为重要,但我们过去对此往往缺乏关注。**

总之,我们希望,这本读物不仅能为国内外读者提供一种对中

国文化的生动的、通俗的介绍,而且能为国内外读者提供一种对中国文化的有深度的认识。我们认为,**只有这种有深度的认识才能照亮中国文化的本来面貌。我们希望,这本书能够在国际社会面前展示中国自古以来尊重自然、热爱生命、祈求和平、盼望富足、优雅大度、开放包容、生生不息、美善相乐的人文形象。**

对于中国文化的这种有深度的认识,同时也是一种对于中国文化的新的认识。例如:在讲孔子时突出他的天人之学和人生境界的学说,在讲孙子兵法时强调他的战略思想和"慎战"的警告,在讲禅宗时突出当下的直接的体验,在讲天坛时突出对于天的敬畏和感恩,在讲盛唐气象时突出中国文化的开放性和包容性,在讲丝绸之路时突出文化的交会,在讲郑和下西洋时突出"共享太平"的外交方针,在讲万里长城时分析"隔离中的融合",在讲佛像时突出它们的微笑,在讲京剧时突出"角儿"的表演,在讲唐诗时突出它们的文化内涵和美感特点,在讲宋词时突出讲它们是宋代文人的人格性情、生命情调、心灵节奏的直接的表现,是一种最心灵化的艺术,在讲清明上河图时突出汴梁老百姓的安乐和谐、快活热闹的气氛,在讲围棋时突出在竞争中营造共同生存的格局,以及在书中设专门一章讲中国文化中的生态意识,等等,这些都显示了我们对中国文化的新的认识。**这些新的认识不是外加的,是中国文化本来具有的,但是过去有的没有被发现,有的没有被注意,有的没有被重视。**在这个意义上,这本书区别于过去那种单纯的普及读物,它

## 三六、《中国文化读本》的追求：显示中国文化的内在精神，显示老百姓的心灵世界

是体现新的思想、新的认识的普及读物。这些新的认识，是我们对于学术界新的研究成果的一种综合（例如孔子的天人之学就是研究中国哲学的学者近些年来的新的概括，人生境界学说则是冯友兰先生几十年来一直强调的，近来张世英先生也一直在谈这个问题），当然其中也包含作者自己的某些研究成果。

过去有一种流行的观念，认为普及读物就是用浅显的文字向读者介绍一些最基础的知识，因此写普及读物不需要学术背景。这种观念是不全面的。一个学科的基础知识有时和这个学科的前沿研究成果有紧密的联系，因此普及读物不仅要求文字浅显，要求可读性强，而且也要求有学术含量，要体现学科前沿的研究成果。正因为这样，所以要写好一本普及读物是很不容易的。当年朱光潜先生写的《谈美》，朱自清先生写的《经典常谈》，都不仅是文字生动有趣、浅显易晓，而且体现了当时最前沿的研究成果。这些著作，灌溉了一代又一代青少年读者的心灵。**这些前辈学者的范例告诉我们，一方面，普及读物不能写成艰深的学术著作，因为写成艰深的学术著作就难以普及；另一方面，普及读物又不能没有学术含量，因为没有学术含量就失去了普及的意义。**

这本《中国文化读本》的重点当然是展示中国古代灿烂的文化和古代中国人的精神世界。从这个意义上说，这本书属于历史的范畴。但是对于任何历史的介绍都必须经过当代人的解释，而任何对历史的解释都必然带有当代性。如果对中国文化的介绍完全

排除当代的解释,那就会变成一堆死的材料,变成一本"编年史"。克罗齐说过,"历史是活的编年史,编年史是死的历史"。死的材料是有用的,但只对少数学者有用,广大读者不会有兴趣。**对中国文化的介绍,必然体现一种根植于当代社会和当代文化的"时代精神"和"现代眼光"。**在有着几千年历史的中国文化中,展示什么,突出什么,挖掘什么,以及怎么描述,怎么理解,所有这些都显示当代人的眼光,显示当代人的情趣。所以李岚清同志在序言中说,**这本《中国文化读本》在向国际社会展示中国古代灿烂的文化和古代中国人的精神世界的同时,也展示了当代中国人的广阔、平和、开放、包容的内在心境和纯净、优雅的情趣。这就是《中国文化读本》的当代性。**

## 三七、《文章选读》：提倡简洁、干净、明白、通畅、有思想、有学养、有情趣的文风

在长期的教学过程中，我深感我们现在的大学生、研究生不太善于写文章。最常见的毛病，从文字来说是不简洁、不准确、不通畅，从内容来说是不善于提炼思想，没有情趣。这样的文章读起来就没有味道，有时叫人读不下去。很多学生不会写文章，可是又不注重学习写文章。所以我一有机会就和同学们强调写文章的重要性，提醒同学们要重视学习写文章。我自己平时发现有的文章写得很好，就想把这些文章推荐给同学们去读。时间长了，我就产生了编一本《文章选读》的想法。我想编这么一本书，给大学生读，也给研究生读，因为现在很多研究生也不大会写文章。同时也可以给高中生读，我想从高中就应该开始重视学习写文章。

这个想法我二十多年前就有了。大约十八年前，我准备动手做这件事。当时我给一些朋友（主要是北大的教授，也有外校的）写了一封信，说了我的想法，请他们推荐一些好的文章。这些朋友

中一大部分给我写了回信,对我的想法表示极为赞赏,并且推荐了一批书目。有的朋友极为认真,不仅开了详细的书目,而且把这些文章都复印出来拿给我。有的朋友把他过去参与编选的散文选集拿来给我参考。但是因为当时我的时间被别的事占去了,这件事只开了一个头,没有做下去。这一搁就是十八年。2011年我下决心动手完成这项工作。除了教学及其他一些重要任务,我全部时间都投进这项工作。

我要把这本《文章选读》编成怎样一本书?

现在书店里也有很多文选。主要是两类。一类是抒情散文,如《梁实秋散文选》《林语堂散文选》等。这一类文选的缺点是面太窄,我们平时写文章并不限于抒情散文。还有一类是《大学语文》的读本。这类读本多数是按文学史的线索,从《诗经》开始选,诗歌、小说占了很大比重,《左传》《国语》等先秦的文章也占了很大的比重。这些文章对提高学生的文学修养当然很有帮助,但对学生写文章的直接帮助似乎不大。《大学语文》的读本不应该编成文学史读本、人文读本、文史知识读本,20世纪40年代朱光潜先生曾写文章说过这个道理。我编的这本《文章选读》区别于这两种文选。我选的文章从类别上说面比较宽,不仅有抒情散文,还包括学术论文、各类评论文章、短论、杂感、游记、风俗画、知识小品、人物回忆、艺术鉴赏、书信、讲演辞等等。因为我们的大学生、研究生、教师、研究人员和各级公务员,都要写学术论文和各种评论文章,

## 三七、《文章选读》：提倡简洁、干净、明白、通畅、有思想、有学养、有情趣的文风

也要写其他各种类型的文章。按照这样的编选方案，我们这本《文章选读》选的文章的面就很宽了，读者的眼光也就放开了。

编这本《文章选读》，主要是要选出真正的好文章。我这一年的时间精力主要放在这方面。第一阶段我选出了120多篇文章，后来一次一次地删减和增添，最后选定了76篇，主要是我国现当代作者的文章。古人的文章和国外作者的文章也少量选一些，主要选那些已经成为经典的文章和某些富有启发性的文章。

有些文章，我当年读到时留下深刻的印象，这次把它们找来重读，我的感受有些变化，感到深度不够，或者厚度不够，好像经过风吹日晒，它们的光彩变得黯淡了。这使我体会到，在多数情况下，文章会有时代局限。时代变了，它们不再吸引人了，不再激动人了。当然也有的文章经得住风吹日晒，它们有一种超时代的价值，有一种超历史的美。

我国历史上有不少人编过文选，他们编文选的一个目的是要提倡一种文风，提倡一种趣味，用朱光潜先生的话来说，是要"造成一种新风气"。我们今天编文选也有这个作用。我想提倡的文风是简洁、干净、明白、通畅、有思想、有学养、有情趣。根据这个标准，"五四"以来一些在我看来最能体现这种文风的前辈学者的文章，特意多选了几篇。他们的文章的格局和气象都非一般人能及，有一种超越时代的美。我相信，他们的笼罩百家的胸襟，光风霁月的气象，高远平和的精神境界，一定会给读者朋友留下不可磨灭的

印象。出于同样的考虑,有几位当代学者(作家)的文章我也特意多选了几篇。我盼望,在这些前辈学者和当代学者(作家)的影响和启发下,读者朋友能有意识地去追求那种简洁、干净、明白、通畅、有思想、有学养、有情趣的文风,注重拓宽自己的胸襟,涵养自己的气象,提升自己的精神境界,从而远离当下某些人传播的装腔作势、义瘠辞肥、自吹自擂、存心卖弄、艰深晦涩、空洞无物,以及武断、骄横、偏狭、刻薄、油滑、谩骂等低级趣味和鄙俗文风。

这就是说,我编选这本文选,目的不仅是引导读者去追求写出一手好文章,更在于引导读者去拓宽自己的胸襟,涵养自己的气象,提升自己的精神境界。文风问题,趣味问题,不仅是一个文章技巧的问题,更重要的是人的胸襟、气象和精神境界的问题。

例如,在学术论文这一部分,我选了闻一多、朱自清先生的文章。你看闻一多的文章,那么有深度,又那么有情趣,笔墨歌舞,异彩纷呈。你看朱自清的文章,那么有学养,又写得那么明白通畅,如天际白云,舒卷自如。对照一下我们现在有些人写学术论文,皱着眉头,板着脸孔,抄了一大堆材料,没有自己的思想,文章死气沉沉,读者昏昏欲睡。我们要引导大学生把自己的目光转向闻一多、朱自清这些前辈学者,向往他们的境界,追求他们的境界。

我选了冯友兰先生的文章。当年朱自清先生就说过,为了写好学术论文,多读、细读冯友兰先生的著作极有益。冯先生善于对讨论的问题一层一层地分析,细密而不烦琐,清晰而不空疏。朱先

## 三七、《文章选读》：提倡简洁、干净、明白、通畅、有思想、有学养、有情趣的文风

生指出，冯先生的《新世训》对一些重要概念的含义"逐层演绎"、"精彻圆通"，"极见分析的功夫"。所以他认为，"高中二三年级和大学生即使只为学习写作，也该细读本书"。

我选了陈寅恪先生的文章。季羡林先生说过，陈寅恪先生学贯中西，熔铸古今，"他不用僻书，而是在人人能读、人人似能解的平常的典籍中，发现别人视而不见的问题"，"他这种本领达到了极高明的地步，如燃犀烛照，洞察幽微"。

我也选了当代学者的一些学术论文，这些文章，概念清晰，论证周密，语言简洁，平心静气，没有武断，没有卖弄，没有废话，我想它们可以看作是学术论文的范本。

在短论、杂感这一部分，古人文章中精彩的很多，我选了韩愈、柳宗元、金圣叹、纪昀的文章。纪昀的《阅微草堂笔记》中有许多精彩的短文章，我原来选得比较多，因为篇幅限制，只保留两篇，其中《无功即有罪》语言极简洁、思想极有深度。像《无功即有罪》这篇文章，还有金圣叹的《说高佻》这篇文章，在一般文选中是见不到的。当代作家中我选了李国文、陈四益的文章，这两位的文章原来也选得比较多，也因为篇幅所限，只保留了几篇。他们的文章也是语言极简洁、极生动，而思想极有深度。还选了画家韩羽的文章，他的文章眼光独到，又很有情趣。

艺术鉴赏这一部分，我选了俞平伯、熊秉明的文章。俞平伯论《红楼梦》真是精深微妙。我们看《红楼梦》都知道《红楼梦》写得

好,读了俞平伯的文章,我们才知道《红楼梦》好到何等的地步。曹雪芹"文心"的细微神妙处都被俞先生一一照亮。熊秉明论蒙娜丽莎的文章也是神妙之极,如果不是像熊先生这样集艺术家、哲学家、文学家于一身的人,绝不可能写出这样神妙的文章。

艺术鉴赏部分我还选了孟晖的两篇文章(其中一篇列入风俗画部分)。孟晖是当代比较年轻的一位学者。她的文章的特色,是通过对古代文献、实物、图像的考察和考证,把早已湮灭的古人的生活场景和生活情趣加以复活,同时又和唐诗宋词联系起来,使唐诗宋词中那些今人陌生的词句,恢复生气,恢复生命,感动当代人的心灵。孟晖文章中常常征引古代文献,但并不呆滞、沉闷,她的文字清润流畅,有春水方生气象,给读者带来一种愉悦。

20 世纪 90 年代研究散文的人提出有一种"学者散文",但他们举出作为例证的文章有一些却显得肤浅做作,没有学术的根底,令人厌倦。我想孟晖的文章可以称得上是"学者散文"。

艺术鉴赏我还选了论莫扎特和贝多芬的两篇文章。论莫扎特那篇指出,莫扎特的美是永远纯洁、永远平静、永远像天使般温柔的美,闪耀着圣洁的精神的光辉;论贝多芬那篇指出,贝多芬启示我们放下心灵的负担,了解生存于这个世界的意义。这两篇都是写得极好的文章。

在书信部分,我选了曹操的《与孙权书》。那是一封战书,只有短短三十个字,气定神闲,雍容大度,那种气象在古人中确实很少

## 三七、《文章选读》：提倡简洁、干净、明白、通畅、有思想、有学养、有情趣的文风

有人能及。书信部分还选了郑板桥、胡适、傅雷的信。傅雷的三封信都是从《傅雷家书》中选来的。《傅雷家书》很有名，那是一本关于审美教育和人生修养的难得的好书。我愿每一位中学生和每一位大学生都仔细读一读这本书。读这本书，可以使我们懂得什么是爱，懂得什么是艺术，懂得一个真正有文化、有修养的人是一种什么样的精神境界。

大科学家的文章我选了杨振宁和爱因斯坦的文章。杨振宁回忆邓稼先的文章，有一种历史的高度，我们读这篇文章只觉得眼前一片光华灿烂。杨振宁关于"美与物理学"的讲演，有一种难以言说的非凡的气象。爱因斯坦的书信、讲演和文章，总是那么简洁，又那么深刻，并且使人感到有一种来自宇宙高处、深处的神圣性，有如巴赫的管风琴作品发出的雄伟声音。我们从爱因斯坦的书信、讲演和文章中，可以体味到他的俯仰宇宙的胸襟，光风霁月的气象，高远平和的精神境界，使我们受益无穷。

我在入选的每篇文章后面用"编者按"的形式写了简短的评语。每则评语的角度不同，但总体上都是体现我在《前言》中所说的编选宗旨，就是引导读者去追求那种简洁、干净、明白、通畅、有思想、有学养、有情趣的文风，注重拓宽自己的胸襟，涵养自己的气象，提升自己的精神境界。

在文选的最后，我列了一个《延伸读物推荐书目》，从如何写好文章的角度推荐了十二部经典著作和名著。这个书目我在二十多

年前就开列出来了,这次做了增删,重新写了内容简介,这些简介同样也是贯穿上面说的这本《文章选读》的宗旨,希望这些著作有助于读者进一步加深文化修养和艺术修养,培养健康、高雅、纯正的趣味和格调,写出好的文章。

最后归结一句话,希望这部《文章选读》能在我们的大学生和中学生中,在我们的文化界、教育界、学术界,造成一种新的风气。

# 三八、"美学散步文化沙龙"：
# 燕南园的灿烂星空

从 2009 年开始，我在北京大学燕南园里举办"美学散步文化沙龙"。开始我请甘子钊院士（当时担任物理学系主任）和我一起主持这个沙龙，后来甘子钊先生工作太忙，就没有再请他参加。从 2013 年 11 月开始，我请艺术学院的顾春芳教授和我一起策划和组织美学沙龙。

这是一个小规模的沙龙，每次邀请学术界、艺术界的朋友二十多人参加。这个沙龙已经举办了二十多期。许多著名的科学家、艺术家都应邀参加过我们的沙龙。古琴家李祥霆曾在沙龙用唐代古琴"九霄环佩"（公元 756 年制作）演奏《故乡明月》、《春雨江南》、《幽兰》、《流水》，北京舞蹈学院的舞蹈家曾在沙龙表演古典舞《反弹琵琶》。

文化沙龙定名"美学散步文化沙龙"，是因为宗白华先生的《美学散步》一书在文化界和学术界有很大的影响，"美学散步"四字也有很深的文化内涵和浓厚的诗意。很多大科学家都认为,美学不仅与人文、艺术有关,而且也与科学、技术有关,美学可以沟通文理。

我们的沙龙营造一种自由、活泼、宽松的文化氛围,大家喝茶、喝咖啡、听琴、品香,讨论艺术、科学、哲学、文化的各种有趣的问题,引发参加沙龙的朋友们去追求一种更有价值、更有意义、更有情趣的人生,从而提升我们的人生境界。冯友兰先生说过,从表面上看,世界上的人是共有一个世界,但是实际上,每个人的世界并不相同,因为世界对每个人的意义并不相同。所以说,每个人有自己的世界。也就是说,每个人有自己的境界。世界上没有两个人的境界是完全相同的。张世英先生认为,哲学的功用就是提升人的人生境界。他借用王阳明所说的"人心的一点灵明"来说明人生境界。人与动物不同,就在于人有这点"灵明"所照亮的有意义的世界。

我们的目的是想把北大校园的文化氛围、艺术氛围、学术氛围进一步搞浓。一所大学有浓厚的文化氛围、艺术氛围、学术氛围,培养出来的学生就会很不一样。

我们的目的还想把整个社会的文化氛围、艺术氛围、学术氛围进一步搞浓。中华民族在21世纪要实现伟大复兴,需要整个社会有一种浓厚的文化氛围、艺术氛围和学术氛围。

一所大学,特别是北大这样的大学,一个重要的文化使命,就是要引导大学生，同时也引导整个社会，有一种高远的精神追求，追求高远的精神生活。这种精神追求使我们的人生具有意义。这种精神追求给我们的人生注入了一种严肃性和神圣性。

举几个例子。

第一个例子是 2013 年 11 月 23 日，我们举办了一次博物学沙龙，题为"观天地生意，赏博物之美"，这次沙龙请了三位学者讲演。北京大学的吕植教授，他们在极端艰苦的条件下从事野生大熊猫和雪豹的保护。影像生物多样性调查所的徐健所长，他们在雪山和边境地区通过摄影、摄像从事动植物稀有品种的调查，所拍摄的影像资料，既有很高的科学价值，也是难得的艺术品。北大哲学系刘华杰教授介绍俄裔美国文学家纳博科夫在蝴蝶分类方面的贡献。纳博科夫小说写得好，蝴蝶分类也有成就，刘华杰认为这样的人身上有一种高贵的气质。我赞同他这个说法。俄国 19 世纪那些伟大的思想家、文学家、艺术家为什么那样吸引我们？我想一个原因就是他们身上有一种高贵的气质。我们这个时代应当提倡高远的精神追求，高尚的理想，高贵的气质。

第二个例子是 2014 年 11 月 30 日，我们举办了一个题为"美感的神圣性"的美学沙龙。张世英先生、杨振宁先生、杜维明先生以及潘公凯、丁方等著名学者、艺术家在这次沙龙发表讲演。

"美感的神圣性"向我们揭示了对于至高的美的领悟和体验，是自由心灵的一种超越和飞升，闪耀着一种神性的光辉。对至高的美的领悟不应该停留在感性的耳目之娱,而应该追求精神体验和灵魂超越,在"天人合一"、"万物一体"的境界中,得到一种神圣的体验。

"美感的神圣性"可以来自不同的方面,但它们有一些共同点:都是一种灵魂的颤动,都指向一种终极的生命意义的领悟,都指向一种喜悦、平静、美好、超脱的精神状态,都指向一种超越个体生命有限存在和有限意义的心灵的自由境界。在这个时候,人不再感到孤独,生命的短暂和有限不再构成对人的精神的威胁或者重压,因为人寻找到了那个永恒存在的生命之源。

在神圣性的体验中包含着对"永恒之光"的发现。这种"永恒之光"是精神之光,是内在的心灵之光。这种精神之光照亮了一片原来平凡的世界,照亮了一片风景,照亮了一泓清泉,照亮了一片森林,照亮了一段音乐,照亮了一首诗歌,照亮了霞光万道的清晨,照亮了落日余晖的归帆,照亮了一个生机勃勃的世界,照亮了一个平凡世界的全部意义,照亮了通往这个意义世界的人生道路。这种精神之光、心灵之光,向我们呈现出一个最终的美好的精神归宿。这是"美感的神圣性"所在。

领悟"万物一体"的智慧是催生神圣性美感体验的基点,又是实现"天人合一"精神境界的终点。"万物一体"的境界是人生的终极关怀所在,是人生的最高价值所在。"万物一体"的境界是美的根源,也是美的神圣性所在。

我们今天讨论"美感的神圣性"的意义何在呢？就是张世英先生说的，我们要赋予人世以神圣性。基督教的美指向上帝，我们的美指向人生。美除了应讲究感性形象和形式之外，还应该具有更深层的内蕴。这内蕴根本在于显示人生最高的意义和价值。我非常赞同张世英先生的这种见解。日常生活的万事万物之中包含着无限的生机和美，现实人生中存在着一种绝对价值和神圣价值，而每一个人与这个"无限的生机和美"、"绝对价值和神圣价值"正是不可分离的整体。这种绝对价值和神圣价值的实现不在别处，就存在于我们这个短暂的、有限的人生之中，存在于一朵花、一叶草、一片动人无际的风景之中，存在于有情的众生之中，存在于对于个体生命的有限存在和有限意义的超越之中，存在于我们自我心灵的解放之中。历史上许多大科学家、大哲学家、大艺术家都坚持在现实生活中寻找人生的终极价值，追求美的神圣性。科学家追求美的神圣性，杨振宁先生讲得最好。杨振宁先生说，研究物理学的人从牛顿的运动方程、麦克斯韦方程、爱因斯坦狭义与广义相对论方程、狄拉克方程、海森堡方程等这些"造物者的诗篇"中可以获得一种美感、一种庄严感、一种神圣感、一种初窥宇宙奥秘的畏惧感，他们可以从中感受到哥特式教堂想要体现的那种崇高美、灵魂美、宗教美、最终极的美。艺术家追求的美感的神圣性，贝多芬是一个伟大的代表。《第九交响乐》就是心灵的彻悟，《欢乐颂》是超越了生命的本体，超越了此岸世界和彼岸世界的终极的欢乐。贝多芬的音乐启示我们,在经历命运的磨难之后,抬起眼睛,朝着天空,歌颂生命,放下心灵的负担,了解生命的意义,了解我们生存于这个世界的意义。

按照我的体会,一个有着高远的精神追求的人必然相信世界上有一种神圣的、绝对的价值的存在。他们追求人生的这种神圣的价值,并且在自己的灵魂深处分享这种神圣性。正是这种信念和追求,使他们生发出无限的生命力和创造力,生发出对宇宙人生无限的爱。在我们当代中国寻找这种具有精神性、神圣性的美,需要有一大批具有文化责任感的学者、科学家、艺术家立足于本民族的文化积累,做出反映这个时代精神的探索。

第三个例子是2015年6月20日,我们举办了一次关于宋代城市居民的生活世界和生活情趣的沙龙,由中国社科院文学研究所研究员扬之水主讲,讲演题目是《宋墓出土文房器用与两宋士风》。

扬之水的讲演告诉我们,中国古人在日常生活中有一种审美的追求,有一种优雅的、精致的审美趣味。国内外的美学家、艺术家都在讲日常生活的审美化,其实中国古人,比如说宋代城市的平民,从文士阶层到民间,就有一种审美的追求。宋代的城市文化很发达,有人认为,宋代的城市带来一种新的都市空间结构,汴京开启了中国近世都市的模式,都市生活日渐平民化、世俗化、商业化、娱乐化等。有一个材料说,北宋中期有一百七十多个行业,在街头可以吃到五六十种小吃。美国的《生活杂志》1998年选出1000年

三八、"美学散步文化沙龙"：燕南园的灿烂星空

中间影响人类生活最深远的 100 件大事,这 100 件里面第 56 件是中国宋代的饭馆小吃和快餐服务,那个时候有快餐服务,扬之水的演讲中就讲到饭店还可以送花。宋代都市的文化很繁荣,夜市也很发达。从扬之水的讲演我们可以发现,宋人在感性的欢乐之中,还追求着一种优雅、精致的生活品位和美感世界,就连耳环那么小的一件首饰里都包含着那么丰富的文化内涵。这是一种高雅的、精致的审美趣味,而不是一种低俗的趣味。这说明我们中华民族从来就是一个有文明修养的民族。**我们要发现、要照亮中华民族历史上这种高尚的精神追求和优雅精致的审美品位。在我们当代社会生活中,在我们当代日常生活审美化的潮流中,我们也要提倡高尚的精神追求和优雅精致的审美趣味,要抛弃那种不文明的陋习,抛弃庸俗的低级趣味。**

扬之水的讲演还给我们一个启发,我们对古代的文化研究,如何把物质层面和精神层面融合到一起。扬之水的研究中有大量物的考证,对古代器物的研究,但是她的特色在于通过物的考证来呈现古人的精神生活,呈现中国人的审美情趣,中国人的美感,中国人的心灵世界。比如文房四宝,呈现的是中国人的一种审美趣味,一种心灵世界,一种人生的寄托。这种研究很有价值,通过对古代文献实物的考察考证,复活已经消失了的古人的生活情趣,把器物的考证和古代诗词的研究结合在一起,复活已经消失了的古代人的精神世界。我们看到有一些西方的学者或者汉学家,他们讲中

国古代的一些文物、器物、艺术品往往停留在器物层面,停留在器物的考证,而把器物背后的文化内涵、精神内涵抽掉了,他们是研究纯粹的物。这在我们看来似乎有点问题。因为中国人的艺术是最心灵化的艺术,你把精神层面抽掉它就不是艺术了,没有意思了。

在这次沙龙中,潘公凯教授的发言提出一个很好的问题,就是在中国文化传承、中国文化繁荣的历史中,中国文人到底起什么作用。以前没有人提到这样的问题。文人和中国知识分子的概念不完全是一个概念。这是值得研究的问题。他讲到西方教士担负着文化的传承,中国没有教士阶层,那么文人到底起到什么作用。他以黄宾虹为例,提出中国文化人的精神空间承载着自己生命的存在。中国的文人在中国文化繁荣发展的几千年中到底起什么作用,中国文人怎么来营造自己的精神空间,确认生命存在的意义,确实值得研究。

参加美学沙龙的朋友们都感觉到,在每次沙龙的讲演后面,都闪耀着一种精神的光芒,一种对高远的精神境界的追求。美学沙龙的这种精神氛围,使他们感受到一种人生的神圣性,使他们感受到,燕南园依旧笼罩在康德讲的灿烂星空的神圣光照之下,北京大学由蔡元培开创的人文传统没有中断。燕南园海棠依旧。

# 三九、利用网络平台,建设一种新型的人文艺术通识课

从 2014 年开始,在教育部体卫艺教司的引领下,我和北大艺术学院的几位老师策划开设了一门"艺术与审美"网络共享学分课,这是一个系列课程,一共包括五门课程:

(一)"艺术与审美"

(二)"昆曲经典艺术欣赏"

(三)"伟大的《红楼梦》"

(四)"敦煌的艺术"

(五)"世界著名博物馆艺术经典"

这门系列课程是由教育部体卫艺教司和北京大学的校长提议,由北京大学艺术学院具体组织,由一家互联网企业全程服务支持。所以,这门课体现了政府引领、大学策划组织以及与互联网企业合作的新的教学改革模式。

我们开设这门网络共享课程,是为了适应高科技时代的形势,

充分利用网络平台，推动优质教学资源的社会共享，推进教育公平。这门课程采用了"线上＋线下"的混合式教学模式，打破了固定时间、地点、人数的教学限制，充分体现了互联网背景下的信息技术与教育深度融合的课程新形态。每门课学生每学期自主学习30学时的在线视频教程，此外还开设了6次12学时的全国跨校直播互动见面课。学生反响非常热烈。课程考核采取在线学习、跨校课堂表现、期末作业分别占比的形式，这有利于学生全面素质和能力的培养。在教学过程中，互联网企业会为每个学校提供实时教学质量报告，帮助学校进行教育质量的督导；每学期运行结束都提供细致的大数据分析，为课程在线教程的改进提供有力的数据支持。

这种混合式共享课在互联网上面向全国高校开课，覆盖面极大。过去我们在学校里开通识课，一门课选课人数最多五六百人，可是现在"艺术与审美"这门课，选课学生来自600多所大学，超过16万人，很多是边远地区院校的学生。我们看到了互联网时代的优势。

这门课程利用互联网，在全国范围我们影响所及的高校中营造传承中华优秀传统文化、弘扬中国精神的浓厚氛围。我们讲昆曲，讲《红楼梦》，讲敦煌，因为昆曲是中国传统艺术的经典，因为《红楼梦》是中国古典小说的高峰，因为敦煌是中国文化艺术的宝库。总之，我们要引导我们的大学生熟悉和热爱我们民族的艺术经典和文化经典,加深他们对"中华文化独一无二的理念、智慧、气度、神韵"的认识和体验,深化他们的中国文化的根基意识。

这门系列混合式课程在推进优质教学资源共享方面迈出了重大步伐。这个系列课程由北京大学牵头,但讲课教师除北京大学的学者,还有清华大学、中国人民大学、中央美术学院、北京舞蹈学院等著名高校的二十多位学者,还有王蒙、白先勇、蔡正仁等文化界的著名学者和艺术家,还有樊锦诗、王旭东等长期在敦煌工作的学者。很多人说,一门系列课程能邀请到这么多著名学者和艺术家来讲课,真的很少见。这表明你们充分发挥了北京大学所具有的学术影响力和学术优势,同时,集中邀请这么多著名学者和艺术家来讲这门网络共享课,也更充分地体现了优质教学资源共享、促进教育公平的理念。

这门课的内容一方面力求体现普及性和趣味性,讲课力求清晰、生动,传播基础性的知识,同时又力求体现学术性,要传播新的知识,要有新鲜感,要融入学科前沿的研究成果。所讲的题目都是授课学者长期研究的成果的精华。为了组织这门系列课程,我们下了很大的功夫。例如开设《红楼梦》课程之前,我们先后召开了全国范围的多次红学研讨会。又如"昆曲"课程,自 2009 年开始就在北大开设了"昆曲经典艺术欣赏"课程,至今已持续八九年,而网络课程就是在这个基础上开设的。又比如"敦煌"课程,我和艺术学院的老师于 2014 年和 2016 年暑期先后两次到敦煌研究院,和樊锦诗等敦煌学者共同研讨这门课的具体实施方案,这门课可以说汇集了目前中国敦煌学研究领域的顶尖学者。

这门课在传播人文艺术知识的同时,还注重传播健康、高雅、纯正的趣味和格调,引导大学生有一种高远的精神追求,引导大学生提升自己的人生境界,去追求一种更有意义、更有价值、更有情趣的人生。这是我们的系列课程在设计和组织时,反复强调的宗旨。

这门系列共享课程得到了教育部和兄弟院校的有关领导的肯定和赞扬,2018年获得北京市教学成果特等奖。

大家知道,恩格斯说过一段很有名的话。恩格斯说,文艺复兴"是一个需要巨人而且产生了巨人——在思维能力、热情和性格方面,在多才多艺和学识渊博方面的巨人的时代"。恩格斯这段话对我们当今的人才培养非常有启发。过去在大学教育中,我们往往忽视心灵的教化和人格的培养,我们不注重引导青年去寻求人生的意义和价值,古典课程、人文课程、艺术课程受歧视,人的创造力、想象力被压抑,人的道德感、审美感得不到启迪。而恩格斯的"巨人"的概念,首先是说"思维能力",接着说"热情和性格",接着说"多才多艺和学识渊博",这就使我们的眼光从专业知识和技能的遮蔽中解放出来。我们现在是处在一个中华民族伟大复兴的时代,我们这个时代和文艺复兴的时代有某种相似的地方,我们这个时代也是一个需要巨人并且产生巨人的时代,我们这个时代呼唤学术高峰，呼唤学术巨人，呼唤"立时代之潮头，通古今之变化，发思想之先声"的大学者、大思想家、大艺术家、大科学家、大政治家、大企业家。我想，这正是我们的大学的历史使命。我们要通过人文艺术教育和科学教育，通过在我们的大学中营造浓厚的文化氛围、艺术氛围、科学氛围，包括利用互联网的平台，使我们的大学生普遍具备优良的素质。中外的教育史都证明，一所大学如果十分重视美育和人文艺术教育，那么它所培育出来的学生总是更富有活力，更富有创造力，更富有进取精神，具有更开阔的胸襟和眼界，具有更深刻的人生体验，具有更健康的人格和更高远的人生境界。而这种普及全体大学生的素质教育，正是为培养时代所需要的巨人提供土壤，提供精神、性格、胸襟、学养等方面的基础条件，以期产生时代所需要的巨人。

建设这个"艺术与审美"系列网络共享课，利用互联网的媒介，在大学生中加强艺术教育和人文教育，是我们回应时代呼唤的一种尝试。

# 四〇、和季羡林先生的一次长谈：
# 加强艺术教育的迫切性

季羡林先生和我长谈的机会并不多，但季先生赞扬过我好几次。

第一次是季先生看了我写的《中国美学史大纲》，他在大轿车上当面对我说："你的《中国美学史大纲》我看了，写得很好！写中国美学史，这本书好像是第一本吧！"

第二次是北大成立艺术学系之后，我担任系主任，并策划建立北京大学书法艺术研究所，向季先生报告此事，季先生十分高兴。他在2002年3月22日北大艺术学系召开的"弘扬京昆艺术、书法艺术研讨会"上做了一个书面发言。他说在北大成立"书法艺术研究所"是一个"英明之举"。他说北大要提倡"学者书法"，"学者书法不仅讲求书法的典雅清正，而且要求书法具有深厚的文化意味，学者书法不仅是艺术，而且是文化，同时也是学者对汉文字的美化和文化化"。"从学者书法的作品中可以看到学者的文化修养和宽宏眼界。好的书法给人精神和身体带来双重好处,使学者身心健康。看怀素草书使人心花怒放;看邓石如书法,惊心动魄;看吴昌硕墨荷的笔墨,精神和身体双重振动!"

第三次是季先生有一次对中文系的一位教授说:"叶朗是为北大干事的,而有一些人是专门吃北大的!"季先生说的"叶朗是为北大干事的",这当然是对我的鼓励,后面再说。这里先说一下"有一些人是专门吃北大的",这也是事实。我可以举两个浅层次的例子。一个例子前面已经说过,我们当学生吃包伙时,在大饭厅吃饭,周围吃饭的同学并不都认识。海淀街道一位女子就混进大饭厅吃了一年的饭,这是"吃北大",当然是浅层次的。再一个例子,是1965年,农村开展"四清"运动,城市开展"五反"运动。北大当时是"五反"的试点单位(后来因为"文化大革命","五反"试点就停止了)。在"五反"试点中,发现这么一件事。当时学生食堂的炊事班长的家在青龙桥(颐和园旁边),他儿子结婚,办了三天宴席,所有的米、面、肉、蛋,都是从北大学生食堂的仓库拉去的。不仅如此,所有做饭的师傅都是北大食堂的炊事员。还不仅如此,所有的桌子、板凳,都是从北大的大饭厅拉出去的。所以北大大饭厅一开始桌子、板凳很齐全,慢慢地,就越来越少,散到海淀的"寻常百姓家"去了。这也是"吃北大",当然这也是浅层次的。深层次的"吃北大",是借着在北大的职务便利,捞取各种好处,谋取各种利益。那就更厉害,就不举例子了。

第四次就是 2008 年 4 月 18 日，当时季先生在 301 医院住院治疗，我和艺术学院彭吉象、丁宁二位教授去医院看望他。季先生和我们进行了一次长谈，这是过去从来没有过的。

这次看望季先生的起因是教育部艺术教育委员会和教育部体卫艺教司组织了一次农村中小学艺术教育状况的调查。这次调查去了 5 个省、15 个县、35 个乡镇。调查状况表明，在全国农村中小学，艺术教育普遍不被重视。据这 15 个县的抽样调查，农村中小学音乐、美术的开课率平均不到 40％。小学六年级、初中三年级，以及高中各个年级基本上不开设音乐、美术课。农村中小学专职音乐、美术教师，人数只占全体教师的 2.4％，平均每两所中小学才有一名音乐或美术教师。80％的农村中小学没有音乐、美术教室，很多学校没有一件像样的音乐、美术教学器材。所调查的学校，很少有学生能够完整准确地把国歌唱下来。有的学生在调查问卷上写道："我们已经很久没有上音乐、美术课了，**校园里没有歌声。**"有的学生写道："请北京的领导，爷爷、叔叔们发个话吧，别让我们只是写作业、做练习题，让我们快乐地成长吧！"这种状况使人忧虑。艺术教育委员会起草了一份给中央的报告，建议中央发布一个在农村中小学加强艺术教育的文件。我建议这个报告请钱学森、季羡林两位学者签名送中央，因为他们两位一直主张加强学校的艺术教育。教育部体卫艺教司的领导同意我的这个建议，他们要我去请季先生签名。所以我们就通过季先生的秘书杨娟女士约了季先

## 四〇、和季羡林先生的一次长谈：加强艺术教育的迫切性

生见面。

我们三人到了301医院，杨娟出来带我们进到季先生住院的病房。杨娟对我们说，季先生听说你们来很高兴，他说："我很高兴和叶朗说话，不过签名就不签了，这一年来找我签名的我一个都没有签。"

我们看到季先生，感到他气色很好。我们给季先生带了一篮子猕猴桃，因为我们知道季先生可以吃这种水果。

我对季先生说明我们的来意，介绍了艺术教育委员会对农村中小学艺术教育调查的情况，然后说我们起草了一个给中央的报告。我们请杨娟老师把这个报告读给季先生听。季先生听得很专注。杨娟读完后，季先生马上说："拿笔来，我签字。"杨娟很惊讶："昨天晚上季先生还说不签字，怎么现在又变卦了！"我对杨娟说："一定是这个报告说出了季先生心里想说的话。"

季先生说："你们做这个调查、写这个报告功德无量。我在德国留学的时候，看到他们小学生每人都学一种乐器，一般是小提琴，再就是钢琴。每天学校放学，小学生就背着一个小提琴到老师家去上课，据说收费很高。小提琴对我们农村的孩子太贵，我们可以学二胡，二胡非常好。有一次我坐大巴，车上播放闵惠芬拉的二胡，我听得如醉如痴。还有汉字的书法，这是中国特有的一种艺术，中小学都可以开书法课。"

我带了我们编的《中国历代美学文库》，季先生为我们这部书

题了字。这部书一共1100万字,19册,我带了两册来给季先生翻一翻。然后我对季先生说,我和朱良志教授决定在北京奥运会前写一本《中国文化读本》,这本书不仅介绍中国文化的知识,而且力求把中国文化的精神,把中国人的心灵世界写出来。这本书除了中文繁、简体字两个版本外,还准备翻译成多种外文出版。现在已经在印了,我们希望这本书能印得很精美。

季先生说:"你做了一件非常值得赞赏的,值得赞扬的大事。"

我说:"我在北大做事一直受到您的鼓励,您一直在鼓励我!"

季先生说:"你这个人的优点是,做事有眼光,有魄力,看准了就干。做事情一定要有这两条,有眼光,有魄力,这两条缺一不行,我觉得你这两条都有。"

杨娟在旁边插话说:"昨天对季先生提到你今天要来看他,季先生就一直在夸奖你呢。"

我们对季先生说,周培源先生原来的住所现在成为北京大学美学与美育研究中心,我们从苏州运来了一块太湖石,又种了十多株樱花,现在丁香花开了,遍地开了二月兰(季先生写过谈二月兰的文章),美得不得了。季先生十分高兴,说等眼睛好了,请杨娟带他去看一看。

本来我们说好是谈半个小时,不知不觉已过了五十分钟。我们就起身向季先生告辞。这次长谈,我们感到季先生思维非常清晰,记忆力也非常好,他对我们来看他十分开心。

# 四一、中华文明的开放性和包容性："和而不同"的哲学

随着中国国力的增强和在国际舞台上的地位日益提高,世界上一些地方出现了一种"中国威胁论"。这种"中国威胁论"和"文明冲突论"纠结在一起,向世界传播一种观念:不同文明之间必然发生冲突,一种处于强盛时期的文明必然殖民、扩张、称霸,输出自己的文化,用自己的文化来消灭、代替异己的文化。如亨廷顿说:"文化几乎总是追随着权力。历史上,一个文明权力的扩张通常是同时伴随着其文化的繁荣,而这一文明几乎总是运用它的这种权力向其他社会推行其价值观、实践和体制。"[①]按照这种观念,中国的崛起意味着西方国家的利益和安全受到了潜在的威胁。

这种"中国威胁论"起源于西方人对非西方文明的误解,其原因既有现实的因素,也有文化和思维模式上的隔膜。西方人根据

---

① 塞缪尔·亨廷顿:《文明的冲突与世界秩序的重建》,周琪、刘绯、张立平、王圆译,第88页,新华出版社1999年版。

自己的历史和文化来解释和他们历史、文化、思维方式不同的人的行为。他们把中国的变革和发展纳入西方曾经经历过的"发展阶段"中去,以此论证中国崛起后必然像他们自己过去那样殖民、扩张和称霸。他们的思维方式是用一种普遍主义来理解"文明",认为人类文明只可能有一条发展道路,也就是他们已经走过的道路。

但是,我一直感到,西方某些学者和政治家的这种思维方式并不符合历史实际。人类文明并不是只有一种模式,也不是只有一条发展道路。我在20世纪90年代,对中国历史上的强盛时期做了一些研究。我看到的材料表明,当中华文明处于强盛时期时,它具有一种开放性和伟大的包容性。它对于外来文明,不是拒绝、冲突,而是尊重、吸纳、包容,求同存异,和谐相处。唐太宗开启的大唐盛世和宋元时期的贸易大港泉州的历史就是很有说服力的例证。我把研究成果写成一篇论文,2014年3月发表于《北京大学学报》。《北京日报》在2014年7月21日转载了这篇文章。

唐太宗开启的大唐盛世在文化上显示出一种开放和包容的态势,当时社会的各个领域都呈现出多元文化的五彩缤纷的景象。

在艺术领域,隋朝的九部乐到唐朝增为十部乐。九部乐、十部乐不仅包含汉族乐舞和新疆地区少数民族的乐舞,而且包含印度、缅甸、柬埔寨等许多外国乐舞。对外来音乐的喜爱从宫廷、贵族传到城市居民各个阶层,所谓"洛阳家家学胡乐",成了一种时尚。五弦琵琶、箜篌、筚篥、横笛、羯鼓等外来乐器也大为普及。① 传为唐玄宗游月宫回来创作的《霓裳羽衣曲》，其实是来自西凉的《婆罗门曲》，经唐玄宗改编而成，②因此应该看作是汉乐和胡乐融合而成的一项艺术成果。

和"胡乐"相伴的是"胡舞"，其中最有名的是胡旋舞（来自康国③）、胡腾舞和柘枝舞（来自石国④）。白居易和唐代许多诗人都描绘过胡旋舞。⑤ 当时在宫廷中经常表演"胡乐"和"胡舞"。据记载，舞蹈家谢阿蛮进宫表演胡舞时，"宁王吹玉笛，上（李隆基）羯鼓，妃琵琶，马仙期方响，李龟年筚篥，张野狐箜篌，贺怀智拍板。自旦至午，欢洽异常"⑥。伴奏的这些乐器多数是外来的胡乐器，而演奏者都是当时最高水平的音乐家。唐玄宗李隆基吹奏玉笛和敲击羯鼓

---

① 琵琶来自印度与波斯。箜篌来自印度。筚篥来自波斯，本名悲篥，声悲。李颀《听安万善吹筚篥歌》："南山截竹为筚篥，此乐本自龟兹出。流传汉地曲转奇，凉州胡人为我吹。"横笛是羌笛的演化，最早流行于印度，后传入我国西北与西南羌族地区。王之涣《凉州词》："羌笛何须怨杨柳，春风不度玉门关。"见杜道明：《盛世风韵》，第174页，河南人民出版社2000年版。
② 王灼《碧鸡漫志》卷三："《霓裳羽衣曲》，说者多异，予断之曰：西凉创作，明皇润色，又为易美名。其他饰以神怪者，皆不足信也。"
③ 今乌兹别克斯坦共和国撒马尔罕一带。
④ 今乌兹别克斯坦共和国塔什干一带。
⑤ 如白居易的《胡旋女》："胡旋女，胡旋女，心应弦，手应鼓。弦鼓一声双袖举，回雪飘飘转蓬舞。左旋右旋不知疲，千匝万周无已时。……"
⑥ 见《杨太真外传》。

都达到极高水平。当时的重臣宋璟也善羯鼓。他演奏时,"头如青山峰","手如白雨点",充分发挥了羯鼓作为"八音之领袖"(李隆基语)的功能。

大唐帝国这种开放、包容的文化环境吸引了许多国外艺术家来华,其中包括非常杰出的画家、歌唱家、舞蹈家和乐器演奏家。如唐初来华的天竺僧昙摩拙叉、康国人康萨陀、狮子国(今斯里兰卡)人金刚三藏等人,都是擅长画佛画的画家;唐末来华的竺元标是天竺画家。还有许多来自中亚地区的歌唱家、舞蹈家和乐器演奏家,如唐高祖时被封为散骑常侍的舞胡安叱奴、玄宗时被封为国公的优伶安金藏,都是安国(今乌兹别克斯坦境内)人;中唐时著名的歌唱家米嘉荣、米和父子都是米国(今乌兹别克斯坦境内)人;琵琶高手康昆仑是康国人;琵琶世家曹保和他的儿子(曹善才)、孙子(曹纲)是曹国(今塔吉克斯坦)人。①

在宗教领域,唐王朝也采取开放的、包容的政策。从两汉之际开始传入中国的佛教,到了唐代已融入中国的文化与社会。玄奘大师贞观元年赴印度取经,前后一十九年,于贞观十九年(公元645年)回长安,带回了佛教经、律、论各类经典657部。唐太宗非常高兴地接见他,请他在弘福寺翻译梵文经卷,还让宰相房玄龄、许敬宗挑选五十多位学识渊博的佛教徒帮他翻译。② 玄奘本人翻译的

---

① 杜道明:《盛世风韵》,第17页,河南人民出版社2000年版。
② 参见《旧唐书》卷一九一《僧玄奘传》。

佛经有75部,1335卷。玄奘之后,有义净从海路经苏门答腊等地赴印度取经,从671年到695年,前后25年,带回梵本经律论近400部。女皇武则天亲自到上东门外迎接,极其隆重。义净主持译场前后16年,共译经56部,230卷。参译者共83人,其中有13位外国人,还有32位官员。官员中有11位宰相(含"同中书门下三品"),如尚书左仆射韦巨源、右仆射苏瑰、行太子少师唐休璟、太子少保兼扬州大都督韦温等人充任"监译",守兵部尚书韦嗣立、守中书侍郎赵彦昭充任"翻译学士"。① **如此大规模和高规格的翻译队伍,在世界范围也属罕见。仅此一端,即可充分显示出大唐帝国吸收、包容外来文化的广阔胸襟。**

基督教最早传入中国也是在唐太宗的时候,那是基督教的一个派别,叫聂斯脱利派。聂斯脱利在公元431年被判为异端,开除出教,并遭流放,死于埃及西部的沙漠之中。聂斯脱利的信徒宣布与罗马教会断绝关系,并向东方的广大地区传教。贞观九年(公元635年),他们的一位主教阿罗本带一行人到长安。他们自称景教。唐太宗派房玄龄热情接待他们,让他们在皇帝藏书楼翻译经典,并由政府资助帮他们在长安义宁坊建了一座教堂。

当时唐朝的外来宗教还有祆教和摩尼教。祆教起源于波斯,当时中国人又称之为拜火教或火祆教。大约在西晋末年,即4世纪

---

① 李斌城主编:《唐代文化》,中册第1024～1025页,下册第1752页,中国社会科学出版社2002年版。

初,它通过粟特商人的途径传入中国。在唐朝初年,祆教得到官方承认,在东、西两京及粟特人聚居的一些地方建立了祆教寺院。①摩尼教在3世纪由波斯人摩尼创立,一度在波斯境内广为传播,后来遭遇祆教的排挤。公元277年,摩尼被波斯王巴赫拉姆二世杀害。摩尼教的教徒逃亡国外,而摩尼教也因此在世界各地得到广泛的传播。据文献记载,在唐武则天的时代,摩尼教已传入中国内地。②

由于大唐帝国在文化上的开放包容,当时长安成了世界上人口最多、最繁华的国际性大都会,从世界各地来的外交使节、商人和留学生挤满了长安。长安的鸿胪寺接待过七十多个国家的外交使节,而且他们大多率领着庞大的外交使团,出现了"万国衣冠拜冕旒"的盛世景象。来唐使节最多的是日本、新罗和大食。日本曾先后向唐朝派遣十多次"遣唐使",包括留学生、学问僧及各种类型的专业人士和工匠,每次人数有数百人,最多达到七八百人。新罗常年居住在唐朝的留学生达到了一二百人。③ 据《旧唐书》记载,开成二年(公元837年)在唐朝的新罗留学生达到二百十六人。④ 当

---

① 参看荣新江:《祆教初传中国年代考》,见《国学研究》(第三卷),北京大学出版社1995年版。
② 参看陈垣:《摩尼教入中国考》,见《陈垣史学论著选》,第133~134页,上海人民出版社1981年版。
③ 李斌城主编:《唐代文化》,下册,第1792~1794、1804页,中国社会科学出版社2002版。
④ 《唐会要》卷三十六《附学读书》。

时的长安城中"胡服"盛行,胡风弥漫。来自中亚、西亚的商人在长安等地开了许多酒店、珠宝店、杂器店。胡商经营的酒店中有西域名酒(如高昌产的葡萄酒、波斯产的三勒浆以及龙膏酒等),还有富有异国情调的胡姬当垆。胡姬是来自中亚、西亚的女子,能歌善舞。到胡姬酒店中饮酒聚会成了一时风尚。李白的诗中常有这一类的记载,如"胡姬貌如花,当垆笑春风"(《前有一樽酒行》),"落花踏尽游何处,笑入胡姬酒肆中"(《少年行》之二)。**这种胡风、胡俗的盛行,显示一种蓬勃的朝气和青春的旋律,正是学者们盛赞的盛唐气象的一个特色。**

在中国历史上,宋元时期的贸易大港泉州的历史也是中华文明的开放性和伟大包容性的一个典型。

泉州(古名"刺桐")在唐代就是中国四大对外贸易港口之一。宋元两代进入全盛时期。当时到过泉州的一位犹太商人曾经这样记录泉州的情形:"这是一座极大的贸易城市,商人在此可以赚取巨额利润","因为街上有如此众多的油灯和火把,到了晚上这个城市被映照得特别灿烂,在很远的地方都能看得到它。由于这个原因,人们称这座城市为光明之城(Hanmansicien)"。在这个繁华的贸易港口城市,人们看到的是一种多元文化的局面。"每个民族都有自己的居住区、寺庙、街道、旅馆、库房","**他们既不像刺桐人那样吃东西,也不遵循他们的习俗习惯,每种民族的人都按自己的方式生活**"。这位犹太商人还特别强调,"**所有人都被允许按照自己**

的信仰来行事,因为他们的观念认为每个人都能在自己的信仰中找到自己灵魂的拯救。因此,教士们可以不受阻碍地按自己的意志布教"。①

当时的泉州除了犹太人,还生活着大量的阿拉伯、波斯的穆斯林,他们多数经商,但也有的担任官职,还有不少人与泉州人成婚。他们在这个地区自由传播他们的宗教信仰。泉州涂门街的清真寺就是北宋大中祥符二年(公元1009年)创建的。② 这是中国现存的最古老的伊斯兰教寺。

基督教也在这里传播。当时有两个派别:一个是前面提到的聂斯脱利派(景教),一个是天主教的圣方济各会派。据元顺帝至正六年(公元1346年)到泉州的欧洲大游历家马黎诺里记载,当时泉州有圣方济各会教堂三所,教堂旁边设有工厂,还有货栈一所,供基督教商人贮货之用。

---

① 雅各·德安科纳著,大卫·塞尔本编译:《光明之城》,第153、151、168、166、158、159页,杨民、程钢、刘国忠、程薇译,上海人民出版社1999年版。《光明之城》一书是1990年被发现的,原本用中世纪意大利方言写成,1997年由大卫·塞尔本编译成英文出版。雅各·德安科纳是一位意大利犹太商人。这本书记载了他于1271年(南宋度宗咸淳七年)到达我国泉州的旅行见闻。因此这是比《马可·波罗游记》更早的一本欧洲人写的中国游记。同《马可·波罗游记》一样,对于《光明之城》的真实性问题,在学术界也存在某种争议。
② 吴文良原著,吴幼雄增订:《泉州宗教石刻(增订本)》,第20页,科学出版社2005年版。

今天在泉州还可以看到许多印度教(古婆罗门教)的遗迹。如描绘印度教神话故事的石雕就有几百方。它们在内容上都与印度两部伟大史诗《摩诃婆罗多》和《罗摩耶那》有关,然而在雕塑风格上则可以看到中国的和古希腊的艺术痕迹①。

佛教很早就传到泉州。最有名的寺庙是始建于武则天年间的开元寺。开元寺集中体现了多元文化的并存:除了汉传佛教和藏传佛教的艺术外,还有印度教题材和风格的石柱,西亚风格的狮子浮雕,欧洲风格的有翼天使式的飞天。

前面提到,摩尼教在武则天时代即已传入中国。它在宋元时期被称为"明教"。现在泉州南门外草庵摩尼教遗址是全国唯一的摩尼教寺,庵中有"摩尼光佛"雕像。庵前大岩石上刻有"清静光明,大力智慧,无上至真,摩尼光佛"的十六字摩尼教教义。

宋元时期泉州的宗教文化多元并存的局面,促使不同信仰、风俗之间出现一种互相影响和互相融通的趋势。从现在保存下来的一些墓葬石刻可以看到,有的信徒信仰伊斯兰教,同时也信仰佛教。有的基督教徒的碑文完全依据儒家礼仪的规定撰写。有的基督教徒的墓碑上既刻有天使、十字架,也刻有佛教的"华盖"、莲花。② 这方面的资料很多。总之,泉州出土的大量须弥式石墓"混

---

① 如狮子戏球、母鹿教子、海棠荷花等中国人喜爱的传统图案花纹以及哥林多式柱头石、人面狮身垛石等希腊式的艺术风格。见《泉州宗教石刻(增订本)》,第517页,科学出版社2005年版。
② 同上书,第429、367页。

合了印度、波斯、希腊、大夏、安息、罗马和中国的不同文化因素"①。这是世界多元文化在泉州混合并存的证明,是一个文化上的奇观。

唐太宗开启的大唐盛世和宋元时期泉州的历史说明,中华文明在强盛时期,对于外来文化,确有一种开放性和伟大的包容性。对于外来的异质的文化,一方面接纳它们,包容它们,尊重它们自己的特色,另一方面,又把外来异质文化中的一些成分、因素吸收、融合进来,充实、丰富我们自己民族的文化。用费孝通先生的话概括,这种对于不同文化、不同文明的态度,就是"各美其美""美人之美"。

中华文明的这种开放性和伟大包容性植根于中国文化的深层哲学和信念,就是"物一无文"、"和而不同"、"和实生物、同则不继"的哲学和信念。"同"就是"一",也就是绝对的同一,排斥异质的文化因素和文化成分。在中国哲学看来,"同"就不可能有生命,不可能有创造,不可能有发展。"和"则是不同文化成分、因素相互之间的和谐共处。"和",要求容纳别人,谅解别人,进一步还要欣赏别人,也就是"各美其美""美人之美"。所以**"和"就意味着包容,意味着开放**。中国人把自己的文明理解为一个包含有多种因素,可以不断生发出新的意义和创造出新的价值的复杂系统,所以不会对新加入的因素抱有恐惧和敌视的态度。正因为如此,中华文明才

---

① 吴文良原著,吴幼雄增订:《泉州宗教石刻(增订本)》,第253页,科学出版社2005年版。

**能够在一个漫长的历史时期中保持自己的生机和活力。**

历史上中华文明处于强盛时期的这种开放性和伟大包容性,为我们观察和思考世界上不同文明之间的关系提供了一个不同于亨廷顿"文明冲突论"的新的眼光、新的思维框架。就是说,不同文明之间,不是必然互相仇视,互相冲突,而是有另外一种可能,可以和平共存,甚至可以在某些方面互相吸收、互相融合。

亨廷顿用西方传统哲学的观念,把文明看成一种"实体"。①"实体"第一位的属性是广延,要划清自己和他人的"边界",所以一种文明与另一种文明的界限(即"我们"和"各种他们"的区别)是最重要的、最真实的。出于这种观念,一些西方人所追求的文化发展,就是用自己的文明占领全球的殖民愿望,追求建立"日不落"的帝国。亨廷顿认为,一种文明和一个人一样,要自我认识、自我确证,就需要树立一个与自己对立的"他者"。亨廷顿说,"憎恨是人之常情,为了确定自我和找到发展的动力,人们需要敌人","除非我们憎恨非我族类,我们便不可能爱我族类"。② 这种观念的实质是用造就敌人来寻求自己的定位和发展的动力。按照这种观念,爱我的文明,就必须憎恨非我的文明,"美人之美"是不可能的。但

---

① "文明是最大的'我们',在其中我们在文化上感到安适,因为它使我们区别于所有在它之外的'各种他们'。……文明是有意义的实体。尽管它们之间的界限难得清晰,但这些界限却是真实的。"见《文明的冲突与世界秩序的重建》,第 26 页,新华出版社 1999 年版。

② 同上书,第 135 页。

是中国人不是这样。《论语》一开头就写着孔子的教导："学而时习之,不亦说乎？有朋自远方来,不亦乐乎？"就发展自我、赋予新意义而言,中国人把"学"放在最显眼的位置上。这表明,**在中国人看来,通过学习来打开视野,提升自我,这就是最美好的事**,用不着非得找个敌人踩在脚下才高兴。玄奘和义净先后赴印度取经,一个19年,一个25年,表明中国人对于学习异质的文化有多么高的热情。明朝士人李之藻主张对外来的基督教采取包容的态度,理由就是可以"**藉异己之物,以激发本来之真性**"[①]。这都说明在中国人看来,**外来的文化因素有助于本土文化的发展**。孔子的第二句话表明,中国人向来把来自远方的人先当作可尊敬的朋友看待,并且真诚地相信他们身上必有值得学习、借鉴的地方。亨廷顿的观念是用造就敌人来寻求自己的定位和发展的动力,中国人则是通过学习他人和迎接朋友来提升自己。中国人追求的是展示自己的文化的魅力,所以中国人的理想不是"日不落",而是"近悦远来"(悦近邻,来远人)。亨廷顿强调文明的"冲突",中国人追求的是文明的和谐共处与和谐交流。这种和谐共处与和谐交流的局面,在大唐盛世出现了,在宋元时期的泉州城也出现了。

唐太宗在贞观十二年(公元638年)七月为景教下了一道诏书,其中有句话最能体现中国的哲学精神,这句话就是"道无常名,圣

---

① 转引自孙尚扬:《基督教与明末儒学》,第189页,东方出版社1994年版。

无常体,随方设教,密济众生"。"道"在中国人观念中是宇宙的本体和生命,但是这个道并不只有单一的体现,它可以体现为不同的文化。怎么才算是体现"道"呢？那就是唐太宗说的"密济众生"。外来的文化,只要有利于民生福利、人伦风化与社会安定,就是"道"的体现,就应该得到容纳,也就是唐太宗诏书中说的"济物利人,宜行天下"。

其实唐太宗的这种主张,正是中国文化的传统的观念。《易传》说:"天地之大德曰生。"**在中国传统文化的观念中,人的生命和宇宙的创化高于一切。中国文化看重人的生活世界,关注现实人生的价值甚于精神领域里的抽象理念。**正因为如此,所以对于一种外来文化、宗教的认可与否,主要取决于它是否有益于老百姓的民生福利,以及它是否有益于世道人心(即它的伦理内容),至于对它的抽象理念包括它的教义、戒律等则并不苛求它与自己绝对相同。也就是说,中华文明对外来文化认同的着眼点不是抽象的理念,而是是否有益于老百姓民生福利和社会的和谐安定。**这种着眼点,正蕴含着一种文化上的开放性和包容性。**

这种生活世界的"认同"(民生认同、人伦认同)显然比理念世界的"认同"(教义认同、思想体系认同)具有更大的包容度,也具有更实在的基础。因为不论在哪种文化中,也不论在哪个时代,人都有生老病死,人都要为维持生计和繁衍后代而操劳,整个社会也都要维持一套必要的规范和秩序,都要提倡呵护后代、对人友善、对自然敬畏以及敬父母、重家庭、守法律、讲信用等等,也都不能允许杀人和偷盗抢掠。**人类在最基础的生活层面的一致以及在最基本的伦理道德层面的相通,是不同文明之间可以沟通、交流和谅解的最可靠的保证。**这种沟通和谅解就是生活世界的"认同"。理念世界的"认同"是绝对的同一,而生活世界的"认同"则是**"和而不同"、"求同存异"**。正因为中国人的观念是"和而不同",所以在中国从来没有出现过欧洲中世纪那种用残酷的火刑迫害异端的宗教法庭,也没有出现过欧洲那种大规模的宗教战争。**聂斯脱利派被他们自己的教会判为"异端",摩尼教在他们自己的国家受到迫害,但在大唐帝国都得到接纳,聂斯脱利派还得到唐太宗的极高规格的接待**。也正因为中国人的观念是"和而不同",所以当时泉州一些官员和老百姓自己并不信奉伊斯兰教,但却出钱帮助修缮清真寺。① 这种观念,这种善意,西方人似乎很难理解。1326年,泉州主教、意大利人安德鲁给家乡神父的一封信中说:"在此大帝国境内,天下各国人民、各种宗教,皆依其信仰,自由居住。盖彼等以为凡为宗教,皆可救护人民。然此观念实为误谬。"②当时泉州人的观念是认为凡是宗教,只要有助于民生福利、人伦风化,就应该得到宽

---

① 明正德二年《重立清净寺碑》:"奉政赫公,正议契公,皆明经进士,其于是役皆以大公至正之心行之耳,非慕其教者。"见《泉州宗教石刻(增订本)》,第18页,科学出版社2005年版。

② 张星烺编注,朱杰勤校订:《中西交通史料汇编》,第一编,第五章,第334页,中华书局2003年版。

容和自由(前面说的那位犹太商人的游记中也提到泉州人的信仰自由的观念),而这位安德鲁神父则指责中国人这种观念是错误的。也就是说,**这位西方基督教神父在宗教信仰问题上是不开放、不宽容的,他对异己的宗教、文化是绝对排斥的。对比一下唐太宗的宽广的胸襟和气度,对比一下当年泉州人的信仰自由的观念,可以看出是两种完全不同的文化观念。但是亨廷顿却把西方文化这种憎恨异己的不宽容的精神加以普遍化、绝对化了。**

总之,中国的历史表明,世界不同文明之间并非只有互相冲突这一种选择。"文明冲突论"不适用于中华文明的过去,也不适用于中华文明和平发展的未来。中华文明信奉"和而不同"、"和实生物"的哲学。中华文明具有一种开放性和伟大的包容性。中华文明提倡包容他人,学习他人并乐于更新自我,所以能够尊重外来人所看重的不同的价值、信仰、生活习惯和思维方式,从"各美其美"走向"美人之美",**这种"和"的哲学和开放、包容的精神是中华文明生生不息的强大生命力的体现。**

2019年,我读《费孝通晚年谈话录(1981—2000)》,看到费孝通先生对"和而不同"的观念有很好的论述。费先生说:"对于中国人来说,'天人合一'是一种理想的境界。天与人之间的社会规范就是'和'。这个'和'的观念,是中国社会内部机构各种社会关系的基本出发点。在与异民族相处时,把这种'和'的观念置于具体的民族关系中,出现了'和而不同'的理念。这一点与西方的民族观念很不同。我认为,'和而不同'这一古老的观念仍然具有强大的活力,仍然可以成为现代社会发展的一条准则和一个目标。承认不同,但是要'和',这是世界多元文化必走的一条道路,否则就要出现纷争。而现在人类拥有的武器能量已经可以在瞬间毁灭掉自身。如果只强调'同'而不讲求'和',纷争到极端状态,那只能是毁灭。所以说,'和而不同'是人类共同生存的基本条件。"[1]费先生并且把"和而不同"的观念和"文化自觉"联系起来,他说:"'文化自觉'是当今时代的要求。它指的是生活在一定文化中的人对其文化有自知之明,并对其发展历程和未来有充分的认识。也许可以说,文化自觉就是在全球范围内提倡'和而不同'的文化观的一种具体体现。"[2]费先生在他八十岁生日的欢聚会上,提出"各美其美,美人之美,美美与共,天下大同"这十六个字,体现了中华传统文化的文化宽容与文化共享的情怀,体现了世界文化多元共生的理念,体现了促进天下大同的目标。这就是文化自觉。

---

[1] 张冠生记录整理:《费孝通晚年谈话录(1981—2000)》,第595~596页,生活·读书·新知三联书店2019年版。
[2] 同上书,第597页。

## 四二、中国文化中的生态意识：
## 万物之生意最可观

2007年11月2日,在北京大学、北京市教育委员会、韩国高等教育财团联合主办的"北京论坛"的主论坛上,我做了一个题为《中国传统文化中的生态意识》的讲演。

我在讲演中指出,从一个方面看,一个地区、一个民族的文明和文化,都有不同于其他地区、民族的特殊性,都有自己的特殊的价值观和思想体系。这是在长期历史发展中形成的。就这一点来说,我们应该尊重文明和文化的多元性、多样性,提倡文明和文化的开放性和包容性。对于其他地区、其他民族的文明和文化,我们应该采取尊重的态度,要尊重他人,谅解他人,进一步还要欣赏他人,学习他人,并以此来提升自我,用费孝通先生的话来说,就是"各美其美","美人之美"。

这是这几年大家谈得比较多的一个方面。

我觉得还有一个方面也应引起我们的注意。一个地区、一个民族的文明和文化,除了有自己的特殊性之外,在某些方面(常常是十分重要的方面)也会有共同性,会有彼此相通的地方。也就是说,**在不同地区、不同民族的文明和文化中,往往会有体现全人类共同价值的内容,这部分内容由于当今国际社会各种现实利益的冲突而被人们忽视了,或掩盖了。如果这方面的内容得到国际社会的重视,并在世界范围内广为传播和交流,必将大大有助于不同地区、不同民族之间文明和文化的沟通和互相认同,必将大大有助于推进多元文明之间的和谐和共同繁荣,对于实现人类的美好理想**(费孝通先生概括为"美美与共,天下大同"),必将产生深远的影响。

就我们中华文化来说,中华文化一方面有自己的特殊性,这种特殊性表现在哲学、宗教、政治、道德、文学、艺术、生活方式、审美情趣等多个层面;另方面又有体现全人类共同价值的内容,这种体现全人类共同价值的内容,也表现在哲学、宗教、政治、道德、文学、艺术、生活方式、审美情趣等多个层面。

我在讲演中以中国传统文化中的生态意识为例。

现在全世界都普遍关注生态环境的保护问题。当今世界,人与自然的分裂越来越严重。人为了追求自己的功利目标和物质享受,利用高科技无限度地向自然榨取,不顾一切,不计后果。自然资源大量浪费。许多珍稀动物被滥捕滥杀而濒于灭绝。大片森林被滥砍滥伐而变成沙漠。海水污染。气候反常。自然景观和生态平衡受到严重破坏。面对日益严重的生态危机,国际上出现了生态伦理学和生态哲学。倡导生态伦理学和生态哲学的学者们呼吁人们关注日益严重的生态危机,他们强调人类对自然环境的破坏已经达到从根本上威胁人类生存的地步。

生态伦理学和生态哲学的核心思想,就是要超越"人类中心主义"这一西方传统观念,树立"生态整体主义"的新的观念。"生态整体主义"主张地球生物圈中所有生物是一个有机的整体,它们和人类一样,都拥有生存和繁荣的平等权利。这种生态伦理学和生态哲学,已经成为当今全人类带有共同性的价值观念。

我们看一下中国传统文化,就会发现中国传统文化包含有一种强烈的生态意识,这种生态意识和当今世界的生态伦理学和生态哲学的观念是相通的。

中国传统哲学是"生"的哲学。《易传》说:"天地之大德曰生。"又说:"生生之谓易。"生,就是草木生长,就是创造生命。中国古代哲学家认为,天地以"生"为道,"生"是宇宙的根本规律。因此,**"生"就是"仁","生"就是善。**周敦颐说:"天以阳生万物,以阴成万物。生,仁也;成,义也。"[①]程颐说:"生之性便是仁。"[②]朱熹说:"仁是天地之生气。""仁是生底意思。""只从生意上识仁。"[③]所以儒家

---

① 《通书·顺化》,见《周子全书》。
② 《河南程氏遗书》,卷十八。
③ 《朱子语类》,第一册,第103～109页。

主张的"仁",不仅亲亲、爱人,而且要从亲亲、爱人推广到爱天地万物。因为人与天地万物一体,都属于一个大生命世界。孟子说:"亲亲而仁民,仁民而爱物。"[1]张载说:"民吾同胞,物吾与也。"[2](世界上的民众都是我的亲兄弟,天地间的万物都是我的同伴。)程颐说:"人与天地一物也。"[3]又说:"仁者以天地万物为一体。""仁者浑然与万物同体。"[4]朱熹说:"天地万物本吾一体。"[5]这样的话很多。这些话都是说,人与万物是同类,是平等的,应该建立一种和谐的关系。

这就是中国传统文化中的生态哲学和生态伦理学的意识。

和这种生态哲学和生态伦理学的意识相关联,中国传统文化中也有一种生态美学的意识。

中国古代思想家认为,**自然界(包括人类)是一个大生命世界,天地万物都包含有活泼泼的生命和生意,这种生命和生意是最值得观赏的,人们在这种观赏中,体验到人与万物一体的境界,从而得到极大的精神愉悦**。程颢说:"万物之生意最可观。"[6]宋明理学家都喜欢观"万物之生意"。周敦颐喜欢"绿满窗前草不除"。别人问他为什么不除,他说:"与自己意思一般。"又说:"观天地生物气

---

[1] 《孟子·尽心上》。
[2] 《正蒙·乾称篇》。
[3] 《河南程氏遗书》,卷十一。
[4] 《河南程氏遗书》,卷二上。
[5] 《四书章句集注·中庸章句》。
[6] 《河南程氏遗书》,卷十一。

象。"周敦颐从窗前青草的生长体验到天地有一种"生意",这种"生意"是"我"与万物所共有的。这种体验给他一种快乐。程颢养鱼,时时观之,说:**"欲观万物自得意。"**他又有诗描述自己的快乐:"万物静观皆自得,四时佳兴与人同。""云淡风轻近午天,傍花随柳过前川。"他体验到人与万物的"生意",体验到人与大自然的和谐,"浑然与物同体",得到一种快乐。这是"仁者"的"乐"。

清代大画家郑板桥的一封家书充分地表达了中国传统文化的生态意识。郑板桥在信中说,天地生物,一蚁一虫,都心心爱念,这就是天之心。人应该"体天之心以为心"。所以他说他最反对"笼中养鸟"。**"我图娱悦,彼在囚牢,何情何理,而必屈物之性以适吾性乎!"**就是豺狼虎豹,人也没有权力杀戮。人与万物一体,因此人与万物是平等的,人不能把自己当作万物的主宰。这就是儒家的大仁爱观。儒家的仁爱,不仅爱人,而且爱物。用孟子的话来说就是"亲亲而仁民,仁民而爱物"。郑板桥接下去又说,真正爱鸟就要多种树,使周围环境成为鸟国鸟家。早上起来,一片鸟叫声,鸟很快乐,人也很快乐,这就叫"各适其天"。**所谓"各适其天",就是万物都能够按照它们的自然本性获得生存。这样,作为和万物同类的人也就能得到真正的快乐,得到最大的美感("大快")。这也就是《乐记》说的"大乐与天地同和"。**

我们可以说,郑板桥的这封家书,不仅包含了生态伦理学的观念,而且包含了生态美学的观念。

这种对天地万物"心心爱念"和观天地万物"生意"的生态意识,在中国古代文学艺术作品中有鲜明的体现。

中国古代画家最强调要表现天地万物的"生机"和"生意"。宋代董逌在《广川画跋》中强调画家赋形出象必须"发于生意,得之自然"。明代画家董其昌说,画家多长寿,原因就在他们"眼前无非生机"①。明代画家祝允明说:"或曰:'草木无情,岂有意乎?'不知天地间,物物有一种生意,造化之妙,勃如荡如,不可形容也。"②所以清代王槩的《画鱼诀》说:"画鱼须活泼,得其游泳像。""悠然羡其乐,与人同意况。"③中国画家从来不画死鱼、死鸟,中国画家画的花、鸟、虫、鱼,都是活泼泼的,生意盎然的。**中国画家的花鸟虫鱼的意象世界,是人与天地万物为一体的生命世界,体现了中国人的生态意识。**中国现代画家也是如此。大家都喜欢齐白石画的草虫。齐白石画的蜻蜓、蝉、螳螂、蚂蚱、蜂、蟋蟀、蝈蝈、蝴蝶、飞蛾等,都有细致入微的细部刻画,充满质感,同时又有翻飞鸣跃的动感,充满生机和生意。他画的蜻蜓和蝉的翅膀透明如纱,他画的飞蛾的绒毛使人感到一碰就落。他说他"爱大地上一切活生生的生命"。他在很多画上题"草间偷活",是他深感生命的珍贵。他经常

---

① 董其昌:《画禅室随笔》,见《历代论画名著汇编》,第253页,文物出版社1982年版。
② 祝允明:《枝山题画花果》,见《中国画论类编》,下册,第1072页,人民美术出版社1986年版。
③ 王槩等:《画花卉草虫浅说》,见《中国画论类编》,下册,第1110页,人民美术出版社1986年版。

画"灯蛾图",并在上面题写唐代诗人张祜的诗句:"剔开红焰救飞蛾。"齐白石画的草虫是人与万物一体之美,是中国画家对天地万物"心心爱念"的体现。

中国古代文学也是如此。清代大文学家蒲松龄的《聊斋志异》就是贯穿着人与天地万物一体的意识的文学作品。**《聊斋志异》的美,就是人与万物一体之美。《聊斋志异》的诗意,就是人与万物一体的诗意。**在这部文学作品中,花草树木、鸟兽虫鱼都幻化成美丽的少女,并与人产生爱情。如《香玉》篇中两位女郎,是崂山下清宫的牡丹和耐冬幻化而成,一名香玉,一名绛雪。他们成为在下清宫读书的黄生的爱人和朋友。牡丹和耐冬先后遭到灾祸,都得到黄生的救助。黄生死后,在白牡丹旁边长出一颗肥芽,有五个叶子,长到几尺高,但不开花。这是黄生的化身。后来老道士死了,他弟子不知爱惜,看它不开花,就把它砍掉了。结果,白牡丹和耐冬也跟着憔悴而死。**蒲松龄创造的这些意象世界,充满了对天地间一切生命的爱,表明人与万物都属于一个大生命世界,表明人与万物一体,生死与共,休戚相关。这就是现在人们所说的"生态美","生态美"的正确含义应该是"人与万物一体"之美。**

**中国传统文化中的这些内容,体现了当今全人类的共同价值观念,极富现代意蕴。这些内容,既是民族的,又是全人类的;既是传统的,又是现代的。**中国传统文化中有这样的内容,世界上其他地区、其他民族的文化中也有这种体现当今全人类共同价值的内容。我们应该高度重视这方面的内容,把它们发掘出来,加以新的阐释,并把它们放在显眼的位置,使它们在世界范围内广为传播和交流,这将大大有助于不同地区、不同民族之间的文化的沟通和互相认同,大大有助于构建多元文明之间的和谐和共同繁荣的格局,对于实现人类的世界大同的美好理想,必将产生深远的影响。

## 四三、《红楼梦》的形而上的意蕴：
## "有情之天下"就在此岸

《红楼梦》我早就读过。大学毕业后又读过多遍，但都谈不上研究。真正开始有点研究是在 20 世纪 80 年代。那时我集中力量研究明清小说评点，研究金圣叹评点《水浒传》，研究张竹坡评点《金瓶梅》，研究脂砚斋评点《红楼梦》，当时找了许多研究《红楼梦》的书(红学家们的著作)来读，思考有关《红楼梦》的各种学术问题。

90 年代，我开始在一些场合发表我对《红楼梦》的看法，题目是《〈红楼梦〉的意蕴》。当时我应邀访问中国台湾地区和日本，在一些大学发表讲演，讲演的题目中，一个就是《〈红楼梦〉的意蕴》。香港凤凰电视台的"世纪大讲堂"请我去讲《红楼梦》，我讲的也是这个题目。我在台湾各个大学的讲演受到大学生的热烈欢迎。我在凤凰电视台的讲演播出之后也受到欢迎。有一次在路上碰到我们哲学系熊伟教授的夫人，她对我说："你在凤凰电视台讲《红楼梦》，熊先生听了，他非常喜欢，说你讲得非常好。"

从20世纪90年代到现在，时间过去了二十多年。在这二十多年中，特别是近两三年，我对《红楼梦》又有进一步的思考。这个思考集中在一个问题，就是《红楼梦》的形而上的意蕴。这个思考和我90年代的讲演，当然有一定的承续性，但是在核心论点上有重大的进展。

《红楼梦》的意蕴中有一个形而上的层面：对人生(生命)终极意义的追问。这是《红楼梦》意蕴中一个最高的层面，但是被很多人忽略了。还有很多人也谈到《红楼梦》的这个层面，但是他们误解了《红楼梦》(曹雪芹)的本来意思。

过去(以及现在)很多人讲《红楼梦》，都认为曹雪芹的世界观(体现在贾宝玉身上)是讲佛教的色空观念，一切归于空虚，一切归于幻灭，人生没有意义，因此最后归于"出世"，"遁入空门"。这就是《红楼梦》给读者的"悟"。我认为这个看法可能不符合《红楼梦》的实际状况。曹雪芹的世界观(体现在《红楼梦》书中)是把"有情之天下"作为人生的本源性存在，作为人生的终极意义之所在。"有情之天下"不在彼岸，而在此岸。"有情之天下"不是虚幻的存在，而是真实的存在，"有情之天下"就存在于实在的、生动的、鲜活的生活世界之中。曹雪芹用"情"照亮了"空"，因此人生是有意义的。一部《红楼梦》给予读者的"悟"就在于此。

《红楼梦》不是只有"色"、"空"这两个字。《红楼梦》还有一个"情"字。对于曹雪芹来说，这个"情"字更重要，或者说，这个"情"

字最重要。离开"情"字,根本读不懂《红楼梦》。离开"情"字,根本读不通《红楼梦》。离开"情"字,根本读不透《红楼梦》。

曹雪芹的这个"情"字,继承了汤显祖的世界观和美学观,所以我们要从汤显祖讲起。

汤显祖(1550—1616)的美学思想的核心是一个"情"字。我粗略统计了一下,在汤显祖的诗歌、散文、剧作中,这个"情"字出现了一百多次,可见这个"情"字在他的思想和艺术中占了多么重要的地位。汤显祖讲的"情"和古人讲的"情",内涵有所不同。汤显祖的"情"包含有突破封建社会传统观念的内容,就是追求人性解放。汤显祖自己说,他讲的"情"一方面和"理"(封建社会的伦理观念)相对立,一方面和"法"(封建社会的社会秩序、社会习惯)相对立。他说:"人生而有情","世总为情","情不知所起,一往而深,生者可以死,死可以生","生生死死为情多"。他认为"情"是人人生而有之的(人性),它有自己的存在价值,不应该用"理"和"法"去限制它、扼杀它。所以,**汤显祖的审美理想就是肯定"情"的价值,追求"情"的解放。汤显祖把人类社会分为两种类型:有情之天下,有法之天下。他追求"有情之天下"。在他看来,"有情之天下"就像春天那样美好,所以追求春天就成了贯穿汤显祖全部作品的主旋律。**他写的《牡丹亭还魂记》中塑造了一个"有情人"的典型——杜丽娘。剧中有一句有名的话:"不到园林,怎知春色如许?"就是要寻找春天。但是现实社会不是"有情之天下"而是"有法之天下",现实社会没有春天,所以要"因情成梦","梦生于情","梦中之情,何必非真?"更进一步还要"因梦成戏"——他的戏剧作品就是他的强烈的理想主义的表现。"因情成梦,因梦成戏"这八个字可以说是汤显祖美学思想的核心。汤显祖的《牡丹亭》把"情"提到了形而上的层次,情不知所起,一往而深,而且可以穿越生死。**汤显祖高举"情"的旗帜,在思想史上、文学史上有重大的意义。**

曹雪芹深受汤显祖的影响。曹雪芹美学思想的核心也是一个"情"字。他的审美理想也是肯定"情"的价值,追求"情"的解放。曹雪芹在《红楼梦》开头就说这本书"大旨谈情"。

曹雪芹的"情"的观念,和汤显祖一样,是"儿女之真情",是人人生而有之的。但是曹雪芹的"情",包含了一种超越等级制度、等级观念的内涵,包含了一种人人平等的观念,这一点和汤显祖不一样,是对汤显祖的超越。

曹雪芹也要寻求"有情之天下",要寻求春天。他和汤显祖一样,也感受到当时整个社会是"有法之天下"。但是他和汤显祖有一点不同,就是尽管整个社会是"有法之天下",他依然感受到现实生活中存在着"有情之天下",可能很短暂,可能是瞬间,甚至可能是悲剧,但它确实存在。在汤显祖那里,杜丽娘的春天只能存在于梦中,而在曹雪芹这里,贾宝玉的春天却存在于现实生活之中。可以说,在这里,曹雪芹也比汤显祖提升了一步。

《红楼梦》一开头,写女娲补天剩下一块石头,被抛在青埂峰

## 四三、《红楼梦》的形而上的意蕴："有情之天下"就在此岸

下。后来来了一僧一道,把这块石头带到人间去经历了一番,这叫"幻形入世",最后被一僧一道带回青埂峰。他把这番经历记在石头上,就成了"石头记"。

这块石头到人间这一番经历,有什么意义?这块石头在人间看到了什么?

这块石头降生到贾府,因为元妃省亲,贾府建造了一座大观园,这个大观园是贾宝玉人生理想的投影,是"太虚幻境"的投影。大观园聚集了一群女孩子,她们活泼、明亮,她们聪明、灵巧,她们热烈、多情,她们追求"儿女之真情",她们追求"情"的自由,追求"情"的解放,她们追求人格的平等,追求爱的尊严。

曹雪芹在《红楼梦》中描写了大观园中的一些活生生的情节,说明在现实人生(生活世界)中确实存在着"有情之天下"。贾宝玉和林黛玉在那一个中午躺在床上说话逗趣,那就是"有情之天下"。五月初夏那一天龄官在地下画了几十个"蔷"字,那就是"有情之天下"。晴雯病重和宝玉诀别,提出要和宝玉换袄穿,以便将来静静地躺在棺材里怀念怡红院的生活,那就是"有情之天下"。怡红院群芳开夜宴,超越等级制度、等级观念,不分彼此,不拘形迹,自由平等,自由人和奴隶一起狂欢,那就是"有情之天下"。

这就是石头到人世的经历,这是对"有情之天下"的体验。这个体验非常重要。如果没有这个体验,"情根"、"情痴"、"有情之天下"都是空的,只是概念的存在,或者说只是在柏拉图的"理念世

界"中存在。一旦入世,有了这番经历,"有情之天下"就成为实在的、生动的、鲜活的生活世界了。

**贾宝玉、林黛玉都思念故乡,寻找故乡。故乡是生命的出发点,又是生命的归宿。故乡是本源性的存在。回归故乡,就是回归本源。故乡在哪里?**

小说开头时,描写大荒山无稽涯青埂峰下一块石头,被一僧一道携入红尘,有了一番经历,又被带回青埂峰。小说的结尾呼应小说的开头,描写石头被带回青埂峰,并且有一首歌:

我所居兮,青埂之峰。我所游兮,鸿蒙太空。谁与我游兮,吾谁与从。渺渺茫茫兮,归彼大荒。(第 120 回)[①]

这个"青埂峰"就是石头的故乡。"青埂(情根)峰"是什么?就是汤显祖说的"有情之天下"。"天尽头,何处有香丘","天尽头"就是"有情之天下",所以最后要回到"青埂峰"。**"情"就是生命的本源,"有情之天下"就是本源性的存在,就是贾宝玉、林黛玉日日思念的故乡。**

很多人认为《红楼梦》把佛教作为人生的终极追求。他们看到一僧一道带着贾宝玉离家出走,就认为贾宝玉出家当和尚了,所谓

---

[①] 一般认为,《红楼梦》的后四十回不是出自曹雪芹的手笔。但就这首歌来说,可以看作是对小说开头的回应。

"遁入空门"。其实,佛教的空门从来不是贾宝玉的人生追求。一僧一道是带着这块石头(贾宝玉的灵魂)到尘世去经历一番,最后又带他回到"青埂峰"。"青埂峰"是本源,是生命的出发点,又是生命的归宿。贾宝玉并没有进寺庙去当和尚。他是回归"青埂峰"。"青埂"是"情根"。"情根"不是说"情"生了根,而是说"情"("儿女之真情")是生命之根,"情"是天地的本源性的存在。贾宝玉最后离开有限的、短暂的人世,回到"青埂峰",回到"有情之天下"这个本源性的存在。

这个"青埂峰"是曹雪芹的人生理想、审美理想的象征,所以不能坐实为某一个现实的空间存在。如果坐实为某一个现实的空间存在,"青埂峰"就成了彼岸世界,类似宗教的天堂,仙界,西方极乐世界。"青埂峰","有情之天下",作为曹雪芹的人生理想,不是彼岸世界,而是在此岸,在当下的现实的生活世界中。当下的生活世界如果体现了"有情之天下"的人生理想,就是"青埂峰"。曹雪芹已经在自己的人生经历中体验到这个"有情之天下"的存在。他为什么要让这块石头入世,就是为了显示"有情之天下"不在彼岸,而是在此岸,是在现实的生活世界之中,尽管受种种限制,尽管时间短暂,有时只是瞬间,但是它是活生生的,而且瞬间就是永恒。

《红楼梦》第一回说空空道人在大荒山无稽崖青埂峰下见一块大石头上记了一篇故事(《石头记》),把它从头到尾抄录回来,问世传奇。接着说,"从此空空道人因空见色,由色生情,传情入色,自色悟空,遂易名为情僧,改《石头记》为《情僧录》"。

"空空道人"把自己的名字改为"情僧",又把《石头记》改为"情僧录",这个改动非常重要。这是用"情"否定了"空",用"情"充实了"空",用"情"照亮了"空"。不知过去很多研究《红楼梦》的学者为什么没有注意(没有重视)这个改动。

"因空见色,由色生情,传情入色,自色悟空"这十六个字是说《石头记》故事对空空道人的思想产生的影响,也可以说是空空道人对《石头记》故事的理解,所以红学家都十分重视这十六个字。

怎么来理解这十六个字呢?

首先,我们要注意这里除了"色"、"空"这两个字外,还有一个"情"字。其次,我们要弄清中国哲学中"空"、"无"的概念的含义。

中国哲学中的"空",并不是我们平时理解的空白,一无所有,"万境归空"。**苏轼说:"空故纳万境。"空包纳万境,是一个充满生命的丰富多彩的世界。**苏轼的话正好和"万境归空"的观念针锋相对。宗白华先生在他的著作中一再谈到这个问题。宗先生说:"中国人感到这宇宙的深处是无形无色的虚空,而这虚空却是万物的源泉,万动的根本,生生不已的创造力。老庄名之为'道',为'自然',为'虚无',儒家名之曰'天'。万象皆从空虚中来,向空虚中去。"又说:中国画的空白"并不是真空,乃正是宇宙灵气往来,生命流动之处"。"这无画处的空白正是老、庄宇宙观中的'虚无'。它是万象的源泉,万动的根本。"①

现在我们再来看这十六个字。

"因空见色",就是天地的悠悠中呈现宇宙的生机,大化的流行,呈现一个充满生命的丰富多彩的美丽世界。在《石头记》中,就是大观园的世界。这就是"空即是色"。

"由色生情",在这个充满生命的丰富多彩的世界之中,产生了"情"。这"情"主要是"儿女之真情"。汤显祖说,"人生而有情","情"是人的天性,本性。这是"由色生情"。这个"情"是主导的,决定性的,是生命之根,是生命的本源性存在。

"传情入色",有了"情",再来看世界,就有了意义,有了生机,有了情趣。大观园这个世界有了情,有了一群多情的女儿,有了黛玉、晴雯、鸳鸯、紫鹃、司棋、龄官、芳官、湘云、妙玉……成了"有情之天下",这个世界就有了意义,有了生机,有了情趣。

"自色悟空",由有情的世界,有情的人生,即有情之天下,再来看宇宙的本体,对宇宙的本体就有了新的感受和理解,这是"悟"。这个"悟",**不是像一些人解释的,"悟"到人生的无意义,"悟"到"万境归空"(空白的空),相反,是"悟"到人生有意义,因为这个世界中有一群明亮、活泼、多情的少女("异样之女子"),因为这个世界包含了"有情之天下",尽管它可能是短暂的存在,但它是真实的存在,而生命的意义就在于此。**

---

① 宗白华:《美学与意境》,第100页,人民出版社1987年版。

这个"悟"字,在书中出现过许多次。书中出现的"悟"字,在多数情况下都是世俗眼光中的"悟"。很多人把这种世俗眼光中的"悟"看作是作者(曹雪芹)的观念,这是极大的谬误。世俗眼光中的"悟",主要受两种观念的影响。一种是封建社会传统伦理观念,就是警幻仙子说的宁、荣二公亡灵嘱咐她规引贾宝玉的"正道",即"留意于孔孟之间,委身于经济之道"。这种观念当然影响世俗眼光。宝钗、袭人用以劝导宝玉的就是这种观念。但这种观念被宝玉斥之为"混账话",显然不是曹雪芹的观念。再一种是佛教、道教的观念,就是一僧一道对石头说的"到头一梦,万境归空"。**但是曹雪芹一部"石头记",就是通过这块石头下凡的"亲见亲闻",证明在现实人生中存在一个丰富多彩的美丽世界,这里有一群美丽、明亮、灵慧的女儿,她们追求"情"的自由,"情"的解放,追求人格平等、尊严。这就是因空见色,由色生情,传情入色,自色悟空。**一僧一道、甄士隐等人并不是有人说的那种神圣的启蒙者,他们传播的"万境归空"的观念被很多人接受,但是被一部"石头记"否定了。"石头记"的故事告诉读者,这个世界确实存在着"有情之天下",在这个生命的大化流行之中,最根本的最本源的存在是"情",所以人生是有意义的,所以"空空道人"改名为"情僧",《石头记》改名为《情僧录》。可以说曹雪芹最终(或在最高意义上)是用"情"充实了"空",用"情"照亮了"空",把"情"提升为最高的范畴。一部《石头记》的价值,很重要的一个方面就在于此。

## 四三、《红楼梦》的形而上的意蕴:"有情之天下"就在此岸

我认为,《红楼梦》之伟大,曹雪芹在中国文学史上之不朽,很重要的一个原因,就在于他提出人的本源性存在的问题,就在于他提出人生的终极意义之所在的问题。而在他看来,人的本源性之所在,人生的终极意义之所在,就在于"有情之天下"(以"青埂峰"为象征),而"有情之天下"并非空想,"有情之天下"就在此岸,就在当下的生活世界,是本真的存在。

人作为个体生命的存在是有限的,但是人又企图超越这种有限,追求无限和永恒,宗教用自己的方式来满足这种需要。而在历史上,从汤显祖(《牡丹亭》)到洪昇(《长生殿》),再到曹雪芹(《红楼梦》),他们用他们的艺术作品(戏剧、小说)在寻求不同于宗教超越的另一种超越,即审美的超越。宗教的超越是虚幻的,而审美的超越虽然常常带有理想主义的色彩,但它不是虚幻的,不是乌托邦,尽管它可能是短暂的,是《长生殿》中说的"顷刻",甚至可能是悲剧(《红楼梦》就是悲剧),但它是真实的。而且正因为短暂,所以特别珍贵,千金难买。

到了20世纪,1917年蔡元培先生提出"以美育代宗教"的命题。蔡先生提出这个命题,有社会历史的背景,这里不谈。从学理上说,我以为包含了这样一个思想,就是用审美的超越来代替宗教的超越。所以从某种意义上说,蔡先生的命题,是美学理论上对汤显祖、曹雪芹"有情之天下"的追求的一种呼应,或者说,一个总结。美感(审美体验)是一种超理性的精神活动,同时又是一种超越个

体生命有限存在的精神活动,就这两点来说,美感与宗教感有某种相似之处和某种相通之处,因为宗教感也是一种超理性的精神活动和超越个体生命有限存在的精神活动。但是它们还是有本质的区别。区别主要有两点。第一,审美体验是对主体自身存在的一种确证,而宗教体验则是在否定主体存在的前提下皈依到上帝这个超验精神物(理念)上去,所以极端的宗教体验是排斥具体、个别、感性、物质的。第二,审美超越在精神上是自由的,而狭义的宗教超越并没有真正的精神自由,因为宗教超越必定要遵循既定的教义仪式,宗教超越还必然包含对神的绝对依赖感。人性中追求永恒和绝对的精神需求,永远不会消亡。不满足人性的这种需求,人就不是真正意义上的人。除开宗教超越,只有审美超越——一种自由的、积极的超越——可以满足人性的这种需求。**审美的超越抛弃宗教的虚幻,而面向现实人生(生活世界)。**我想,"以美育代宗教"命题的深刻性也许就在这里。同时,我们由此可以认识到,汤显祖、曹雪芹的"有情之天下"的人生理想、审美理想,不仅在文学艺术史上极有光彩,而且在思想史上,也应该受到重视。

# 四四、美感的神圣性：1999年重阳节登泰山

1999年重阳节，农历九月初九，杨辛老师邀请我跟他一起去登泰山。他说1999年九月初九，五个九连在一起，这很难得。我就跟他去了。当时杨辛老师79岁了。

我们坐火车到了泰安，住到一个宾馆，那个宾馆的经理和杨老师很熟。第二天一早开始登山，因为那天是重阳节，所以去登山的人很多。杨老师说，我们是从最下面开始登？还是坐车到中间再开始登？我说当然我们从下面开始登了。我心里想，杨老师七十多岁、快八十岁的人，他能爬上去，我怎么的也要爬上去。爬到中间的时候我们吃了一顿饭。快爬到山顶的时候，确实非常累，走几步就要坐下来歇一歇。大概在下午三四点钟到了山顶。

一面爬山，杨辛就一面跟我讲他登山的感受。他说他访问过那些挑山工，他们每个月大概要挑二十几天，一年的话，大概要挑10个月，所以一年等于要挑200多天吧。泰山的台阶一共6811

个,你想想看,6811个台阶,这个泰山的挑夫一年要爬多少台阶？10天就是68000,100天就是680000,200天呢？

杨辛说,他们这些挑夫都低着头,不说话,很沉着地一步一步地往上挑。这就代表了泰山的精神,这也是我们中华民族的精神。我觉得杨老师讲得非常好。

杨辛写过一首《泰山颂》,第一句话是"高而可登"。这个"登",我的理解不仅是身体往上爬,一步一步地往上登,这其实是一种精神,所以你看登泰山的人,大家都是一种喜悦的精神,一些老太太也在那儿登,还有一些小孩,撅着屁股也在那儿登,他们都是满脸的笑容,很高兴。虽然很累,但是他们很高兴、很喜悦。为什么？因为他们的精神在提升,登泰山最大的意义就在于精神的提升。所以"高而可登"这句话就是精神的提升。**这些人在登泰山,都在提升自己的精神,登泰山的意义,就在这个地方。这就是美感的神圣性。**

杨辛说,他最佩服泰山上的几类人,一类就是挑山工；第二类就是环卫工,他们要负责6811级台阶各处的卫生；还有一类就是植树工人,就是维护泰山绿色生态的,泰山的石头,都是很坚硬的,不像别处的土质,他要在泰山沿途种绿植,来维护这个。他说这三类人最辛苦、最了不起。泰安有个岱庙,我们也去看了,其中有一些汉代的柏树。那些柏树的扭曲的力度非常惊人,显示一种强大的生命力,正是泰山挑山工、环卫工的精神的象征。我对杨辛说,你看,这个柏树对我们写书法的人应该很有启示,我们的书法如果把这种扭曲的力度表现出来,就能显示一种美感的神圣性。

# 四五、美感的神圣性：莫高窟158窟的卧佛，霍金的微笑，月牙泉的光芒

2014年暑假，我和艺术学院的几位老师应邀前往甘肃兰州参加一个文化研讨会。我们提前出发，先到敦煌参观几天，此前我还从来没有到过敦煌。

敦煌研究院院长樊锦诗在研究院门口欢迎我们。樊锦诗是北京大学考古学院毕业的学生，是我们的校友，所以对我们十分热情，她安排了专门工作人员陪同我们参观。

参观的详情我就不谈了，只谈莫高窟158窟卧佛给我心灵的震撼。

莫高窟第158窟里面有莫高窟最大的释迦牟尼涅槃像，是中唐时期(781—848)所开。大佛长15.6米，头向南，足向北，右肋卧，面向东。四壁是菩萨、弟子、僧众的举哀图。

走进洞窟，我们就感到这尊巨大的、无比华丽的佛像，散发着一种神圣的光芒。我们从佛像的足部，缓慢走向佛像的头部，惊叹

四五、美感的神圣性：莫高窟158窟的卧佛，霍金的微笑，月牙泉的光芒

（敦煌研究院提供，吴健摄影）

大佛的气象如此宁静，如此安详，如此尊贵，如此完美。**最美的是佛像嘴角的微笑，正是这个微笑发出一种神圣的光芒，照亮了整个大佛，也照亮了整个洞窟。**

**我注视着佛的微笑，感到无比宁静，时间在这一刻停止了。**

**我想这就是佛祖的涅槃的境界，不生不灭的永恒的境界。正是这种不生不灭的永恒的境界，发出神圣的光芒，照亮了整个洞窟。**

我想起当代英国大科学家霍金。史蒂芬·威廉·霍金生于1942年，21岁时被确诊为患上肌肉萎缩性侧索硬化症（渐冻症）。当时医生说他只能活两年，但是他一直活到76岁。而且这么一个患着可怕疾病的人，居然在理论物理学上取得了伟大的成就。他创建了弯曲时空中的量子场论，发展了黑洞理论，写出了《时间简史》《果壳中的宇宙》等一系列非常有名的著作。霍金的肌肉功能

持续萎缩,后来,他只剩下右眼珠勉强可以转动,每分钟只能表达一个字母,但他依旧在工作,依旧在进行研究,而且发表演讲,逛夜总会,通过声音合成器唱歌,还兴致勃勃和人打赌。他中秋节发微博,说月亮自古以来一直是人类的明灯,说大家在中秋节一定要和自己的亲友一起赏月,而且一定要分享月饼,他特别强调月饼的口味很重要。总之,**他表示他是一个正常的人,他依然在热烈地、快乐地生活着,充满了欢乐,充满了爱。他所做的一切,都是他尽力向众生发出的微笑,带着永恒意味的微笑。**我曾在报纸上看到一篇介绍霍金的文章,文章说,"为了描述黑洞理论,霍金讲过一个故事,Bob 和 Alice 是一对情侣宇航员,在一次太空行走中,两人接近了一个黑洞。突然间,Alice 的助推器失控了,她被黑洞的引力吸引,飞向黑洞的边缘(视界)。由于越接近视界,速度越快,时间流逝得越慢,Bob 看到,Alice 缓缓地转过头来,朝着他微笑。那笑容又慢慢凝固,定格成一张照片。而 Alice 面临的却是另一番景象——在引力的作用下,她飞向黑洞的速度越来越快,最终被巨大的潮汐力(引力差)撕裂成基本粒子,消失在最深的黑暗中"。"Alice 死了,可在 Bob 眼中,她永远活着"。[①]

  Alice 的微笑,凝固了时间。时间停止了。Alice 的微笑,就是霍金的微笑。霍金自己说,他小时候常常仰望星空,猜想永恒性何时终止,成年后,就问自己:"我们为什么在这里?生命的意义是什

---

① 路明:《当我们谈论霍金时》,载《文汇报》2015 年 7 月 4 日。

四五、美感的神圣性：莫高窟158窟的卧佛，鎏金的微笑，月牙泉的光芒

么？宇宙为什么存在？"他说，他"一生有三分之二的时间被死亡的阴影笼罩"，所以他即使面对黑洞，面对最深的黑暗，也依然抓住每一分钟生活。是的，**他抓住每一分钟创造有意义的人生，他用尽力气向众生微笑。他的微笑使时间凝固。他的微笑就是向众生展示一个不生不灭的永恒的境界。这就是光的境界，这就是佛祖涅槃的境界，这就是美的神圣性的境界。**

参观158窟的那天晚上，我们去观赏鸣沙山和月牙泉。当时太阳还在天上，而月亮已升起来了，显示了日月同辉的奇妙景象。我感到，整个月牙泉，连同站在月牙泉旁边的我也在内，都笼罩在一种神圣的光芒之中。

这次和我同行的有艺术学院的顾春芳教授，她从事艺术学、戏剧学的研究，同时也是诗人。这次到敦煌，她写了两首诗，一首《莫高窟》，一首《月牙致鸣沙》。《莫高窟》中写道：

你说等了我千年，

泪水蘸着心酸

才等成一株不死的胡杨。

为的是我洗净风尘

睁开眼的这一刻，

看见你唇间的微笑。

再不要错过也不要回头，

那广大周遍的静谧中

有你安详的涅槃。

朔风吹散了历史,

却吹不走你的从容。

黄沙深埋了记忆,

却掩不住你的庄严。

这首诗写的就是不生不灭的永恒的境界,时间停止了的境界,光的境界,美的神圣性的境界。

## 四六、六十年过去,弹指一挥间: 我的三个同心圆

前面说过,季羡林先生曾对中文系的一位老师说:"叶朗是为北大干事的,而有一些人是专门吃北大的!"

季先生的话是对我的鼓励。我自1955年进了北大,当学生五年,毕业后又在北大从事教学、研究五十多年,在北大的环境里,受北大的历史的熏陶,我深刻地感受到北大从蔡元培开始,形成了一种极其宝贵的人文传统,这种传统决不能中断。只要我在北大工作一天,我就要做些有意义的事,努力继承和发扬这个传统,这是我作为北大一名教师的历史责任。我对这一点,确有一种自觉。这没有夸大。

六十年过去,弹指一挥间。六十年来,特别是20世纪80年代改革开放以来,我为北大做了什么?

我用"三个同心圆"来概括我这六十年的经历。

**第一个同心圆，是我对美学、艺术学、人文学的研究。这是我的专业，也是我的立足点。**

蔡元培先生在北大当校长时重视美学研究，提倡美育和艺术教育，这是北大的传统。我的专业选择了哲学、美学。20世纪80年代初，我在北大开设全校公共选修课"中国小说美学"，受到学生的热烈欢迎。接着出版《中国小说美学》一书，一下子发行八万册。在这门课和这本书中，我用大量材料证明中国有丰富的小说理论，特别是清代初年的金圣叹，对小说理论有卓越的贡献。1985年，出版了《中国美学史大纲》，这是国内第一部通史性质的中国美学史著作。这部著作不仅第一次提出了中国美学史的基本框架和发展线索，而且着力从中国美学思想的发展过程中提炼出一系列基本概念、范畴和命题，以此来统摄丰富的历史材料。1994年，我又在北大开设全校公共选修课"中国美学与中国艺术"，这门课，把本来是一门专业课程的"中国美学史"变成一门面向全体大学生的人文通识课程，把中国哲学、中国美学、中国艺术联贯起来进行阐释。这门课2001年获得了国家级教学成果一等奖。

80年代末，我转过来研究美学基础理论。1988年组织一批年轻学者写了一本《现代美学体系》，这本书强调建设现代美学体系要走中西文化融合的道路，但立足点是中国文化。在这之后，经过二十年的思考和积累，2009年我出版了《美在意象》（黑白插图本书名为《美学原理》）。这本书提出了一个以意象、感兴（体验）、人生境界三个概念为核心的理论框架,构建了一个立足于中国文化的美学体系。这个体系进一步推进了中国美学和西方美学的融合,也进一步推进了中国哲学、中国美学和中国艺术的融合,最重要的是在理论内核上带有中国的色彩。

冯友兰先生说过,人文学科的理论创新必须"接着讲",我在美学领域的这些著作就是"接着讲",是从冯友兰、朱光潜、宗白华、张世英等前辈学者"接着讲"。**"接着讲"的努力,集中到一点,是在美学基本理论的核心区要有新的理论创造,要从大量的历史材料中提炼出具有强大包孕性的概念和命题,形成一个稳定的理论核心,从而构成了一个带有中国色彩的理论体系。**在美学和艺术学理论的理论核心区进行理论创造,不仅在美学和艺术学的理论建设方面可以做出中国学者的贡献,而且可以使我们在美学史艺术史的研究、当代艺术作品的创造和批评,以及在美育、艺术教育方面都有一个稳定的立足点。

我也十分重视美学学科的资料建设,并投入大量的时间和精力。1990年我邀请和组织全国三十多所大学和研究机构的150位专家学者,前后花了12年时间,编注了一套《中国历代美学文库》,共10卷19册,约1100万字,2003年12月出版。这是中国传统美学和中国传统艺术理论的一座巨型的思想库、资料库,学术界认为这是一项弘扬中华美学精神的基础性工程,这是北京大学继承蔡元培的传统,对美学学科建设的一个重要贡献。

**第二个同心圆**，是我在北京大学参与美育和人文教育，参与推动学校进一步加强哲学、艺术学和整个人文学科的建设。

1993年，受哲学系教师的推荐和学校的任命，我担任哲学系主任，一直到2001年。在这八年中，我把大部分时间和精力投入哲学系的学科建设。

哲学系本来设有宗教专业，许多教师提议应该成立宗教学系。为此，1995年我们向学校领导提交了《关于建立宗教学系的申请报告》，报告从北京大学建设完整的学科体系，从促进国家稳定、改革、发展的需要，对建立宗教学系进行了论证。学校批准建立宗教学系，与哲学系联体运作，由我兼任宗教学系主任。这是大陆大学建立的第一个宗教学系（此前台湾辅仁大学刚建立宗教学系），新闻媒体纷纷做了报道。

1996年9月6日，学校领导为了继承蔡元培重视美育和艺术教育的传统，根据广大教师的提议，决定筹建艺术学系，并成立了筹备小组，由于我的专业是美学，学校领导指定我参与筹备小组的工作。1997年7月艺术学系成立，由我兼任系主任。这样，我就身兼哲学系、宗教学系、艺术学系三个系的系主任。

按照当时的学科分类，艺术学是属于文学大类下面的一个一级学科，这种分类显然不合理。2011年艺术学上升为门类，下属5个一级学科：艺术学理论，美术学，戏剧影视学，音乐舞蹈学，设计学。在这之前，人们早已认识到学校艺术教育和艺术学学科的重要性,所以艺术学系成立之后,在艺术学系教师和艺术界朋友们的提议下,我们就开始酝酿在艺术学系的基础上建立艺术学院。但是建立艺术学院经历了一个漫长的艰辛的过程。

2000年5月我们第一次向校领导上报《关于建立北京大学艺术学院的建议》。之后,2001年5月、2002年1月、2003年12月、2005年4月我们又向校领导第二次、第三次、第四次、第五次上报《关于建立北京大学艺术学院的建议》(第二稿、第三稿、第四稿、第五稿),同时,我们举办"北京大学与艺术教育学术研讨会",组织力量对国外大学的艺术教育的情况进行调研,并多次向学校党委书记、校长、常务副校长和多位副校长汇报艺术学院筹建的进展和问题,希望加快建院的进程。其间,2003年中共中央政治局常委李岚清同志非常热情地为北京大学艺术学院的成立题了词。但是,由于我们知道的和不知道的诸多原因,艺术学院建院的日期一拖再拖。一直到2006年1月,学校领导最后决定建立北京大学艺术学院。北京大学艺术学院从酝酿到正式成立,整整经历了五年。这五年中,我们向学校领导写了五次报告,又找学校领导当面做了无数次汇报。回顾北大的历史,没有一个学院的成立如此艰难。一个既符合蔡元培开创的北京大学人文传统,又符合新时代北京大学人才培养和学科发展需要的学院,它的成立怎么这样艰难?当年为艺术学院的成立而奔波的老师们回顾这段历史,无不叹息。

艺术学院的成立,对于北京大学的艺术教育和艺术学学科建设的深远意义，可能要过十年二十年才能看得出来，不过当下也已有所显示。2017年12月教育部学位与研究生教育发展中心发布全国第四轮学科评估结果，北京大学一共二十一个一级学科被评为A＋学科，其中有艺术学院的艺术学理论。被评为A＋的二十一个学科中，多数是传统的优势学科，如文、史、哲、数、理、化，只有艺术学理论是一个新建立不久的学科。

我兼任哲学系、宗教学系、艺术学系三个系的系主任，艺术学院成立后又担任艺术学院的院长，加在一起一共十八年。这十八年的系主任、院长的工作，使我的眼界从美学研究扩大到整个人文教育和人文学科的建设。我不停地思考的是，哲学、艺术学，扩大一点是整个人文学科，在北京大学的人才培养和学科建设中应该处于什么地位？应该发挥什么作用？我思考的结果归结为两点。第一，大学教育不等于职业教育。大学教育的目标不能只限于给学生一种职业训练，而是要培养具有较高文化素质和文化品格的全面发展的人。因此，第二，大学教育不仅要注重专业教育（科学技术教育），而且要注重文化素质和文化品格的教育（人文教养），要重视人文学科（哲学、文学、艺术学、历史学、语言学、考古学等）。人文学科可以使学生获得正确的世界观和思维能力的训练，可以从文化的（哲学的、历史的、审美的）层面激发学生的智慧和原创性，可以引导学生去追求人生的意义和价值，推动学生不断提升自己的文化品格和思想境界，把学生培养成胸襟广阔、精神和谐、趣味高尚、人格健全的新人。没有一流水平的人文学科和优良的人文环境,要想办成一流大学是难以想象的。北京大学自蔡元培以来形成了一个重视人文学科、重视美育和艺术教育的传统,这是北京大学的一个优良的传统,北京大学优良的人文环境是北大吸引全国学者和青年学生的一个重要原因。我们要继承和弘扬北大的这个优良传统。我把我的这个想法通过文章、讲话(如在国家教委组织的"加强大学生文化素质教育报告会"上的报告《谈谈人文教养与人文学科》,在教育部《面向21世纪教育振兴行动计划》座谈会"上的发言《对创建世界一流大学的几点想法》等)加以发表,同时在我担任哲学系系主任和艺术学院院长的实际工作中加以贯彻。有一些老师看到我在系主任和院长的工作中投入那么多的时间和精力感到不解,甚至惋惜("把这些时间用来做你自己的美学研究不是更好吗?"),其实我这样做是有一种自觉的。**我头脑中想的是:人文学科和人文教育对北京大学太重要了,蔡元培的传统决不能中断。我能为这个做一点工作,这是我的人生价值的体现。**

除了致力于哲学系、宗教学系、艺术学系和艺术学院的建设,我还在北大提议创建了两个学术研究机构。一个是创建"北京大学美学与美育研究中心"。这是教育部的文科重点研究基地。一开始教育部在全国设立100个文科重点研究基地,其中没有美学的基地。我向教育部社科司的领导同志建议补设一个美学研究基地,并把这个基地设在北大。经过一番争取,2004年教育部批准设立"北京大学美学与美育研究中心",作为文科重点研究基地。美学中心建立后,比较大的活动是2010年8月以北大的名义主办了第18届世界美学大会,取得了很大的成功。再就是组织编写了八卷本《中国美学通史》和七卷本的《中国艺术批评通史》,以及编辑出版了《张世英文集》和《熊秉明文集》。再一个是创建"北京大学文化产业研究院"。这是文化部的文化产业研究与发展基地。研究院建立之后,在文化产业的人才培养以及文化产业的理论和政策研究方面做了大量的工作。

为了在北大营造更浓厚的文化学术氛围,从2009年开始,我每年不定期地在燕南园组织举办"美学散步文化沙龙",从2013年开始,我请艺术学院的顾春芳教授和我一起策划和组织这项活动。这是一种艺术与科学相融合的小规模的学术沙龙,希望在自由、活泼、宽松的气氛中,讨论艺术、哲学、科学、文化领域大家感兴趣的问题,推进学术交流,刺激生发原创性的思维。很多著名的科学家、艺术家和著名的学者如杨振宁、李政道、吴良镛、张世英、杜维明、沈鹏、欧阳中石、王立平、李祥霆、潘公凯、丁方、陈来、吴国盛、陈嘉映、杜小真、李零、张帆、林梅村、扬之水等人都曾应邀参加沙龙发表演讲。这个学术沙龙规模虽小,但是影响越来越大。

**第三个同心圆,是参与推动整个社会重视美育和艺术教育,参与推动整个社会重视人文教育和人文学科的建设。**

刚才说,我在北大哲学系、宗教学系、艺术学系和艺术学院的工作岗位上尽力推动人文教育和人文学科的建设，但是人文教育和人文学科的建设不是一所大学努力就可以做好，而是必须引起整个社会的重视。当年蔡元培提倡美育也是从北大而影响整个社会的。今天我们继承蔡元培的传统，也要从北大走向整个社会。由于我从1998年开始连续担任全国政协九届、十届两届常委，后来又担任教育部第五届、第六届艺术教育委员会的主任委员，这也为我在全国范围内推动人文教育和人文学科的建设提供了条件。我主要做了这么几件事：

第一，1998年12月4日我写了一个《关于把美育正式列入教育方针的建议》，呈送中央领导同志。这个建议讲了三个问题：一、德育不能包括美育；二、加强美育是培养创新人才的需要；三、加强美育是21世纪经济发展的直接要求。据我所知，这个建议对中央正式把美育列入教育方针起了进一步的推动作用。

第二，2001年5月，昆曲被联合国教科文组织评审通过列入首批"人类口头和非物质遗产代表作"名单。2003年11月6日至16日，我参加全国政协的考察团，赴长沙、郴州、杭州、温州、苏州、昆山、南京等地，对全国昆曲艺术的现状作了实地考察。在实地考察的基础上，2004年2月由我执笔写了一份《关于加大昆曲抢救和保护力度的几点建议》，由全国政协副主席、政协京昆室顾问万国权和我联合署名，送呈中央领导同志。胡锦涛和温家宝做了批示。之后，文化部召开会议做了专门研究，由文化部和财政部联合发布了《国家昆曲艺术抢救、保护和扶持工程实施方案》。

第三,2005年,我(以及北京大学文化产业研究院)和青春版《牡丹亭》总制作人白先勇先生合作,把青春版《牡丹亭》引进北京大学大讲堂演出,在北大校园引起轰动,并由此开启了青春版《牡丹亭》在全国高校的巡演。2009年,我又与白先勇先生共同发起了"北京大学昆曲传承计划",在北京大学开设昆曲经典欣赏课(全校艺术素质教育通选课)。这门课请白先勇、王安祈、郑培凯、周秦、赵天为、丛兆桓等研究昆曲的知名学者和张继青、姚继焜、汪世瑜、蔡正仁、梁谷音、计镇华、张铭荣、岳美缇、华文漪、侯少奎、王芝泉等著名昆曲表演艺术家来讲课,从2009年开始,每年开设,至2019年已持续了十一年。

第四,在全国政协和教育部艺术教育委员会的会议上发言,呼吁重视加强人文艺术教育,呼吁重视加强中国传统艺术的研究。如:《全社会都要重视和加强人文教育》(在全国政协九届三次会议上的发言)、《引领全社会重视艺术教育》(在教育部艺术教育委员会第五届委员会议上的发言)、《关于加强中国传统艺术研究的建议》(在全国政协九届五次会议上的发言)等。在这些发言中,我指出,"我们在加强科学教育的同时要加强人文教育。经济发展和科技发展都代替不了人文教育。缺乏人文教育,就会出现价值评价颠倒、价值观念混乱、精神空虚、信仰失落等现象,就会出现精神危机。社会的安定和发展就会受到严重的威胁。"所以,我们要重视人文学科的建设,"人文学科关系到整个社会的价值导向和人文导向,关系到民族灵魂的塑造。忽视或轻视人文学科,必然导致整个民族精神水平的下降,必然导致整个社会的庸俗化"。在这些发言中,我还指出,我国传统艺术的遗产极其丰富,极其辉煌,但是,长期以来,我们对中国传统艺术缺乏充分的理论研究和理论说明。"在新的世纪,我们一方面要采取更积极、更开放的姿态,大力吸收其他国家的优秀文化艺术成果,另一方面,也要把中华民族几千年的光辉灿烂的文化艺术成果介绍给国际社会,让全世界进一步了解中国,了解中国文化和中国艺术,了解中华民族的民族精神和文化品格。这才是全面的开放和全面的交流。要这样做,有一个重要的前提,就是我们自己应该对中国传统艺术做出深刻的理论的阐释。"据我所知,这些发言,这些呼吁,在社会的各方面产生了不同程度的影响。

第五,编写面向青少年和广大读者的普及性美学读物和中国文化读物。我自己从小深受叶圣陶、朱自清、丰子恺、朱光潜等前辈学者所写的文化普及读物的影响,所以我历来十分重视文化普及读物的写作。2008年,我和朱良志教授合作写了《中国文化读本》,在北京奥运会开幕之前出版。这本书的意图,是为国内外读者提供一本简明、生动、有情趣的中国文化读物,使读者在获得中国文化的具体知识的同时,可以感受到中国文化的内在精神,感受到中华民族的伟大生命力、创造力和凝聚力,感受到中国人活生生的性格、灵魂和情趣。这本书出了中文简体字本和繁体字本，又出了英、法、德、俄、西班牙、阿拉伯、日、韩等八种外文译本，产生了较大的社会影响。为了提倡和引导大学生、研究生重视学习写文章，为了在大学生中和文化界提倡一种简洁、干净、明白、通畅、有思想、有学养、有情趣的文风，经过八年的酝酿，我在2012年编选了一本《文章选读》，也产生了较大的社会影响。

第六，利用网络平台的媒介，面向全国广大的大学生，开设人文艺术方面的网络共享课。在教育部体卫艺教司和北京大学校领导的引领下，我和北大艺术学院的老师策划和制作了一个系列的"人文艺术网络共享课"，包括五门课程：（一）艺术与审美，（二）昆曲经典艺术欣赏，（三）伟大的《红楼梦》，（四）敦煌艺术，（五）世界著名博物馆艺术经典。这个网络共享课的授课老师不仅有北京大学和国内高等院校的著名教授，而且也有国内文化领域和艺术界的著名学者和著名艺术家。我们试图通过这个网络共享课，在高等院校中营造传承中华优秀文化、弘扬中国精神的浓厚氛围。这五门课程上线之后产生了很大的影响。截至2017年年底，全国各地已有600所高校，超过16万学生选这门课。这使我体会到，开设这种网络共享课，是在互联网的条件下，在高等学校和全社会加强人文教育的一个重要途径。

以上这三个同心圆，第一个圆是我自己的美学研究和艺术研究，就是立足于中国文化，尝试在美学和艺术学理论的核心区进行新的创造,构建具有中国色彩的理论体系;第二个圆是北大的人文教育,就是在北京大学参与学校的美育和艺术教育,参与推动学校进一步重视哲学、艺术学以及整个人文学科的建设;第三个圆是整个社会的人文教育,就是参与推动大中小学和全社会重视美育和艺术教育,参与推动全社会加强中国传统艺术的研究和人文学科的建设。**这三个圆,有一个共同的圆心,就是传承和弘扬蔡元培开创的北京大学的优良传统,这个传统重视美学和艺术学的学科建设,重视在高等学校和全社会开展美育、艺术教育和人文教育,引导大学生和社会民众不断提升自己的精神世界,去追求一种更有意义、更有价值、更有情趣的人生,追求人生的神圣价值。我进入北大这六十年来,特别是改革开放这四十年来的所作所为,它的精神核心就集中在这一点。这六十年来,特别是改革开放这四十年来,我的人生意义也集中在这一点。**

# 四七、自题墓志铭

中国和外国都有一些学者和艺术家在生前早早为自己题写了墓志铭。东施效颦，我也为自己题写了四句墓志铭：

> 生于烂柯山下，
> 学于未名湖边，
> 行于美学道上，
> 归于浮石潭中。①

---

① 烂柯山位于我的家乡衢州市的郊区。据传当年有一位小伙子入山砍柴，见山洞前有两位老人在下棋，他就坐下观战。过了半晌，下棋老人中的一位问小伙子："你怎么还不回家？"小伙子回答："我看你们下完这一局再回去。"老人说："你看你屁股下面的砍柴斧头柄都烂了。"小伙子一看，斧头柄真的腐烂了，赶紧跳起来往山下跑。跑到自己家所在的村庄，模样完全变了，什么都认不得了，找来找去，只有一口井还在。这就是"山中方七日，世上已千年"的故事，说明时间是相对的。由此烂柯山成为衢州市的名胜。

浮石潭位于衢州市城区的南门外。据传当年潭中有巨型卵石两块，一大一小。每当潭水上涨，这两块卵石也随之上升，所以名为"浮石潭"。我小时候出城去外婆家，都要过浮石潭，当时要坐渡船。当年我母亲曾说，她死后要葬在浮石潭中，但是她去世时我不在她的身边，因此她的这个愿望未能实现。

# 附录

# 谈谈人文教养与人文学科[①]

最近,国家教委提出要采取措施,在我国高等学校加强文化素质教育,特别是要加强人文教育。我认为,这个决策十分正确、十分及时。加强高等学校的人文教育,这是时代的迫切需要,是现代化建设的迫切需要,是塑造民族精神、复兴中华文化的迫切需要。

下面我就人文教养和大学教育的关系问题,以及与此相联系的人文学科的地位和作用的问题,谈一点粗浅的看法。

## 一、人文教养

1. 现在很多人(包括很多学生和学生家长)都把大学教育看成是一种单纯的职业教育。上大学,就是学一门专业,掌握一门技

---

① 本文是作者1995年12月8日在当时国家教委组织的"加强大学生文化素质教育报告会"上的报告文稿。

能,毕业后能找到一个好的工作(工资高,待遇好)。

这种观念由来已久,已经成为社会上一种很普遍的观念。

据台湾地区学者说,台湾地区也是这样:"台湾地区的大学教育已成为高等职业训练所,大学各学科的重要性也以其在就业市场所能创造的价格来规定。"一切以市场价格来衡量,因而人文思想、人生意义、先哲智慧都被冷落,"使台湾地区成为经济富裕、文化贫穷、思想干涸的社会"。①

对大学教育的这种观念并不符合西方传统的关于大学教育的观念。按照西方传统的观念,大学不是职业培训中心。大学教育不等于职业教育。大学教育的目标不能只限于给学生一种职业训练,而是要培养具有较高文化素质和文化品格的全面发展的人。因此,大学教育不仅要注重专业教育(科学技术教育),而且要注重文化素质和文化品格的教育(人文教养)。

2. 西方传统的大学教育的观念源于古罗马的人文教育。古罗马的人文教育,就是用人文学科对公民(自由民)进行教化。当时的人文学科包括自然科学,即文法、修辞学、辩证法、音乐、算术、几何学、天文学,称之为"七艺"(七种自由的艺术),和我们中国古代的"六艺"(礼、乐、射、御、书、数)很相似。"七艺"的目的不是给学生一种职业训练或专业训练,而是通过几种基本知识和技能,培养一种身心全面发展的理想的人格,或者说发展一种丰富的健康的

---

① 以上所引为台湾大学哲学系林火旺教授的话。

人性。

3.但是，到了近代，西方古典人文教育被职业教育所取代。在大学教育中，只看重知识的灌输、技能的训练，而忽视心灵的教化和人格的培养，古典课程和人文课程受歧视、受排挤。人的创造性、想象力被压抑，人的同情心、道德感、审美感得不到启迪。学生被当作要加工的零件，经过加工，成为大工业生产所需要的标准型的专门人才，从而可以在大工业生产的流水线上获得一个职位。这样的大学教育，它所根据的基本理念是实证主义、唯科学主义、"工具理性"——教育完全成为经济发展的工具，而不再注重引导青年去寻求人生的价值和意义。

4.19世纪末和整个20世纪，由于物质和精神的失衡而造成的人类文明的危机日益显露，所以这种以实证主义、唯科学主义为根据的大学教育的观念不断受到一些哲学家、教育学家和心理学家的批判。例如像伏尔泰、文德尔班、李凯尔特、胡塞尔、海德格尔、雅斯贝尔斯、伽达默尔这样一些著名的哲学家，又例如像"文化教育学"、"教育人类学"、"文化心理学"、"人本心理学"这样一些教育学和心理学的流派，他们都强调人不仅是一种自然的、物质性的、生物性的存在，而且是一种社会性、文化性、精神性的存在，强调人类历史中有文化性、精神性、价值性的因素，强调人的理想和抱负，强调人的终极关怀和价值。这种人文主义哲学、教育学、心理学流派的影响在60年代之后日益增大。与此同时，科学技术本身的发展,也日益向世人表明,科学技术如果丧失了人文价值和人文目标,不仅会危及人类的精神生活,而且也会危及科学、技术本身的发展,危及经济的发展,甚至有可能从根本上危及人类的生存。所有这些,都促使人们重新反省那种以实证主义、唯科学主义、"工具理性"为根据的大学教育的观念。

5. 在人类即将跨入 21 世纪的时候,人类文明的危机越来越严重。这种危机的一个突出的表现就是人的物质生活与精神生活的严重失衡。在世界的各个地区,似乎都有一个共同的倾向:重物质,轻精神;重经济,轻文化。发达国家已经实现了经济的现代化,人们的物质生活比较富裕,但是人们的精神生活却越来越空虚。与此相联系的社会问题,如吸毒、犯罪、艾滋病、环境污染等问题日益严重。发展中国家把现代化作为自己的目标,正在致力于科学振兴和经济振兴,人们重视技术、经济、贸易、利润、金钱,而不重视文化、道德、审美,不重视人的精神生活。总之,无论是发达国家或是发展中国家,都面临着一种危机和隐患:物质的、技术的、功利的追求在社会生活中占据了压倒一切的统治的地位,而精神的生活和精神的追求则被忽视、被冷淡、被挤压、被驱赶。这样发展下去,人就有可能成为西方有的思想家所说的那种"单面人",成为没有精神生活和情感生活的单纯的技术性的动物和功利性的动物。因此,从物质的、技术的、功利的统治下拯救精神,就成了时代的要求,时代的呼声。

6. 我们中国同样存在着这个问题。中国是发展中国家,举国上下,正在勠力同心,为经济的振兴和国家的现代化而奋斗。但在实现现代化的过程中,也出现了重物质而轻精神、重经济而轻文化的现象。一些家庭的父母不送子女上学,而是让子女去做小买卖,把子女当赚钱的工具。在许多大中城市,书店被吞噬的速度不断加快,不少书店被拆除,或被改成服装商店和电器商店。一些出版社大量出版格调很低、粗劣不堪的图书,却拒绝出版有价值的学术著作。有些地区有钱购买进口小轿车,却拖欠中小学教师的工资。与这种轻视文化、轻视精神的倾向相联系的是整个社会的人文教育十分薄弱。中小学缺乏最基本的人生教育,以致现在一些青年人不知怎么做人,甚至连起码的礼貌也不懂。学校里数、理、化压倒一切。书店里的青少年读物也都是数、理、化和外语的复习参考书,人文教养方面的书籍很难找到。在这样的环境中成长起来的青少年,他们的性格必然是片面的、不健康的。现在学生中出现的一些现象,例如价值的失落、对未来的迷茫和困惑、极端利己主义的人生态度等,显然和学校缺乏人文教养是有关系的。现实生活中的种种现象已经给我们敲响了警钟。

7. 但是,很多人看不到这一点。在很多人心目中,搞现代化建设,一是要有资金,二是要有技术,别的都是次要的。他们不了解,现代化建设归根到底是靠人。他们见物(钱)不见人。他们也讲人才,但人才问题也被归结为掌握技术的问题。他们没有看到,人才首先有一个文化素质和文化品格的问题，也就是有一个教养的问题。他们也没有看到，人文教养会深刻地影响到一个社会的治、乱、兴、衰，而且通过塑造一个民族的文化品格、文化精神，对这个民族的发展产生深远的影响。现在社会上的很多弊病，不都是因为人的素质太差（缺乏教养）引起的吗？很多事没有办好，并不是因为办事的人缺乏科学技术知识，而是因为办事的人文化素质和文化品格太差。社会上出现的一些消极现象，例如拜金主义和享乐主义的风气在一些人中间蔓延；例如在一些地区一再出现的制造假药、假良种、假农药事件；例如歹徒在光天化日之下行凶，许多人围观，却没有人出面制止；例如一个小孩落水了，船上的人首先要有人给钱，钱不够数就不下水救人，看着小孩淹死；等等。这些不是因为他们缺乏科学技术知识，而是因为他们缺乏人文教养。现在很多文章强调加强法制教育，加强法制教育当然很重要，但是如果没有人文教养作为基础，法制教育也很难奏效。天津大邱庄禹作敏的事件发生后，一些人写文章说，这件事给我们的教训是只抓经济不行，还要抓法制教育。其实禹作敏的问题根本不是因为缺乏法律知识，而是因为他根本没有文化，缺乏最起码的人文教养。一个人难道要学了法律条文才知道不能杀人吗？从禹作敏引出的教训是：一个没有文化的人，一个缺乏人文教养的人，一个文化素质、文化品格极差的人，绝不可能成为改革开放的英雄和模范。进一步我们还可以引出一个更带普遍性的教训，那就是：如果我们不努力提高全民族的文化素质和文化品格,要想取得现代化建设的成功将是极其困难的。现在人们常说,能源、交通是现代化建设的"瓶颈"。这当然是对的。但是,我认为,从长远看,影响现代化建设的最大的"瓶颈"是国民的文化素质和文化品格,这一问题应该引起全社会的关注。

8. 世界范围内这种因为物质生活和精神生活的失衡而引起的人类文明的危机,以及我们中国现代化过程中因为忽视人文教养而产生的种种负面现象,都告诉我们:那种以实证主义、唯科学主义为根据的大学教育的观念,那种把大学教育单纯作为职业教育的观念,确实应该改变,刻不容缓。如果我们大学培养出来的人,只学会一门专业知识,或者只掌握一门技艺,不懂哲学,不懂文学,不懂历史,不讲礼貌,不讲道德,不讲奉献,专门利己,毫不利人,心胸狭窄,趣味庸俗,除了快快发财,不知人生还有什么价值和意义,那我们的社会会是一种什么样的情景,不是可以想见的吗?一个国家的青少年都是这种素质和品格,这个国家能够建设成为文明、进步、繁荣、富强的社会主义国家吗?举个人所共知的例子,我国有一名物理专业的学生到美国读博士,他的专业成绩很优秀,但是后来因为他的博士论文没有获奖,而是另一位中国学生获奖了,同时他没有被留下做博士后而是那位获奖学生留下做博士后,于是这个学生的精神陷于崩溃,就用手枪把那位竞争对手打死了,把指导教授、系主任和其他几位教授都打死了,最后自杀了。这件事已过去好几年,但是这件事究竟给我们什么教训并没有认真总结。我认为,这件事给我们最重要的教训,就是说明长期以来占统治地位的"重科技、轻人文"、"重专业、轻教养"的教育观念和教育模式今天应该下决心加以改变了。听说最近日本的教育界正在讨论奥姆真理教事件的教训。奥姆真理教的一些骨干分子,即那些制造毒气的人,都是大学理工科毕业生,他们懂科学,他们有技术,但是他们是一群丧失理智和良心的疯子。标榜科学的现代大学竟然培养出这样一群以科技手段杀害大批老百姓的疯子,这还不值得反思吗?

9. 以上围绕人文教养和大学教育的关系,我谈了一些看法。我的基本论点是:长期以来占统治地位的那种把大学教育等同于职业教育,"重科技、轻人文"、"重专业、轻教养"的教育观念和教育模式,我们在今天必须下决心加以改变。这是时代的要求。

下面我想对于如何看待中国传统文化的问题谈一点看法。因为这个问题和我们讨论的人文教养的问题有关。

10. 如何看待中国传统文化,前一段时间报刊上有不同的意见。主张弘扬中国传统文化的人往往罗列中国传统文化的一大堆优点,反对弘扬中国传统文化的人也往往罗列中国传统文化的一大堆毛病。我认为对于这个问题不能泛泛地、抽象地谈。我们对于任何问题都要把它放到具体的历史条件下来讨论。我认为,中国传统文化的一个最重要的特点,就是重视人文精神和人文教养,重视人自身的教化和塑造,也就是要使人不断从动物的状态中提升出来,进入到一种高的境界,精神的境界。儒家学者经常讨论的一个问题就是人和动物不同的地方("人之所以异于禽兽者")究竟在哪里。在儒家学者看来,人和动物最大的不同,就在于人有高级的、精神的需求,包括道德的需求、奉献的需求、审美的需求等。这种精神的需求不同于物质功利的需求,它是对于物质功利需求的超越,是对于个体生命的感性存在的超越。可以说,中国传统文化是一种以礼乐精神为核心的重视人文教养的文化。而这种人文教养的目的,则是塑造一种高尚的人格,是追求一种理想的人生境界。

我认为,中国文化这种重视人文精神、人文教养的传统,对于我们今天社会转型时期的价值体系的建设和民族精神的塑造,是十分重要的。一个国家,一个民族,不能只有经济和物质的追求,还应该有精神和价值的追求。这对于一个民族增强自己的生命力、创造力、凝聚力,对于一个社会的稳定和发展,都是至关紧要的。不同时代弘扬传统文化,必然有不同的侧重点。我们今天弘扬传统文化的侧重点,我想就在这里。

## 二、人文学科

1. 和忽视人文教养相联系的一个问题是社会上轻视人文学科的风气,"重科技、轻人文"的倾向,在这几年越来越严重。一些人不加分析地批评人文学科"老化"、"脱离实际"、"培养出来的人没有用"。他们要求人文学科尽量技术化、数量化、实用化,他们要求把人文学科完全变为应用学科。在他们看来,这就是文科改革的道路。他们认为,只有这样"改革",文科才能从"无用"变为"有用"。轻视文科的另一个表现是文科的经费与理工科经费的比例严重失调。有的主管部门计划给基础学科的研究人员一些补贴,但是只给理科,不给文科。有的主管部门的干部在审核211工程的计划时看到其中有文科建设的预算,竟然问:"为什么文科还要花钱?"在这些干部心目中只有科技,文科根本没有地位。

这种倾向是十分危险的。人文学科关系到一个社会的价值导向和人文导向,关系到一个民族的民族精神的塑造。国际上的一些知名学者早就发出警告:如果忽视或者轻视人文学科,必然导致整个民族精神水平的下降,必然导致整个社会的庸俗化。正确认识人文学科在大学教育以及整个现代化事业中的地位和作用,仍然是需要我们认真对待的一个严肃、重大的课题。

2. 首先我们谈一谈什么是人文学科。《大英百科全书》对人文学科做了如下的界定:"人文学科是那些既非自然科学也非社会科学的学科的总和。一般认为人文学科构成一种独特的知识,即关于人类价值和精神表现的人文主义的学科。""人文学科包括如下研究范畴:现代与古典语言、语言学、文学、历史学、哲学、考古学、艺术史、艺术批评、艺术理论、艺术实践,等等。"照这个界定,人文学科包括哲学、语言学、文学艺术、历史学、考古学、文化学、心理学、宗教学等学科。

3. 人文学科的研究对象是人文世界,也就是人的精神世界(内在的)和文化世界(外在的)。人的精神世界和文化世界是统一的。从内容来说,人的精神世界和文化世界就是意义世界和价值世界。[①] 人文世界的精神性、意义性、价值性决定了人文学科区别于社会科学(政治学、经济学、法学、社会学、管理学等)的独特的性质。[②]

4. 人文学科与回答"是什么"的客观陈述(科学)不同,它要回答"应当是什么",也就是它要包含价值导向。人文学科总是要设立一种理想人格的目标或典范。人文学科引导人们去思考人生的目的、意义、价值,去追求人的完美化。人文学科不是认识和实践的工具(例如提高小麦的产量),而是要发展人性,完善人格。它不是使你学到技术,而是要提高你的文化素养和文化品格。它所根据的理念不是工具理性,而是价值理性。有人问:"读唐诗有什么用处?""读《红楼梦》有什么用处?"我们只能回答:没有用处。它不是工具。它没有直接功利的用途。人文学科的特点是体验性(它要求学者知情意一体的全身心的投入)、教化性(教养)、评价性(价

---

① 见朱红文:《人文精神与人文科学——人文科学方法论导论》,第196页,中共中央党校出版社1994年版。
② 同上书,第213页。

值导向)。这和社会科学不同。社会科学是在现代自然科学兴起的背景下形成的,它引进自然科学的理论、知识、方法,运用统计的方法,定量的方法,社会调查与社会观察的方法,进行实证的研究。社会科学如经济学、法律学、政治学、社会学、人口学、统计学等等,对社会生活有明显的指导意义和直接应用的价值,它们可以推动社会经济的发展,提高社会管理的效率,所以具有广泛而直接的实用性。

5. 人文学科没有直接的功利性,不等于人文学科没有"用"。人文学科的功用最主要的就是"教化"。黑格尔说过,人之所以为人,就在于人能脱离直接性和本能性。因此人需要教化,教化的本质就是使个体的人提升为一个普遍性的精神存在。所以他说,哲学正是"在教化中获得了其存在的前提和条件"。伽达默尔也说过,精神科学是随着教化一起产生的,"因为精神的存在是与教化观念本质上联系在一起的"。

6. 在我们当前的时代条件下,人文学科至少有以下六个方面的社会功能:

第一,提供一种正确的价值和意义的体系,从而为社会提供一种正确的人文导向。

第二,对广大群众特别是青少年进行人文教育,提高整个民族的文化素质和文化品格,塑造一种文明、开放、民主、科学、进步的民族精神。有了这种不断提升的文化素质和文化品格,有了这种民族精神作为支柱,我们才能不断增强我们民族的生命力、创造力和凝聚力,我们才能加速现代化进程,推动社会的进步,实现民族的振兴。

第三,使我们整个民族特别是科技工作人员以及实际工作部门的干部获得正确的世界观和理论思维、战略思维的训练,使我们国家的科技发展和现代化建设获得丰富的文化内涵,并从文化的(哲学的、历史的、审美的)层面激发我们整个民族的智慧和原创性。

爱因斯坦说:"陀思妥耶夫斯基给予我的东西比任何科学家给予我的都要多,比高斯还多!"世界级的建筑大师贝聿铭说:"我时常读老子。我相信他的著作对我建筑想法的影响可能远胜于其他事物。"很多自然科学领域和技术科学领域的大师都说过类似的话。他们非常重视从人文学科的经典中吸取智慧,获得创造的灵感。

第四,为国家在经济建设和现代化进程中的各种决策提供人文咨询、人文设计、人文论证。经济建设和现代化决不单纯是一个科学技术问题,也不单纯是一个物质问题,它包含有文化的、精神的、价值的层面。所以,国家的决策,不仅需要技术咨询、技术设计、技术论证,而且需要人文咨询、人文设计、人文论证。忽视人文咨询和人文论证,往往导致决策的重大失误。

第五,推动中国文化进一步走向世界。展望21世纪,中国文化和东方文化的伟大复兴,必将改变西方文化片面主宰世界的格局。人文学科在这方面担负着重要的任务,这包括:对中国文化进行全面的、深入的、原创性的研究,以过去所缺乏的广度和深度把中国文化介绍给国际社会(西方文化界、学术界对中国文化至今极端缺乏了解),等等。

第六,推动文化产业的发展。人类社会进入21世纪,随着高科技的进一步发展,随着物质生活的富裕,人们对于精神生活和情感生活的要求会越来越高,越来越迫切。而文化产业的特点是艺术学科、人文学科和技术学科的交会和融合,是科技和情感、物质文明和精神文明的交会和融合。我们应该十分关注这个新兴的文化产业,用理论和实践相结合的方法,对它进行探索和研究,推动它的发展,力求把握它的最新潮流。

7. 中华人民共和国成立以来(之前也是如此),我们大学文史哲等系科把自己的任务都确定为培养本专业的专门人才。这种人才当然是社会所需要的。但是如前面所说,人文学科不仅是职业(专业),更主要的是一种教养。职业是一部分人的事,教养就带有普遍性,关系到每个人。所以大学的人文系科不仅要面向本系各专业的学生,而且要面向全体大学生,更进一步,还要面向整个社会,面向社会上的广大群众,特别是广大青少年。

8. 根据对人文学科的社会功能的这种认识,可以引出文史哲等系科教学改革的一条思路。

我想，文史哲等系科在人文教养（广义的教学）方面的功能，可以分解为以下四个方面：

①培养本专业的专门人才（包括理论型的人才和应用型的人才）。

②作为其他系科（社会科学系科、自然科学系科、工程技术系科）学生的辅修专业。

③开设全校性公共选修课，对全体大学生进行人文教育。

④面向全社会，利用书籍、报刊、广播、电视、讲座、网络等各种大众传播媒介，对青少年及广大群众进行大众化的、生动活泼的人文教育。

如果文史哲等系科把上述四个方面的任务都担当起来，那么它们在高等学校以及整个社会的人文教养方面必定能发挥越来越大的作用，从而也就为我们国家的现代化以及我们民族的振兴做出越来越大的、别的系科（社会科学系科、自然科学系科、工程技术系科）所不能替代的贡献。它们的前景是十分光明的。

# 对创建世界一流大学的几点想法[①]

我想结合北京大学的情况,谈谈我对于创建世界一流大学的一点粗浅的理解。

我想,在中国的条件下,世界一流大学至少应该达到以下十个方面的指标:

第一,学科体系完备(这是世界一流大学的基础条件)。

创建世界一流大学,要考虑学科体系的总体框架。这个总体框架要符合学科发展的新的趋势。

第二,教学设施、物资设备先进、齐全,同时有一流的、精干的、高效率的行政管理系统(这也是世界一流大学的基础条件)。

第三,有最良好的学术环境(这也是世界一流大学的基础条件)。

---

① 本文是作者在教育部举办的"《面向 21 世纪教育振兴行动计划》座谈会"上的发言。

所谓良好的学术环境,主要特点是:有很浓厚的学术研究和学术讨论的空气,在教学领域和科研领域建立一套严格的学术规范,有一种勤奋、严谨、求实、创新的学风,有一套由校内外、国内外著名学者开设的必修课、选修课和学术讲座,有经常性的高水平的国际国内学术交流活动。

第四,成为向世界开放的、国际化的大学(这也是世界一流大学的基础条件)。

和世界一流大学比起来,北京大学的国际化的程度还是比较差的。我们要扩大招收留学生(特别是欧美留学生)的规模;要加大购买国外图书和学术期刊的经费投入;要建立信息网络,使教师和学生能及时掌握国际学术界的研究动态和研究成果;要建立大量聘请国际知名学者来北大讲学和研究的机制;要大大增加北大学者在国际学术刊物上发表论文的数量;要推动北大知名学者到国外一流大学讲学;要举办高层次的国际学术会议,在国际科学论坛上要有北大学者的声音;要培养能够和国际学术界对话的高水平的博士。我们还要培养一批高水平的翻译家,以便用过去所没有的深度和广度把中国文化介绍给国际社会。

第五,学生(本科生、硕士生、博士生)整体素质和创新能力应处于全国前列,并进入世界先进行列(就可比部分来说)(这也是世界一流大学的基础条件)。

在这里我想强调一下人文学科(哲学、语言学、文学、艺术、历史学、考古学等学科)在素质教育中的作用。这种作用概括起来就是:使学生获得正确的世界观和理论思维的训练,从文化的(哲学的、历史的、审美的)层面激发学生的智慧和原创性,引导学生去追求人生的意义和价值,推动学生不断提升自己的文化品格和思想境界,把学生培养成胸襟广阔、精神和谐、趣味高尚、人格健全的新人。没有一流水平的人文学科和优良的人文环境,要想办成一流大学是难以想象的。北大一百年来在人文学科方面一直有传统的优势。北大优良的人文环境是北大吸引全国学者的一个重要原因。我们要重视和发展北大在这方面的传统。

第六,建设一批具有国际先进水平的一流学科,培养和拥有一批学术上有原创性的知名学者、学术权威、世界级大师,包括一大批科学院、工程院的院士和今后可能设立的人文社会科学院的院士,以及若干名诺贝尔奖获得者(前面说的五条都是一流大学必须有的基础条件,这一条是世界一流大学的标志)。

一流大学应该培养一批像蔡元培、马寅初、杨振宁、李政道这样的大学者。

第七,为国家各个方面、各个部门培养、输送高级领导人才(包括政府机构的领导干部和大学、大公司、大企业的领导人才),以及能够对国内、国际重大战略问题进行科学分析的高级研究人才(这一条也是世界一流大学的标志)。

一流大学应该培养我们自己的像基辛格这样的战略家以及像

托夫勒这样的未来学家。

第八,成为推动国家经济发展的基地(动力)(这也是世界一流大学的标志)。

主要包括两个方面:

1. 推动以信息产业、生物工程等为代表的高科技产业的发展,推动科技成果向现实生产力转化。

2. 推动文化产业的发展。很多学者预测,文化产业极可能是21世纪中国经济和世界经济的一个新的重要的增长点。还有很多学者认为,信息产业和文化产业是知识经济的两大支柱产业。对北大来说,一部分文科如何和市场结合、如何为经济建设服务,还是一个没有得到很好解决的问题,文化产业可能是一个比较好的切入点。

第九,成为国家的思想库(这也是世界一流大学的标志)。

思想库有两类:

1. 作为基础理论研究的基地,孕育、产生新的思想和新的学派。——这是一种类型的思想库。

2. 围绕国家的现代化和社会进步的重大课题进行调查研究,为国家各级领导决策部门提供战略层面和技术层面的建议、咨询和设计。——这是另一种类型的思想库。

世界一流大学应该兼有这两种思想库的功能。

第十,应该拥有一个世界一流的图书馆、一个世界一流的艺术展览馆、一个世界一流的剧院(音乐厅)和一个享有世界声誉的大学生艺术团(这也是世界一流大学的标志)。

有了这四件东西,一所大学就不仅是全社会的教育中心,而且是全社会的高雅文化的中心,是一个国家、一个民族的历史和文明的象征,这样的大学就可以赋予大学生以深刻的历史感和文明感。

作为北京大学的一名教授,我深深感到北大现在正是处于改革和发展最好的时机。我相信,在1999年这新的一年中,北京大学一定会进一步巩固和发展安定团结的政治局面,一定会进一步突出改革的精神,加大改革的力度,在创建世界一流大学的进程中跨出决定性的一步。

# 关于把美育正式列入教育方针的建议[①]

我国的教育方针,现在的正式的提法是"德、智、体全面发展"或"德、智、体等方面全面发展",没有把美育明确地列进去。我觉得不把美育明确地列进去,教育方针是不完整的。

我建议把美育正式地、明确地列入我国的教育方针,主要有以下三个方面的理由。

## 一、德育不能包括美育

过去没有把美育明确列入教育方针,一个重要的认识上的原因,是把美育看作是德育的一部分,或把美育看作是实施德育的手段(工具)。按照这种看法,美育在教育体系中是依附于德育的,本

---

[①] 本文是1998年12月4日作者送呈中央领导同志的建议。1999年3月发表于《北京大学学报(哲学社会科学版)》1999年第2期,标题改为《把美育正式列入教育方针是时代的要求》,同时对文章的开头和文章中个别文字作了一些改动。

身并无独立的价值。

对美育的这种看法是不妥当的。美育和德育当然是有密切联系的,它们互相配合、互相补充、互相渗透,但是并不能互相代替。无论就性质来说或者就社会功用来说,美育和德育都是有区别的:

1. 就性质来说,德育和美育都作用于人的精神,都引导青少年去追求人生的意义和价值,但二者有区别:德育是规范性教育(行为规范),在规范性教育中使人获得自觉的道德意识;美育是熏陶、感发(中国古人所说的"兴"、"兴发"、"感兴"),在熏陶、感发中对人的精神起激励、净化、升华的作用。德育主要是作用于人的意识的、理性的层面(思想的层面,理智的层面),作用于中国人所说的"良知"(人作为社会存在而具有的理性、道德),而美育主要作用于人的感性的、情感的层面,包括无意识的层面,就是我们常说的"潜移默化",它影响人的情感、趣味、气质、性格、胸襟,等等。对于人的精神的这种更深的层面,德育的作用是有限的。

2. 就社会功用来说,德育主要着眼于调整和规范社会中人与人的关系,它要建立和维护一套社会伦理、社会秩序、社会规范,避免在社会中出现人与人关系的失序、失范、失礼。美育主要着眼于保持人(个体)本身的精神的平衡、和谐与健康。美育使人的情感具有文明的内容,使人的理性与人的感性生命沟通,从而使人的感性和理性协调发展,塑造一种健全的人格。这一点在现代社会中显得越来越重要。在现代社会中,物质的、技术的、功利的追求占据了统治的地位,竞争日趋激烈,精神压力不断增大,这很容易使人的内心生活失去平衡,产生各种心理障碍和精神疾病。要缓解这种状况,除了道德教育之外,更多地要靠美育。美育也涉及人与人的关系,但美育是通过维护每个人的精神的和谐,来维护人际关系的和谐。这就是荀子说过的,"乐"的作用是使人的血气平和,从而达到家庭、社会的和谐与安定。这一点在现代社会中也越来越重要。现代社会中对于社会安定的影响,除了政治方面、经济方面的因素之外,社会心理、社会情绪方面的因素越来越显得突出。所以在现代社会中美育对于维护社会安定有重要的作用。

德育和美育的区分和联系,中国古代思想家讲得很清楚。德育是"礼"的教育,它的内容是"序",也就是维护社会秩序、社会规范;美育是"乐"的教育,它的内容是"和",也就是调和性情,使人的精神保持和谐悦乐的状态,生动活泼,充满活力和创造力,进一步达到人际关系的和谐以及人与整个大自然的和谐("大乐与天地同和")。德育和美育互相补充,互相配合,也就是"礼乐相济"。但是不能互相代替,不能只有"礼"而没有"乐",也不能只有"乐"而没有"礼"。

## 二、加强美育是培育创新人才的需要

江泽民同志最近一再强调创新是民族进步的灵魂,强调要培养创新人才。培养创新人才是素质教育的重要目标。

就实现这个目标来说,美育有着自己独特的、智育所不可替代的功能：

1. 美育可以激发和强化人的创造冲动，培养和发展人的审美直觉和想象力。许多大科学家都谈到，科学研究中新的发现不是靠逻辑推论，而是靠一种直觉和想象力。彭加勒说："逻辑是证明的工具，直觉是发现的工具。"爱因斯坦说："想象力比知识更重要。"这种直觉和想象力的培养，不能靠智育，而要靠美育。因为智育一般都是在理智的、逻辑的框架内进行的（和大脑左半球的功能相联系），而美育则培养想象力和直观洞察力（和大脑右半球的功能相联系）。

2. 由于自然界本身一方面是有规律、有秩序的，另一方面又具有简洁、对称、和谐等形式美的特征，所以在科学发明活动中，科学家常常因为追求美的形式而走向真理。狄拉克说："一个方程的美比它是否符合实验更加重要。"（杨振宁认为狄拉克这句话包含有伟大的真理。）彭加勒也说："发明就是选择，选择不可避免地要由科学上的美感所支配。"这些大科学家的话都说明在科学研究中美感对于发现新的规律、创建新的理论有着重要的作用。这种美感要靠美育来培养。

3. 一个人要成就一番大事业、大学问，除了要有创造性之外，还要有一个宽阔、平和的胸襟。这也有赖于美育。唐代大思想家柳宗元和清代大思想家王夫之都说过，一个人如果心烦气乱，心胸偏狭，眼光短浅，那么他必定不能在事业上有所成就。而美育可以使人获得宽快、悦适的心胸和广阔的眼界,从而成为一个充满勃勃生机、明事理、有作为的人。这种看法,得到了现代心理学的印证。

### 三、加强美育是 21 世纪经济发展的直接要求

20 世纪最后二三十年,世界各国的经济发展出现了许多新的特点和新的趋势。这些新特点和新趋势,要求我们的生产部门、流通部门、管理部门的工作人员以及各级政府官员,不仅要有经济的头脑和技术的眼光,而且要有文化的头脑和美学的眼光。加强美育已经成了 21 世纪经济发展的直接要求:

1. 20 世纪 80 年代以来,随着社会经济的发展,商品文化价值、审美价值逐渐超过使用价值和交换价值而成为主导价值。因此,改进商品的设计,增加商品的文化意蕴,提高商品的审美趣味和格调,就成了经济发展的大问题。我国许多地区的城市建设、旅游景观,以及服装、家具等各种日用品,最大的问题往往是设计的问题,即设计的低水平、低格调。而这又和设计人员、管理人员的文化修养有关。我国一些产品和发达国家产品相比缺乏竞争力,一个极重要的原因也是设计的问题。生产部门、流通部门、管理部门的工作人员和政府官员的文化修养和美学修养,已经或即将成为制约我国经济发展的一个瓶颈。

2. 国外有的学者预测,21 世纪世界上最大的产业有两个:一个是信息产业(或者说以信息产业为代表的高科技产业),另一个是

文化产业。信息产业的重要性现在人人都已看到,文化产业的重要性现在很多人尚未看到。德国的一些传统的重工业区,如鲁尔地区,现在整个地区正在进行产业结构的战略转移,即向高科技产业、环保产业和文化产业转移。我国的文化资源极其丰富,发展文化产业有广阔的前途。这极可能是21世纪我国经济的一个新的增长点。为了适应21世纪产业发展的这种新的形势,在学校教育和干部教育中加强美育不仅是十分必要的,而且是极其紧迫的。

以上从三个方面对于把美育正式列入教育方针的必要性作了简要的论证。我认为,把美育正式列入教育方针,现在正是一个极好的时机。因为我们即将跨入21世纪。21世纪是中华民族实现伟大复兴的世纪。为了把我们的后代培养成为胸襟广阔、精神和谐、趣味高尚、人格健全的新人,为了从文化的层面激发我们整个民族的智慧和原创性,为了使我们的民族在新的世纪中能为人类贡献一大批像杨振宁、李政道、钱学森、贝聿铭这样的大师,为了在高科技和数字化的条件下保持物质生活、精神生活的平衡以及社会的长期安定,为了推动我国经济的持续增长,并使这种增长获得丰富的文化内涵,我们有必要把美育正式地、明确地列入教育方针。这样做,从一方面说,是对蔡元培以来的重视美育的优良传统(这个传统可以一直追溯到孔子)的继承和发扬,从另一方面说,则是对21世纪的时代呼唤的一种积极的回应。

# 关于加大昆曲抢救和保护力度的几点建议[①]

去年11月6日至16日,我们参加了全国政协组织的考察团,赴长沙、郴州、杭州、温州、苏州、昆山、南京等地,对全国昆曲艺术的现状作了实地考察。通过这次专题考察,我们深感昆曲艺术一方面正面临着一个很好的发展机遇,另方面也存在着重大的危机,迫切需要国家加大对昆曲艺术的抢救和保护的力度。下面是我们的几点具体建议。

## 一、确立由国家扶持昆曲事业的方针

昆曲是我国现存的最古老的戏曲艺术,被誉为"百戏之师"。2001年5月18日昆曲被联合国教科文组织评审通过列入首批"人类口头和非物质遗产代表作"名单。这一重大事件,进一步提高了

---

[①] 这份建议由万国权(时任全国政协副主席)和作者共同署名,2004年2月3日由全国政协呈送中央领导同志。

我们对昆曲历史价值的认识。昆曲不仅是我们民族的文化经典,同时也是世界文化经典。昆曲在世界文学史、戏剧史、音乐史、舞蹈史上都占有重要的地位。

但是,昆曲艺术的生存确实面临重大的危机。这主要表现在以下方面:广大群众特别是广大青少年对昆曲缺乏了解,昆曲演出的市场不断萎缩;上演的剧目急剧减少(历史上昆曲剧目可考的有3000多个,到"传"字辈演员还能演600个,在那之后每一代大约减少三分之一);演员、编导和作曲队伍后继乏人,现有人才流失严重(如北方昆曲剧院1982年招收的学员班总计60人,现在只剩下10多人。上海昆剧院10年前从上海戏校招进55人,现在只剩下20多人);昆曲院团的经费严重不足;等等。

我们认为,为了解决昆曲面临的危机,应该确立由国家扶持昆曲事业的方针。因为像昆曲这样世界级的艺术经典,对它的抢救和保护必须保持它的纯正的经典品位。只有由国家扶持,才可以保证这一点。

我们认为,确立由国家扶持昆曲事业的方针,本质上就是动用国家的力量来维护民族文化的传统和维护民族文化经典的尊严,这是极其必要的。在经济全球化的形势下,这一举措对于保持民族文化的独特性,对于增强我们民族的生命力、创造力、凝聚力,有着十分重大的象征意义和现实意义。

## 二、把全国七个昆曲院团列入纯公益性事业单位，它们的经费由政府全额拨款

为了贯彻由国家扶持昆曲事业的方针，我们建议把昆曲院团列入纯公益性事业单位，它们的经费由省市政府全额拨款。目前全国一共七个昆曲院团（通称六团一所，即：浙江昆剧团，上海昆剧团，北方昆曲剧院，苏州昆剧院，江苏省昆剧院，湖南省昆剧团，浙江永嘉昆曲传习所），全部演职人员加在一起不足六百五十人。由国家（地方政府）来承担这七个昆曲院团六百五十人的日常经费，这应该是可以承受的。

## 三、为每个昆曲院团兴建一座六百人的小剧院

现有的昆曲院团迫切希望有一座供自己经常演出的剧院。演出昆曲的剧院在音响方面有较高的要求，面积不宜过大。我们建议现有七个昆曲院团所在的省市为这七个昆曲院团各建一座六百人的小剧院。剧院的建筑风格应充分体现昆曲艺术的优美、典雅、精致的美学品格，要请研究建筑声环境的专家参与设计，以保证剧院具有最佳的音响效果。北京、上海、杭州、苏州、南京等地的昆曲剧院应达到可以接待外国国家元首的水平。今后外国国家元首来我国访问，不仅可以请他们游览故宫、长城、苏州园林（世界文化遗产），而且可以请他们观赏昆曲表演（人类口头和非物质遗产代表作）。

## 四、由国家拨专款抢救和保护昆曲

我们建议从 2004 年起,国家每年拨出 3000 万元,连续拨款 3 年,共拨 9000 万元,作为抢救和保护昆曲艺术的专项资金。主要用于以下几个方面:

(一)抢救、保存昆曲剧目。这包括昆曲剧目文字资料的整理、出版,挖掘已失传的剧目,以及为昆曲老艺术家的代表性剧目和中青年演员的优秀剧目进行录音录像,建立"中国昆曲艺术音像资料库"。

(二)请老艺术家指导各院团的青年演员排练一批传统剧目。每个院团每年至少要排两部(大的)剧目。

(三)培养昆曲艺术的后继人才。可由文化部和高等院校联合举办昆曲高级研修班,培养昆曲演员、导演以及编剧、作曲人才。要特别注重提高学员的整体文化素质和文学、美学、音乐、历史等方面的修养。

(四)收集、发掘昆曲的文字资料和历史文物,包括文献、脚本、曲谱、图片、剧场遗址以及老艺术家的谈艺录,加以保护、整理和出版(展览)。

(五)由国家给全国昆曲院团的演职人员发放"昆曲艺术特殊津贴",每月 600 元~2000 元,以提高昆曲演职人员的生活待遇。

(六)设立"昆曲艺术贡献奖",奖励那些对昆曲艺术的抢救、保护、研究、革新有突出贡献的艺术家、教育家、理论家和管理人员。

## 五、加强昆曲院团与大学的联系和合作

从各昆曲院团的经验看,加强昆曲院团与大学的联系和合作,可能是抢救、保护和发展昆曲艺术的一个非常关键的措施。这里包括两个方面。一方面是联合、借助大学的力量,举办昆曲的大专班、本科班、研究生班和各种研修班,培养昆曲的演员、编剧、导演、作曲和理论研究人才。另一方面是培养新一代的昆曲观众。大学生的文化素质好,其中一部分有较高的文学修养,他们对昆曲这样的传统艺术、高雅艺术会产生浓厚的兴趣。所以昆曲院团应该建立定期到大学巡回演出的机制,大学也应该开设有关昆曲的课程和专题讲座,使一大批大学生在校期间受到昆曲艺术的熏陶。这些大学生将来分布到各行各业,他们的影响,可以为昆曲争取更多的观众。保存、传承本国的传统文化和传统艺术,本来就是大学特别是著名大学应该承担的历史责任。国际上的著名大学对这一点都十分自觉。我们的大学对此也应该有更多的关注。

## 六、加强昆曲艺术的舆论宣传

很多人不知道昆曲,一个重要原因是宣传不够。港台歌星、美国大片为什么这么热,票价那么高,大家还抢着看,主要就是媒体大力炒作的结果。我们要在电视、报刊等媒体上对昆曲艺术加大宣传力度,电视可开辟昆曲的专栏,元旦音乐会和春节文艺晚会都

应该安排昆曲节目或举办昆曲专场。现在我们的媒体对流行艺术的宣传力度过大,而对本民族的传统艺术的宣传力度过小,这种状况亟须改变。使广大群众特别是广大青少年体会到,观赏昆曲是极大的艺术享受;要使他们认识到,一个人能够欣赏昆曲,就像能够欣赏交响乐、芭蕾舞一样,是有教养、有品位的表现。我们还要大力宣传昆曲艺术家的艺术成就。如果有一天我们的昆曲表演艺术家、京剧表演艺术家的名声压倒了所谓"四大天王",那就意味着我们民族的文化素质提升到了一个更高的境界。

叶朗著作

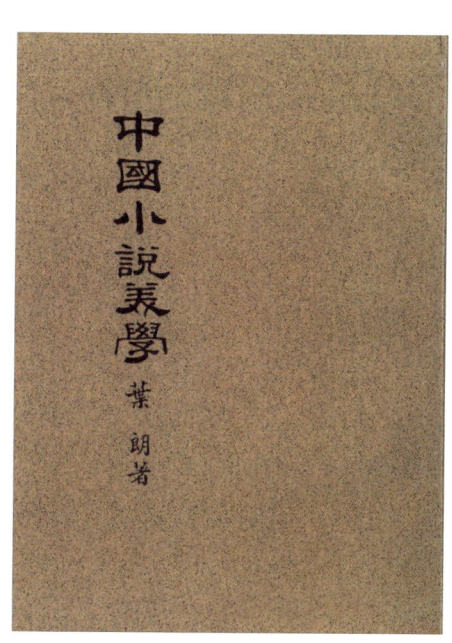
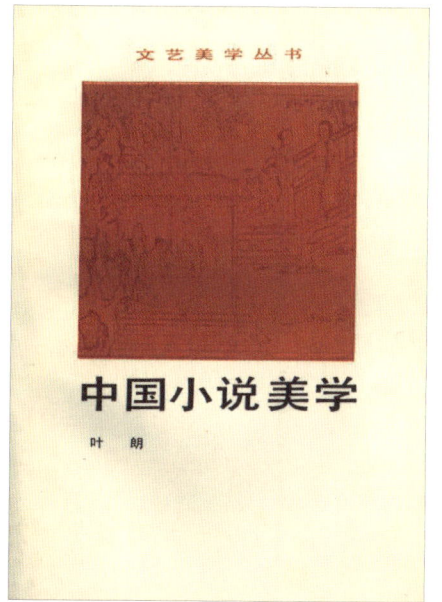

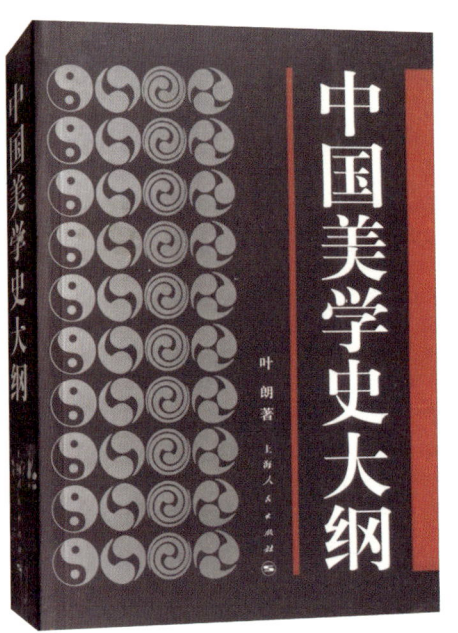
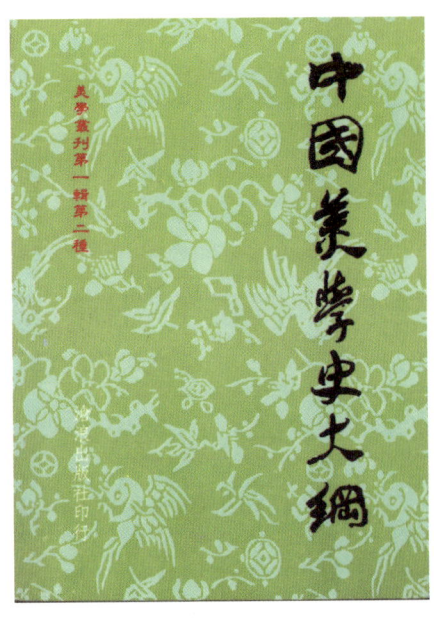

(《中国美学史大纲》越南文译本)

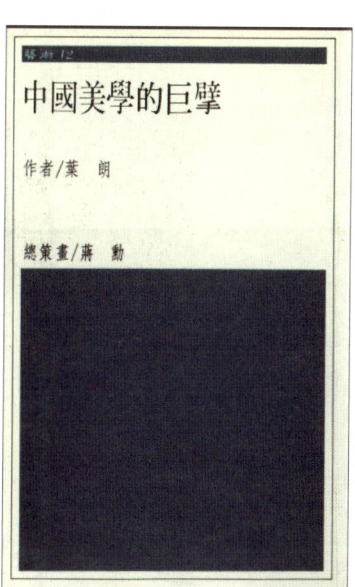

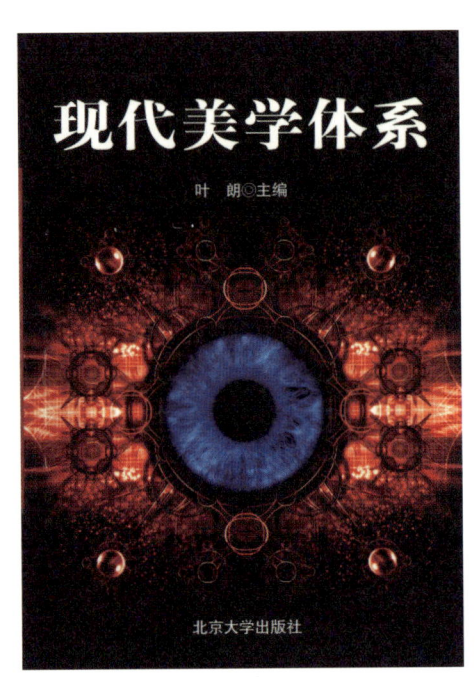

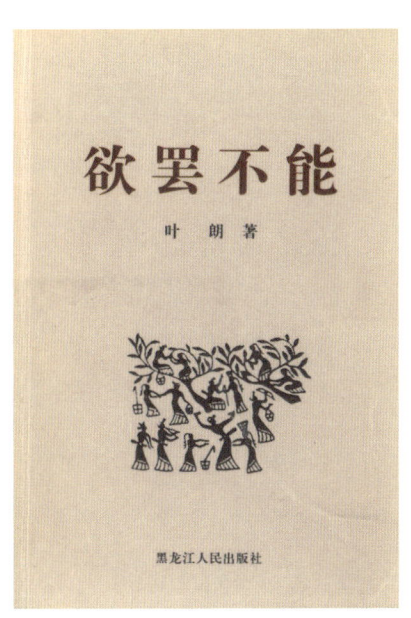
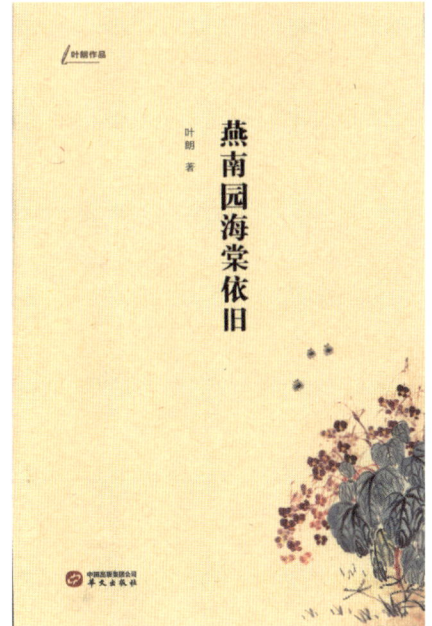
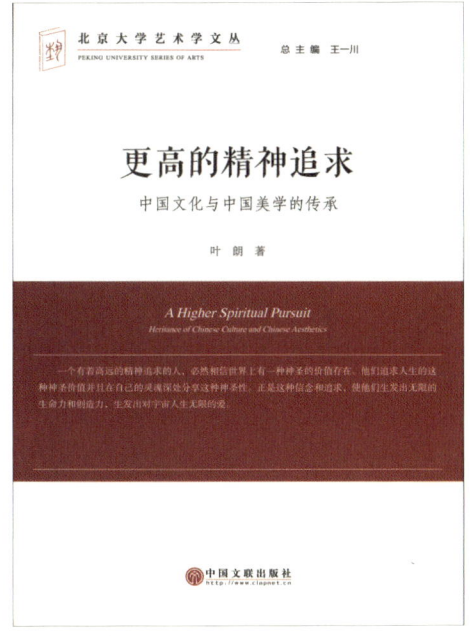

叶 朗 著

# 美在意象

《美学原理》彩色插图本

**Foundations of Aesthetics**

在审美体验中,人的精神超越了"自我"的有限性,得到一种自由和解放,回复到人的精神家园,从而确证了自己的存在。

北京大学出版社
PEKING UNIVERSITY PRESS

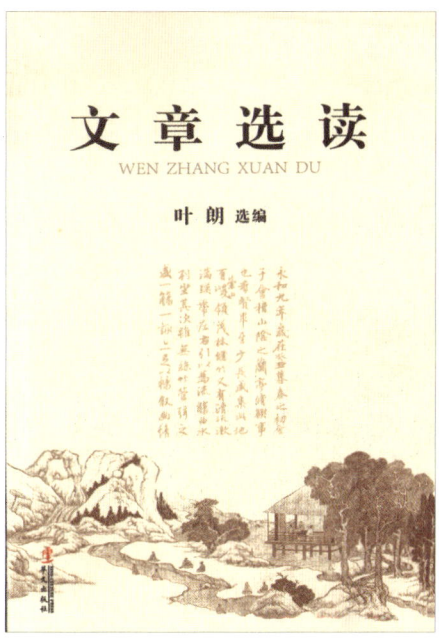

(《中国历代美学文库》)